付美艳　著

ПОЭЗИЯ Н. А. НЕКРАСОВА И НАРОДНОЕ ТВОРЧЕСТВО

涅克拉索夫的诗歌创作与民间文学

黑龍江大學出版社
HEILONGJIANG UNIVERSITY PRESS

图书在版编目（CIP）数据

涅克拉索夫的诗歌创作与民间文学 / 付美艳著. --
哈尔滨 : 黑龙江大学出版社, 2017.11
ISBN 978-7-5686-0195-5

Ⅰ. ①涅… Ⅱ. ①付… Ⅲ. ①涅克拉索夫－诗歌研究
②涅克拉索夫－民间文学－文学研究 Ⅳ. ① I512.072
② I512.077

中国版本图书馆 CIP 数据核字 (2017) 第 311952 号

涅克拉索夫的诗歌创作与民间文学
NIEKELASUOFU DE SHIGE CHUANGZUO YU MINJIAN WENXUE
付美艳　著

责任编辑　张微微　张春珠
出版发行　黑龙江大学出版社
地　　址　哈尔滨市南岗区学府三道街 36 号
印　　刷　哈尔滨市石桥印务有限公司
开　　本　720 毫米 ×1000 毫米　1/16
印　　张　16.75
字　　数　206 千
版　　次　2017 年 11 月第 1 版
印　　次　2017 年 11 月第 1 次印刷
书　　号　ISBN 978-7-5686-0195-5
定　　价　49.00 元

前言

尼古拉·阿列克谢耶维奇·涅克拉索夫（Николай Алексеевич Некрасов，1821—1878）是19世纪最著名的俄国诗人之一，俄罗斯诗歌的革新者。他的诗歌朴素自然，饱含对多灾多难的祖国命运的关注，对受苦受难人民的同情以及为民族解放事业奋斗的激情。

民间文学在涅克拉索夫的创作中占据重要位置。诗人走上文坛之际，正值俄罗斯民间文艺学繁荣发展时期，他广泛吸收民间文学的滋养，把现实主义的诗歌传统同人民口头创作的优秀特点相结合，使其诗歌从内容到形式焕然一新。诗人突破了贵族自由主义文学家一向遵循的美学原则，使“崇高”诗歌的现实主义接近了“低下”的现实。他把那些从前一直被认为不能入诗的、不足以登大雅之堂的社会现象、人物形象等作为自己的描写对象，并用农民喜闻乐见的民间形式创作了有着民歌基调的诗篇，以平易、口语化的语言开创了“平民百姓”的诗风，从而揭开了俄国诗歌史上崭新的一页。

民间文学是研究涅克拉索夫诗歌的一个“关键词”，然而中国对此领域的研究却几近空白，国外也尤为缺乏综合论述诗人作品与民间文学关系的著作。因此，笔者撰写此书，主要借鉴故事形态学、原型批评、叙事学、修辞学等相关理论，以诗人的农民诗歌为语料，首次从主题、形象、体裁、语言多层面、多角度地分析涅克拉索夫的诗歌创作与民间文学的密切关系。

除绪论和结语外，本书共分五章。

绪论介绍俄中两国涅克拉索夫诗歌的研究历史和研究现状，进一步说明本书的选题动机和必要性。

第一章：19 世纪俄罗斯诗歌与民间文学。论述 19 世纪俄罗斯诗歌与民间文学的密切关系，分析茹科夫斯基、普希金、莱蒙托夫、柯尔卓夫等诗人创作的民间传统，指出涅克拉索夫对此传统的继承和发展，了解诗人的民间文学知识源泉、民间文学观以及民间文学对其创作的影响。

第二章：涅克拉索夫的诗歌主题与民间文学。分析涅克拉索夫对民间文学劳动主题、道路主题和“寻找幸福”主题的借鉴和发展。诗人并非简单重复这些主题，而是把它们与当时人民生活的现实图景融为一体。他不仅深化了民间文学对强迫性劳动的描写，而且诗意化地展示了人们对“另一个世界”自由劳动的向往。道路与苦难、道路与选择在诗人的笔下经常出现，“道路”主题与“寻找幸福”的主题相结合，表达了人们对“不幸福”现实生活的不满与反抗，指出只有通过革命斗争才能走上幸福生活的道路。

第三章：涅克拉索夫的诗歌形象与民间文学。分析了诗人作品中的“俄罗斯壮士形象”、“俄罗斯妇女形象”以及“自然形象与超自然形象”。涅克拉索夫笔下的俄罗斯壮士萨威里是集古代俄罗斯勇士品质与当时人民复仇者形象于一体的人物，诗人通过这一形象谱写了一首生活在社会底层的普通俄罗斯农民的壮士歌。诗人被誉为“俄罗斯妇女命运的歌手”，他所刻画的女性形象，无论是外貌特征，还是内在品质，都与民间文学正面女性形象具有高度的相似性。此外，他笔下的“森林”形象、“严寒”形象、“神奇的赠予者和相助者”形象也与民间文学形象密切相关。

第四章：涅克拉索夫的诗歌体裁与民间文学。剖析了诗人对民间文学体裁的艺术加工和巧妙融合。诗人从文体风格、词汇选择、诗行顺序、诗句节奏等方面对民间抒情歌谣和民间哭调进行了艺术加工和再创作，并且依据民间文学精神创作了一系列“仿民歌体”歌谣。他还最大限度地简化了民间童话和传说的故事情节，把通常的散文体童话和传说创作成诗体化形式，并且在符合现实主义创作原则的基础之上，借鉴了民间童话的“幻想”因素和民间传说的结构模式。

第五章：涅克拉索夫的诗歌语言与民间文学。主要从口语化风格、歌谣性特征、形象性手法三个方面分析涅克拉索夫诗歌语言的民间特色。农民日常生活语汇的大量使用，民间谜语、谚语和俗语的用心选择，第二人称叙事方式的经常出现都是其诗语民间口语化的具体表现。扬抑抑格词尾、平行结构和重复则体现了涅克拉索夫诗语的民间歌谣性特征。比喻、比拟和修饰语等民间修辞手法的巧妙运用提高了诗人诗歌语言的形象性和生动性，增强了其诗篇的艺术表现力。

结语部分指出了涅克拉索夫创作的民间传统对后世诗歌的积极影响，总结了本书的研究成果。

本书的创新点主要表现在以下几个方面：

一、选题有新意。“民间文学”是研究涅克拉索夫诗歌创作的关键词之一，而中国对“涅克拉索诗歌与民间文学”课题的研究却几近空白。因此，本书的选题具有一定的开拓性，选题本身就是一个创新之处。

二、内容有拓展。本书从主题、形象、体裁、语言多层面、多角度地分析了涅克拉索夫的诗歌与民间文学的密切关系，较为深入全面地论证了诗人对民间文学传统的继承和超越。

三、研究方法有新尝试。笔者在研究方法上做了大胆尝试，用普罗普的故事形态学理论分析涅克拉索夫笔下的“超自然”形象，这在国内外的研究中尚属首次。

四、研究资料有新挖掘。笔者在莫斯科大学访学期间，收集了很多关于本书的第一手研究资料，在消化吸收前人研究成果的基础之上，结合最新相关文学理论重新思考、分析，最终撰写成书。

由于水平有限，书中肯定存在不少缺点和疏漏，恳请各位专家学者批评指正。

目录

绪论

尼古拉·阿列克谢耶维奇·涅克拉索夫是19世纪俄国杰出的革命民主主义诗人，民族解放运动第二时期的“海燕”，俄罗斯诗歌的革新者，他以独具特色的风格在俄罗斯文坛占有一席之地。如今，诗人逝世已经近140年，然而，俄罗斯各地以涅克拉索夫命名的图书馆、博物馆、学校、街道、孤儿院等屡见不鲜。为了纪念诗人、研习其诗歌杰作，很多地方定期开展“涅克拉索夫阅读”（Некрасовские чтения）活动，诗人的故乡雅罗斯拉夫尔还设立了“涅克拉索夫日”（Некрасовские дни），于每年的十二月上旬举办为期一周的各种纪念活动。诗人的很多作品也陆续在荧屏播放或在剧院演出，如动画片《托普蒂金将军》（«Генерал Топтыгин »）、《马扎伊爷爷和小兔》（«Дедушка Мазай и зайцы»），电影《货郎》（«Коробейники»）、《轻骑兵求婚》[①]（«Сватовство гусара»），话剧《秋天的忧愁》（«Осенняя скука»）、《幸福的人们》（«Счастливые люди»）等，这些都充分体现了俄罗斯人民对涅克拉索夫的无限缅怀及对其作品的由衷喜爱，也客观印证了我们进一步研究诗人创作的必要性。

苏联文艺学家叶高林（А. М. Еголин）曾经指出：“涅克拉索夫在其作品中表达的是广大劳动人民群众的思想和感情，由此可以看出他的作品同民间口头文学的有机联系。”[②] 米尔斯基（Д. П. Мирский）也曾表示：“在19世纪所有俄国诗人中，只有他[③]能够真正地、创造性地接近民歌风格。他并非在模仿民歌，他本人就有一颗民间歌手的心灵。涅克拉索夫的整个创作可划分

---

① 根据涅克拉索夫的轻松喜剧《彼得堡的高利贷者》（«Петербургский ростовщик»）改编。

② Еголин А. М. Поэт-революционер // Труды МИФЛИ. Т. 3 М., 1939, стр. 19.

③ 涅克拉索夫。

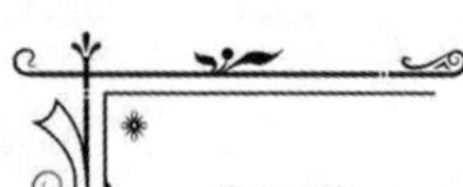

为两类：一类为他以书面诗歌之前的发展史所确立的形式进行的创作；一类为他民歌风格的创作……两者的结合造就了他非同寻常的诗歌个性。”[①] 奇斯托夫（К. В. Чистов）同样指出：“涅克拉索夫作品中的民间文学元素，是其整个文学创作活动不可分割的一部分。”[②] 由此可见，民间文学在涅克拉索夫的创作中占据十分重要的位置。了解其诗歌中民间文学元素的借鉴和使用，对于我们进一步研究诗人的“思想体系”和“风格特征”具有一定的指导意义。

俄罗斯的涅克拉索夫研究源远流长，并且始终处于“显学”的重要地位。按照研究内容，我们可以区分为不同类型的涅克拉索夫研究：传记研究，即对诗人生活道路和创作道路的整体性回顾和评价；文献研究，包括对其诗歌、散文、文学评论、书信、手稿、照片等文献的整理与出版，也包括关于诗人的文学回忆录；作品内容研究，包括对主题、情节、人物等要素的阐释与分析；作品诗学特征研究，包括作品的体裁结构、艺术风格、语言特征等。如此广泛的研究内容进一步印证了涅克拉索夫及其诗歌在俄罗斯文学史中的重要地位。

俄国学界对诗人研究的起步与他在俄国文坛崭露头角几乎是同时的。十月革命前的研究是涅克拉索夫研究的第一阶段，包括诗人在世时同时代人对其作品的评价，诗人逝世后至 20 世纪 20 年代初初具雏形的涅克拉索夫研究。

诗人在世时，同时代的俄罗斯作家、文学评论家们发表了诸

① 德·斯·米尔斯基：俄国文学史（上卷），刘文飞译，北京：人民出版社，2013 年，第 319 页。

② Чистов К. В. Н. А. Некрасов и нар. творчество. （Задачи изучения）// Некрасовский сборник. Т. 1. М.-Л.：АН СССР, 1951, стр. 106.

多针对其诗集、文集、个别作品等的实时性评论。如 1840 年别林斯基（В. Г. Белинский）对诗人第一部带有明显的浪漫主义色彩和模仿痕迹的诗集《幻想与声音》（«Мечты и звуки»）发出的“缺乏独创性”的批评与责备；1845 年伟大的文学评论家别林斯基对诗人的特写《彼得堡的角落》（«Петербургские углы»）给予的肯定与赞赏；1846 年舍维廖夫（С. П. Шевырев）针对涅克拉索夫编辑的《彼得堡文集》（«Петербургский сборник»）发表的赞赏性评论；德鲁日宁（А. В. Дружинин）、杜德什金（С. С. Дудышкин）、格里高利耶夫（А. А. Григорьев）、扎依采夫（В. А. Зайцев）分别于 1856、1861、1862、1864 年撰写的同名评论《尼·涅克拉索夫的诗歌》（«Стихотворения Н. Некрасова»）等均属此列。

1878 年涅克拉索夫的逝世引起了很多同时代人的集体追忆。陀思妥耶夫斯基（Ф. М. Достоевский）在诗人的墓前发表了演说，对他的文学成就给予高度评价：“在我们的诗坛上，涅克拉索夫集一切有‘创新’的诗人之大成……从这个意义而言，他可以与普希金、莱蒙托夫齐名。”[1] 屠格涅夫（И. С. Тургенев）在诗人死后也立刻改变了对其诗歌的态度：“让青年们醉心于那些诗吧。它甚至是有益的，因为最后他的诗……已经使那些琴弦响起来——琴弦是美妙的。”[2] 诗人逝世后，不仅他的诗集一版再版，关于其生活与创作的回忆性作品、研究专著、评论文章等也陆续面世。

---

① Достоевский Ф. М. Смерть Некрасова. О том, что сказано было на его могиле. // Федор Достоевский, Дневник писателя. М.: Институт русской цивилизации, 2010, стр. 676.

② 转引自魏荒弩：论涅克拉索夫，北京：北京大学出版社，2000 年，第 211 页。

需要特别指出的是，十月革命前的文艺学家已经注意到涅克拉索夫诗歌与民间文学之间存在一定的关联，然而，研究者们却未对此课题提供出具有说服力的论据，个别学者的论证也较为贫乏，如米列尔（О. Ф. Миллер）虽然指出诗人的长诗《谁在俄罗斯能过好日子》（«Кому на Руси жить хорошо»）与童话《普拉福达与克利弗达》（«Правда и Кривда»）之间存在某种联系，却未详细论述。[①] 苏联时期，革命民主派对立阵营的评论家，如布列宁（В. П. Буренин）、斯特拉霍夫（Н. Н. Страхов）、马尔科夫（Е. Л. Марков）等，都质疑涅克拉索夫的创作是民间诗歌的伪造品，认为他根本不了解人民的真实生活，在长诗《谁在俄罗斯能过好日子》的《农妇》（«Крестьянка»）一章丑化了俄罗斯农民理想的田园生活，提供的是农民日常生活的虚假信息。

苏联时期是俄罗斯涅克拉索夫研究的第二阶段，也是研究诗人的大繁荣时期。苏联的民间文艺学家相当充分地确定了涅克拉索夫作品与民间文学的密切关系，该课题的研究是苏联时期涅克拉索夫学的一大贡献。如果说十月革命前的相关研究还不够深入和完备的话，那么，革命后随着文学理论的进一步发展和新的研究资料的不断出现，该领域研究的广度和深度都达到了前所未有的水平。

1927 年，苏联著名作家、文艺评论家楚科夫斯基（К. И. Чуковский）出版了长诗《谁在俄罗斯能过好日子》的第一部注释本，从这部注释本中产生了长诗民间文学来源的第一份清单。之后大量探讨涅克拉索夫作品与民间文学关系的文章接踵而至。叶兰斯卡娅（В. О. Еланская）首先证实了革命民主派对立阵营

---

① Чистов К. В. Н. А. Некрасов и нар. творчество. (Задачи изучения) // Некрасовский сборник. Т. 1. М.-Л.: АН СССР, 1951, стр. 103.

的评论家质疑诗人伪造民间文学的无稽性，指出了《农妇》一章同民间口头创作的紧密联系，并列举了诗人为撰写此章所使用的一系列民间文学文本，比如从雷布尼科夫（П. Н. Рыбников）、达里（В. И. Даль）、巴尔索夫（Е. В. Барсов）、舍因（П. В. Шейн）、阿法纳西耶夫（А. Н. Афанасьев）等搜集的作品集中借鉴的民间文学材料。同叶兰斯卡娅相同，罗日杰斯特维斯卡娅（К. В. Рождественская）、库比科夫（И. Н. Кубиков）、巴济列夫斯卡娅（Е. В. Базилевская）等学者也较为关注涅克拉索夫作品与民间诗歌文本的相符性或相似性，他们的研究兴趣在于寻找诗人作品与民间口头创作的共同点或相似点。① 研究者们虽然找到了大量的相似文本，却很难推动研究工作进一步向前发展。究其原因在于，他们过多地注重了涅克拉索夫诗歌同民间文学作品表现形式的相似性，却忽略了诗人运用民间文学的思想意义和加工民间材料的艺术手法。

楚科夫斯基、安德烈耶夫（Н. П. Андреев）、萨库林（П. Н. Сакулин）、别谢金娜（Т. А. Беседина）、舍列果夫（В. В. Шелегов）、切尔内赫（П. Я. Черных）、奇斯托夫等学者在很大程度上推动了“涅克拉索夫诗歌与民间文学”课题的研究，他们的著作和文章属于苏联时期第二阶段极具代表性的研究成果。

楚科夫斯基在著作《论涅克拉索夫的艺术技巧》②

---

① См.：Еланская В. О. О народно-песенных истоках творчества Некрасова. Октябрь. 1927. №12；Рождественская К. В. Эленменты фольклора в поэзии Некрасова. Штурм. 1934. № 11；Кубиков И. Н. Комментарии к поэме Некрасова «Кому на Руси жить хорошо». М.：Мир, 1933；Базилевская Е. В. Из творческой истории «Кому на Руси жить хорошо». Звенья, V, 1935.

② 楚科夫斯基的著作«Мастерство Некрасова»于 1952 年首次出版，五次再版（1955 年，1959 年，1962 年，1966 年，1971 年），本书参考的是 1962 年的版本。

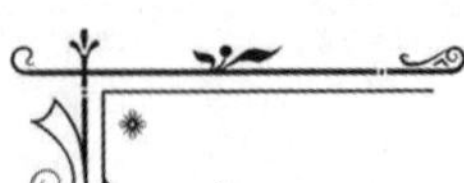

(«Мастерство Некрасова»)中运用了多于三分之一的篇幅深入研究了诗人运用民间文学的艺术方法。作者主要分析了以下四种艺术手法:(1)诗人从现有的民间文学中集中挑选出那些明确表达人民不满和愤怒的民间文学材料,在使用它们时,几乎不做任何改变。(2)诗人按照现实主义原则对民间文学作品中那些修饰、美化现实,甚至歪曲现实的文本进行修正,同时进行加工创作,使它们与当时人民的现实生活相符,借助它们反映人民的真实状态。(3)诗人对民间文学中那些并未对当时的社会斗争表现出明确观点的中立文本进行重新思考和再创作,使之服务于“涅克拉索夫式的思想任务”。(4)诗人依据民间文学的韵律和艺术风格,创作了一系列具有民歌风味的诗篇。谢德林在评价普希金的诗歌时曾经说过:“普希金是诗歌形式和意义的主宰者。”① 楚科夫斯基认为同样的评价完全适合涅克拉索夫。

安德烈耶夫、萨库林、别谢金娜几位学者主要从“修辞层面”探讨了涅克拉索夫作品中的修辞功能和辞格艺术。安德烈耶夫在《涅克拉索夫诗歌中的民间文学》(«Фольклор в поэзии Некрасова»)一文中分析了诗人运用民间文学材料的修辞目的:(1)更全面、更完整地描写人民的日常生活;(2)赋予作品以人民大众喜闻乐见的民间形式,易于被农民接受;(3)宣传目的,即在人民群众中推广革命民主主义思想。此外,作者还指出了涅克拉索夫使用民间文学材料的方法:直接引用和艺术加工。诗人很少直接引用民间文本,大多数情况下都是对它们进行加工和再创作。他并非盲目模仿民间文学,而是在民间文学精神和风格的指导下创作出具有自己更高思想性和艺术性的作品,从这个意义

---

① Щедрин Н. (Салтыков М. Е.) Полн. собр. соч. Т. 5. М.: Гослитиздат, 1937, стр. 275.

而言，涅克拉索夫的创作是高于民间文学的。

萨库林是第一个注意到诗人比喻特色的学者，他认为“涅克拉索夫的比喻经常具有独创性和非凡的表现力”①。比如，诗人把失去丈夫的达丽亚的低声痛哭比作连绵不绝的细雨（Как дождь, зарядивший надолго, негромко рыдает она），既表现了女主人公坚强隐忍的性格，又突出了她内心的无比悲痛。诗人的比喻还具有深刻的人民性，反映了人民的日常生活和他们的真情实感。

别谢金娜不仅指出了“涅克拉索夫式的比喻”的独特性，而且探讨了它们的艺术功能。比喻是指两种相似现象进行对比，从而使其中一种鲜为人知或不明确的现象通过另一种类似现象的特征得到阐释说明。比喻的艺术特征表现在：第一，进行对比的现象建立在事物的外部特征或内部特征相似的基础之上；第二，在比喻中，对比总是被赋予二项式形式，而隐喻中的本体项有时出现，有时隐蔽。就涅克拉索夫作品的文艺主旨而言，比喻同时服务于两个目标：首先，它使诗歌形象具有生动性、鲜明性和直观性特征，是艺术形象具体化、个性化的重要手段；其次，诗人通过比喻手法旨在揭示现象的本质特征以及自己对这些现象的观点、态度。别谢金娜分析了长诗《谁在俄罗斯能过好日子》中建立在民间谚语、俗语、谜语、民间哭调等口头诗歌创作基础上的比喻，诗人使用它们，既能言简意赅地表达自己的思想，又能深刻洞察农民心理，反映农民大众的世界观和美学原则，从而使作品的内容与形式相互统一。

舍列果夫和切尔内赫主要从“语言层面”研究了涅克拉索夫诗歌语言的民间特色。舍列果夫从词汇、语音、词法、句法四个

① Сакулин П. Н. Некрасов. // Некрасов в русской критике. М.: Гислитиздат, 1944, стр. 95 – 96.

方面分析了诗人诗歌语言的民间特征，指出“农民日常词汇、民间谚语俗语、元音脱落、重音移动、前后缀构词、民间副动词形式、较少使用复合句结构、常用具有口语特点的疑问句和感叹句等都是涅克拉索夫诗歌语言民间文学化的具体表现”①。想要真正理解诗人的语言，不仅应该弄清楚其语言中的民间元素，而且也需要明白他为何使用民间语言。舍列果夫认为：“涅克拉索夫运用民间语言不仅为了展示主人公、作品人物、讲述人等的言语特点，而且为了表达自己内心的重要思想和感情，描写令之激动的事件和现象，他经常运用民间语言描绘现实图景，尤其是那些体现人民痛苦的画面。”诗人借助民间语言手段“旨在揭示劳动人民难以承受的艰苦生活，激起他们对压迫阶级的憎恨，从而使自己的诗歌服务于人民的解放斗争事业”②。

切尔内赫在《尼·阿·涅克拉索夫与民间语言》（«Н. А. Некрасов и народная речь»）一文中把诗人誉为“真正的语言大师”（подлинный мастер слова），“在俄罗斯文学、俄罗斯诗歌及诗歌语言发展史上，普希金、涅克拉索夫、马雅可夫斯基这三个伟大的名字被放在一起并不是没有缘由的。他们分别开创了俄国诗歌三个重要领域的新时代。尽管三位诗人各有不同，然而他们也具有一定的相似性。每一位诗人都反对墨守成规、僵化刻板的诗歌表达方式，都创造了符合新内容的新形式，并且在接近民间语言和民主化精神的指导下革新了文学语言”③。涅克拉索夫脱离了贵族诗歌，创立了近似民间诗句的新的韵律和语调。其诗歌

---

① Шелегов В. В. Народный язык у Некрасова. // Литературная учеба. 1938. №1, стр. 46–63.

② Шелегов В. В. Народный язык у Некрасова. // Литературная учеба. 1938. №1, стр. 46–63.

③ Черных П. Я. Н. А. Некрасов и народная речь. // Сибирские огни. 1937. № 5–6, стр. 140.

语言的重要特征之一便是朴素性，这一点与他的创作实践也极为一致。在其杰作《谁在俄罗斯能过好日子》中，诗人最大限度地运用了朴实精练的民间语言。“涅克拉索夫最喜欢民间语言的准确性、尖锐性和真实性，追求词语的精确性和表现力是其诗语的主要特征。”[①] 在长诗的《集市》（«Сельская ярмонка»）中，涅克拉索夫直接表达了自己对民间语言的由衷喜爱和高度评价：“恐怕你咬破钢笔尖，也写不出这么妙的词儿!”[②]

奇斯托夫 1951 年的《尼·阿·涅克拉索夫与民间创作》（«Н. А. Некрасов и нар. творчество»）主要从“历史层面”对该课题进行研究。作者指出：“我们应该把涅克拉索夫与人民口头诗歌创作的相互关系置于历史事实中进行研究。只有在这种情况下，才能够正确分析涅克拉索夫关注俄罗斯劳动人民口头创作的思想意义……我们不能使用孤立、封闭的观点，而应结合革命民主主义者为俄罗斯文学的‘现实主义’和‘人民性’进行斗争的历史观点，结合别林斯基、车尔尼雪夫斯基（Н. Г. Чернышевский）、杜勃罗留波夫（Н. А. Добролюбов）、涅克拉索夫、萨尔蒂科夫－谢德林（М. Е. Салтыков-Щедрин）等美学观的历史发展对这一问题进行深入研究。”[③] 涅克拉索夫最初进行社会活动和文学创作的 19 世纪 40 年代是俄罗斯民间文艺学飞速发展的时期，这一时期民间诗歌不同阵营的收集者和研究者发生了激烈的争论。革命民主主义者在为民间创作作为一门进步科学

---

① Черных П. Я. Н. А. Некрасов и народная речь. // Сибирские огни. 1937. № 5－6, стр. 140.

② 尼·阿·涅克拉索夫：谁在俄罗斯能过好日子，飞白译，上海：上海译文出版社，1979 年，第 60 页。

③ Чистов К. В. Н. А. Некрасов и нар. творчество. (Задачи изучения) // Некрасовский сборник. Т. 1. М.-Л.: АН СССР, 1951, стр. 105－106.

的发展方面起到了巨大作用，他们的民间文学理论直接影响并指导了涅克拉索夫的诗歌创作。涅克拉索夫在他的诗歌里，提出根据革命民主主义思想对人民口头创作作品进行艺术借鉴和加工的范例。由此可见，社会历史环境对涅克拉索夫使用民间文学材料的影响是极其重要的。

除了上述学者之外，卡列斯尼茨卡娅（И. М. Колесницкая）、霍夫曼（М. Л. Гофман）、科洛索娃（Т. С. Колосова）、塔拉索夫（А. Ф. Тарасов）、吉恩（М. М. Гин ）、波波夫（А. В. Попов）等学者也对“涅克拉索夫诗歌与民间文学”课题进行了细化研究。卡列斯尼茨卡娅分析了涅克拉索夫诗歌的农民主题、大自然形象与民间文学的关系，霍夫曼探讨了民间歌谣对诗人的重要影响，科洛索娃论述了长诗《严寒，通红的鼻子》（«Мороз, Красный нос»）中的民间童话传统，塔拉索夫指出长诗《谁在俄罗斯能过好日子》的民间源泉，吉恩评述了学界关于《两个大罪人的故事》的争论，波波夫研究了长诗《货郎》中的民间文学。这些学者的研究成果都从不同程度推动了“涅克拉索夫诗歌与民间文学”课题的进一步发展。

苏联时期，尤其是 20 世纪 30—60 年代，研究者们取得了从民间文学视角研究涅克拉索夫作品的丰硕成果，达到了相关领域课题研究的高峰。这一阶段的研究特点是：（1）研究视角开阔，研究者们不再局限于对比诗人作品与民间文本的相似性，而是从修辞、语言、历史等不同层面分析诗人作品与民间文学的关系；（2）研究成果丰富，研究者们不仅指出诗人作品中的民间文学来源，而且还分析了诗人运用民间材料的艺术方法和修辞目的。

然而，这一时期的研究也存在某些不足之处，首先，大多数学者都是从某一方面对该课题进行细化研究，有的学者侧重于探讨诗人作品的民间形式，有的学者侧重于分析诗人作品的民间形象，有的学者侧重于研究诗人作品的民间语言……大多数研究成果都是以文章的方式出现，尤为缺少研究涅克拉索夫诗歌与民间文学关系的专门著作。其次，虽然该课题的研究已经达到一定高度，但是仍然存在一些问题未曾涉及或者未予展开，如涅克拉索夫对民间文学“劳动”主题、“道路”主题和“寻找幸福”主题的借鉴和发展，诗人笔下“神奇的赠予者与相助者”角色的功能等，这些都需要我们进一步完善。

苏联解体后，俄罗斯的涅克拉索夫研究虽有所降温，但从未间断，进入了平稳发展的第三阶段。一方面，俄罗斯的研究者们继续对诗人各种类型的作品、相关的文献资料进行整理、出版。1981—2000 年，由米尔古诺夫（Б. В. Мельгунов）主编的 15 卷本（整套书共 22 册）《尼·阿·涅克拉索夫作品和书信全集》（«Н. А. Некрасов. Полное собрание сочинений и писем в 15 томах»）由圣彼得堡（1924—1991 年被称为列宁格勒）的科学出版社出版。全集不仅收录了诗人 1838—1877 年创作的所有诗篇，而且还包括他的戏剧作品、散文作品、小品文、政论文、文艺评论、编辑出版活动材料、书信等。此外，2010 年和 2011 年，诗人的 7 卷本作品集和单本诗集也相继出版。为了纪念诗人诞辰 190 周年，并继续“普希金之家”1953 年出版的 1917—1952 年有关涅克拉索夫研究的文献目录，莫斯科市国家文化预算机构涅克拉索夫中央通用科学图书馆（Государственное бюджетное учреждение культуры города Москвы «Центральная универсальная научная библиотека им. Н. А. Некрасова»）于 2011 年出版了 1953—2010 年关于诗人研究的文献索引目录第一辑（主要统计了诗人研究书目、小册子和学位论文摘要，收录了致力于涅克拉索夫生平和创作研究以及书名中出现诗人姓名的专

著和论文集，学术会议报告材料和学位论文摘要）。[①] 第二辑（上）于 2016 年出版，主要统计了 1983—2000 年发表在期刊、论文集、学术会议、专著以及教科书中的有关诗人研究的相关文献。[②]

另一方面，俄罗斯的涅克拉索夫研究者们不仅延续了苏联时期传统的研究角度和研究方法，而且在新的文学理论的指导下，使新时期的涅克拉索夫学向多元化、纵深化的方向发展。学者们逐渐不再局限于诗人的传记研究、诗人创作的历史性研究、诗歌的内容研究、主题研究等角度，而是从更多样化的视角挖掘涅克拉索夫诗歌的魅力，比如克拉斯诺夫（Г. В. Краснов）对比分析了维诺格拉多夫的抒情之“我”和涅克拉索夫抒情之“我”的概念、菲利波夫斯基（Г. Ю. Филипповский）探讨了涅克拉索夫的诗篇《在旅途中》（«В дороге»）的神话诗学等。[③]

俄罗斯研究者们在新时期对“涅克拉索夫的诗歌与民间文学”课题的专门研究不多，克鲁季科夫（Г. А. Крутиков）的小册子《库劫亚尔歌谣史》（«История песни о Кудеяре»）便属于为数不多的成果之一。作者详细探讨了长诗《谁在俄罗斯能过好

---

① Доронина И. И., Муравьева Е. Э. Н. А. Некрасов: Библиографический указатель литературы (1953 – 2010), Вып. 1. М.: ГБУК г. Москвы «ЦУНБ им. Н. А. Некрасова», 2011, стр. 4.

② Доронина И. И., Метрина Л. Г. , Савостьянова О. Н. Н. А. Некрасов : Библиогр. указатель лит. Вып. 2. Часть 1. Статьи (1983 – 2000) . М. : ГБУК г. Москвы «ЦУНБим. Н. А. Некрасова», 2016, стр. 4.

③ Краснов Г. В. Концепция лирического «я» у В. В. Виноградова и лирического «я» в поэзии Н. А. Некрасова // Междунар. юбил. конф., посв. 100-летию со дня рождения акад. В. В. Виноградова. Тез. докл. М., 1995, стр. 286 – 287; Филипповский Г. Ю. Мифопоэтика Некрасова («В дороге»). // Некрасовский сборник. Т. 14. СПб.: Наука, 2008, стр. 46 – 55.

日子》中《两个大罪人的故事》主人公库劫亚尔（Кудеяр）的原型，并且按照年代顺序列出了所有建立在民间传说基础上的"库劫亚尔歌谣"的不同版本，研究了不同版本歌谣的产生环境。① 在"普希金之家"举办的第37届涅克拉索夫研讨会收集的16篇报告中，有3篇文章与民间文学有关。② 另外，在新时期关于涅克拉索夫的专著和俄罗斯文学史著作的相关章节，研究者们都不同程度地涉及"涅克拉索夫的诗歌与民间文学"的关系，比如，斯卡托夫（Н. Н. Скатов）的《涅克拉索夫》（«Некрасов»）、伊留申（А. А. Илюшин）的《涅克拉索夫的诗歌》（«Поэзия Некрасова»）、别谢金娜的《人民生活的史诗：〈谁在俄罗斯能过好日子〉》（«Эпопея народной жизни：«Кому на Руси жить хорошо» Н. А. Некрасова»）、布格罗夫（Б. С. Бугров）和戈鲁布科夫（М. М. Голубков）主编的《19—20世纪俄罗斯文学》（«Русская литература XIX – XX веков»）等都有所涉猎。

中国学者对涅克拉索夫的研究，经历了多次起伏的波浪式发展。研究者们不仅关注诗人作品的思想性，对其创作的艺术性也多有评析。然而相对于俄国学界而言，中国学界对涅克拉索夫的研究依然存在诸多不足，关于"涅克拉索夫诗歌与民间文学"课题的研究更是几近空白。只有为数不多的研究者提及诗人作品与民间文学的密切关系，然而在论述诗人作品的民间风格时，却大

① Крутиков Г. А. История песни о Кудеяре：к поминанию 130-летия успения Н. А. Некрасова. Изд. 4. СПб.：Музыка, 2007, стр. 1 – 59.

② См.：Березкин А. М. «Песни» и «призвание певца» в поэтике Некрасова; Павловская О. А. Игровые сюжеты и образы в поэзии Некрасова; Баталова Т. П. Замечания о поэтике поэмы «Коробейники»: Сюжетно-композиционная роль образа «Горе-богатыря». // Программа XXXVII Некрасовской конференции ИРЛИ, СПб., 2014.

都如蜻蜓点水般一带而过，并未进行深入分析。

早在五四时期，中国的进步知识分子就已经注意到涅克拉索夫的诗歌作品，了解到诗人及其作品在俄国社会历史进程中的重大意义。20 世纪 20—50 年代，中国学界对涅克拉索夫的研究呈现出一种蓬勃发展的上升趋势，研究特点是对其诗歌的译介和述评并行发展。

李大钊在 1918 年所撰《俄罗斯文学与革命》一文中，对涅克拉索夫的诗歌创作给予高度评价，称“俄国之平民诗派，由 Nekrasov（涅克拉索夫）……达于最高之进步，其所作亦属于不投时好之范畴……（涅克拉索夫）之影响于俄国社会，自其生前已极伟大，死之日，执绋从棺而吊者千万人。一诗人之葬仪，乃成壮大之典礼。彼读者之后裔，常于其著作中寻得人道主义之学派，虽属初步，而能以诚笃真实著。”[①] 针对当时围绕诗人才华问题的争议，他表示：“其所为诗亦或稍有所失，然轻微之过，毫不足以掩其深邃之思想，优美之观念。俄诗措词之简易，尤当感谢此公。盖惟所著多平易，故能为一般读者所接近。其诗多谱入音乐，为流行最普（及）之歌曲，传诵于俄国到处。”[②] 由此可见，李大钊不仅肯定了涅克拉索夫诗歌进步的思想内容，而且赞扬其诗歌语言简洁、朴素、富有音乐性。

瞿秋白在 1921—1922 年旅俄期间写了《俄国文学史》，在

---

① 李大钊：俄罗斯文学与革命，人民文学，1979 年第 5 期，第 5—6 页。

② 李大钊：俄罗斯文学与革命，人民文学，1979 年第 5 期，第 5—6 页。

《俄国的诗》一节中对涅克拉索夫做了阐述。[①] 他把诗人喻为“民间苦的歌者”，其所经受的痛苦，在农奴制尚未废除的19世纪40年代，不但是诗人的，更是公民的。瞿秋白认为：“当那平民的运动激厉猛进的时候，差不多‘大家都不喜欢诗，可是独独宽容一个涅克拉梭夫’，——这就显然是因为他最能鸣‘公民的怨’。”[②] 涅克拉索夫只信仰在真正的平民农夫里，有新的力量出现，只有他们才能切切实实地为平民事业而牺牲。而令诗人愤慨高歌、不能自已的，却是农夫农妇诚朴勤恳的劳动和力量由于各种原因，枉然消磨在久已“被遗忘的乡村”里。

1924年，郑振铎在其编著的《俄国文学史略》中为涅克拉索夫专列一章，对诗人及其创作做了较为详尽的评价。郑振铎肯定了涅克拉索夫的文学史地位及其在下层民众中间的巨大影响力：“尼古拉莎夫[③]之为一伟大的诗人，则为无人能否认之事实。……他的诗大概都是关于农民及他痛苦的。他对于民众的爱成了一线红丝，串着他的全部作品，……他的诗歌的一部分已成了全俄国的财产。”[④] 不仅知识阶层，而且最贫苦的农民都能读懂涅克拉索夫的诗并受其感动、鼓舞，从这个意义而言，涅克拉索夫实在是一个最成功的民众诗人。

刘延陵于1925年发表在《小说月报》第16卷11号的文章

---

① 瞿秋白的《俄国文学史》以《十月革命前的俄罗斯文学》为题被收入蒋光慈编著的《俄罗斯文学》之下篇，由上海创造社出版部印行。1929年又收入华维素编的《俄国文学概论》中，由泰东图书局出版。2004年，复旦大学出版社再次出版了瞿秋白的《俄国文学史及其他》，但《俄国的诗》一节在该书中未保留。

② 蒋光慈：俄罗斯文学，上海：创造社出版部，1927，第238页。

③ 涅克拉索夫在中国另有中文译名尼古拉莎夫、奈克弱索夫、尼克拉梭夫、涅克拉绍夫、聂克拉索夫等。

④ 郑振铎：俄国文学史略，上海：商务印书馆，1933年，第58—59页。

《一个白衣素冠之客——奈克弱索夫和他的诗》中，不仅详细介绍了诗人的生平和创作，而且“以学术批评的眼光，在很多方面提出了深刻而独到的见解”[①]。作者在文章开篇便对比了涅克拉索夫与普希金的创作，称涅克拉索夫“笔端所到，比普希金所触到的深，而笔致之鲜明生动则又非但不如”[②]。当然，刘延陵并非认为普希金的创作不佳，相反还称其作品“仿佛是在社会的门楣上镂花而涂金”，只是由于“他是贵族，对于下级社会的经验不深，所以他的诗如是写实，也只及于当时俄国社会之上层，不曾听到最深处的叹息”[③]。在作者看来，听到人民最深处叹息并用诗歌形式传达给我们的是涅克拉索夫。“描写马夫、车夫、园丁、印工、兵士、妓女、罪犯、农夫……以及他们的种种艰苦的故事……这些东西在俄国文学史上却是初次出现……他的精细的观察，和对于民众的痛苦的深厚怜悯之情，和他们文字里纯粹俄国式的话语，俄国大多数的人民，到如今还当做国宝。”[④] 刘延陵高度肯定了涅克拉索夫诗歌中的现实主义特色：“他所说的话语就是正在许多人心里发酵的那个‘将要发生的某事’……这个发酵的某事乃是大家希望在文学里表现出实际的生活与民众的心情的要求。”[⑤] 作者还指出了涅克拉索夫诗句的朴素性和精确性：“凡是读者无不了解他的诗句，在他的诗里没有一句教人起模糊游移的

---

① 陈建华：中国俄苏文学研究史论（第三卷），重庆：重庆出版社，2007 年，第 91 页。

② 刘延陵：一个白衣素冠之客——奈克弱索夫和他的诗，小说月报，1925 年第 16 卷 11 号，第 3 页。

③ 刘延陵：一个白衣素冠之客——奈克弱索夫和他的诗，小说月报，1925 年第 16 卷 11 号，第 2 页。

④ 刘延陵：一个白衣素冠之客——奈克弱索夫和他的诗，小说月报，1925 年第 16 卷 11 号，第 4 页。

⑤ 刘延陵：一个白衣素冠之客——奈克弱索夫和他的诗，小说月报，1925 年第 16 卷 11 号，第 4 页。

感觉，也没有一句专供人玩享的浮华的形容。”[①] 兼具诗人和评论家双重身份的刘延陵，在此文中对于涅克拉索夫的评论为诗人在中国知识界的传播起到了积极的促进作用。

20 世纪 30 年代起，涅克拉索夫诗歌在中国的译介工作逐步展开。这一时期正值我国内忧外患、国难当头，诗人的作品一经介绍，便因其鲜明的革命性和战斗性，引起我国知识分子和平民百姓的广泛关注和强烈推崇。在最早的译者当中，首先应当提起的是翻译家孙用，1934 年他在《译文》杂志发表了一篇名为《尼古拉·奈克拉索夫》的评介译文及三篇诗人的短诗《母亲》（«Мать»）、《城市中散布着》、《盐之歌》（«Соленая»）。同年，孟十还根据俄文原作翻译了《严寒，通红的鼻子》（«Мороз, Красный нос»）。值得一提的是，《严寒，通红的鼻子》这一中文译名还是鲁迅最后酌定的。鲁迅在 1935 年 2 月 24 日致孟十还的信中写道：“《红鼻霜》固然不对，《严寒，冻红鼻子》太软弱，近于说明，而非翻译。其实还是《严寒，红鼻子》好，如果看不懂，那是因为下三个字太简单了，假如伸长而为《严寒，通红的鼻子》，恐怕比较容易懂。此外真也想不出什么好的来。”[②] 孟十还在《后记》中评论了涅克拉索夫一贯的现实主义风格，称“俄国人民，尤其是农人和他们的痛苦，就是涅克拉绍夫的诗歌的主要题材……所看到的人物，并不是常流泪的，而是沉静，善良，有时候且是极愉快的工作者，他很少用自己的想像去渲染他们，他只依照原样，从生活本身里，取出他们来。”[③] 译者的短短数语

---

① 刘延陵：一个白衣素冠之客——奈克弱索夫和他的诗，小说月报，1925 年第 16 卷 11 号，第 5 页。

② 鲁迅：鲁迅书信集（下卷），北京：人民文学出版社，1976 年，第 766 页。

③ 涅克拉绍夫：严寒，通红的鼻子，孟十还译，上海：文化生活出版社，1936 年，后记第 1—2 页。

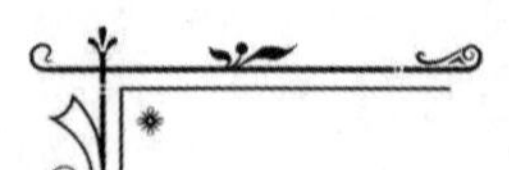

便道出了诗人忠于现实生活的写实特色。

1937 年，商务印书馆出版了高寒根据英译本翻译的《在俄罗斯谁能快乐而自由》(«Кому на Руси жить хорошо»)。作者对诗人的艺术成就和贯穿史诗中的革命精神给予高度评价，他在《引言》中指出，涅克拉索夫“一生的杰作《在俄罗斯谁能快乐而自由》……不单是在作风上采用俄国民歌的形式，说出了俄国农民的忧患和辛苦，刻画出了俄国农民的真挚而伟大的灵魂，且也在诗歌史上，第一次以荷马歌咏英雄和战争的那热心和深情，那种史诗之作者所稀有的大力和气魄，来歌咏了平凡人——农民、劳动者、乞丐、游方僧和流浪人——的生活和不幸。所以，在这意味上谓作者的这篇长诗，可以比之于荷马，且殊胜于荷马，当是无人否认的。”①

20 世纪 50 年代，中国学界对涅克拉索夫的研究工作和翻译工作继续发展。学者们对诗人的介绍不但逐渐增多，且译诗多从俄文直接翻译，译文较为忠实可信。这一时期的译作主要有：沙可夫翻译的《未收割的田地》(«Несжатая полоса»)，满涛翻译的《伏尔加河上》(«На Волге»)和《沉默吧，复仇和忧伤的缪斯》(«Замолкни, Муза мести и печали! ...»)，林念松翻译的《俄罗斯女人》(«Русские женщины»)，魏荒弩重译的《严寒，通红的鼻子》等。需要指出的是，《俄罗斯女人》是俄国诗歌史上唯一描写十二月党人起义的卓越诗篇，长诗歌颂了十二月党人妻子的顽强意志和英雄性格，反映了 19 世纪六七十年代进步知识分子的情绪和特征。总的来说，20 世纪 50 年代对涅克拉索夫的研究特点以译介为主，译者们在《前言》或《后记》中对诗人

① 尼克拉索夫：在俄罗斯谁能快乐而自由，高寒译，上海：商务印书馆，1939 年，引言第 1—2 页。

及其作品所做的评价，基本代表了当时学界的主流观点。

进入60年代，俄苏文学研究迅速降温。学界对涅克拉索夫的研究也受到当时中国国情的影响，在整个“文化大革命”时期几乎停滞不前。1962年，人民文学出版社出版了飞白翻译的长诗《货郎》。同年，《世界文学》刊登了安旗的《读外国叙事诗笔记：在俄罗斯谁能快乐而自由》，文中谈到了涅克拉索夫长诗《谁在俄罗斯能过好日子》的人民性和民间艺术特点、长诗与俄罗斯民歌的关系以及长诗浓郁的生活气息。

经过十多年的中断，诗人的作品再度受到我国翻译界和研究界的普遍关注。20世纪70代末至90年代初的十几年，是涅克拉索夫在中国的“黄金时代”。据笔者初步统计，研究者们发表了20余篇关于诗人的文章；出版了两本研究专著（甘雨泽的《涅克拉索夫》和魏荒弩的《涅克拉索夫初探》）；四本译著（分别为飞白重译的《谁在俄罗斯能过好日子》、魏荒弩翻译的《涅克拉索夫诗选》和三卷本《涅克拉索夫文集》、丁鲁翻译的《涅克拉索夫诗选》）。此外，若干学者在《俄国文学史》《俄罗斯诗歌史》中也辟专门章节对诗人进行介绍、评析。诸多成果的出现说明我国的涅克拉索夫研究达到了一个新的高潮。

章其1979年发表的《〈俄罗斯女人〉简介》介绍了长诗《俄罗斯女人》的创作过程，分析了它的艺术特点。刘国屏在《感人至深的“俄罗斯灵魂”——长诗〈俄罗斯女人〉简评》中着重分析了两个女主人公形象：特鲁别茨卡娅公爵夫人克服沙皇当局的刁难和路途中的种种困难，不远万里奔赴西伯利亚与丈夫团聚，她支持正义事业，坚信正义必胜，她的身上具有一种俄罗斯的民族性格，即普希金所赞美的那种“俄罗斯的灵魂”；沃尔康斯卡娅公爵夫人战胜了父亲的留难，表达出对丈夫、对爱情的忠贞不渝。刘国屏指出：“诗人以娴熟的技巧，以纯净的叙述的手

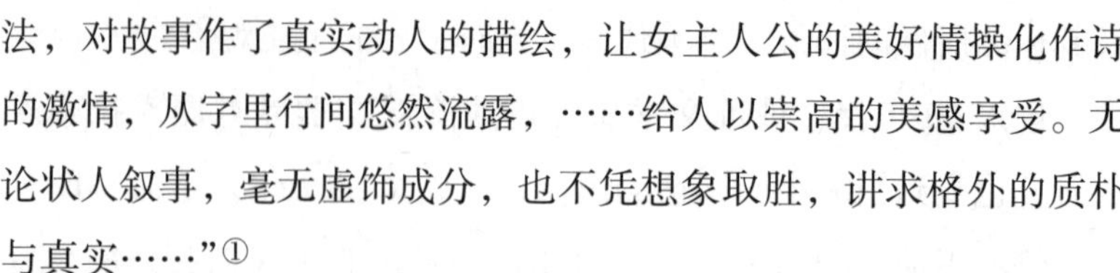

法，对故事作了真实动人的描绘，让女主人公的美好情操化作诗的激情，从字里行间悠然流露，……给人以崇高的美感享受。无论状人叙事，毫无虚饰成分，也不凭想象取胜，讲求格外的质朴与真实……”①

除了诗人的叙事诗外，也有研究者谈到了他的抒情诗。1986年，仇振声在《传记中易被忽略的几个问题》一文中对涅克拉索夫的爱情生活有所提及。1988年，仇振声的论文《涅克拉索夫的“情诗”和“情史”》又对涅克拉索夫与巴纳耶娃的爱情经历和他们的爱情“果实”——大量的情诗做了详细介绍。朱宪生在1993年出版的著作《俄罗斯抒情诗史》中也辟专章对涅克拉索夫的抒情诗进行了较为深入的研究。作者指出：“涅克拉索夫的抒情诗中有相当一部分作品可属于所谓‘政治抒情诗’之列，而其中特别突出的又是‘公民诗’。……比较起以往的‘公民诗’，涅克拉索夫的作品更富有民主主义精神。”② 诗人从一开始就确定了自己的诗歌是为穷苦人民服务的诗歌，是揭露和批判人世间的不平的诗歌，他的讽刺抒情诗表达了对被压迫、被损害的人民的深切同情，以及对反动政权的愤恨。此外，涅克拉索夫的“巴纳耶娃组诗”在俄罗斯的爱情诗中也颇负盛名。朱宪生指出：“‘巴纳耶娃组诗’是涅克拉索夫的诗歌创作中最抒情的作品……它也许没有丘特切夫的‘杰尼西耶娃组诗’那种震撼人心的甚至是令人透不过气来的冲击力和压迫感，但无疑也具有一种使人既悲凉又惋惜的艺术感染力；它自然缺少费特的‘拉济契组诗’的明亮、热烈的旋律，但却也有涅克拉索夫所独有的深沉而忧郁的基调。

---

① 世界文学名著选评（第四集），南昌：江西人民出版社，1982年，第278—281页。

② 朱宪生：俄罗斯抒情诗史，西安：陕西人民教育出版社，1993年，第310页。

它所揭示的心理冲突中较之于‘杰尼西耶娃组诗’更少一些社会的哲理的因素，而更多一些性格的矛盾；它所宣泄的情致中较之于‘拉济契组诗’更多一些个人隐痛，更少一些普遍意义。”①“巴纳耶娃组诗”不仅展示了涅克拉索夫的内心世界，而且作为爱情诗中的明珠具有强烈而久远的生命力。

在这一时期众多的研究者中，北京大学的魏荒弩教授尤其值得一提。无论是在涅克拉索夫的研究方面，还是在其译介方面，魏先生都做出了突出的贡献。第一，他创作了多年来我国最具代表性的一部涅克拉索夫研究专著——《涅克拉索夫初探》。在这部著作中，作者从中国研究者的角度，对诗人的生活道路、思想及文艺创作进行了多方面的探索。作者重点分析了诗人不同时期的诗歌作品，指出了诗人在题材、语言、创作手法等方面“显著的突破和创新”，材料翔实，运笔细致。魏荒弩称涅克拉索夫是俄国城市诗的创始人，其讽刺诗成就极高，爱情诗纯朴自然。“散文语言与诗歌语言的结合，不仅没有减少涅克拉索夫诗歌的美，反而赋予它以独特性和新奇感。”② 作者还提到了涅克拉索夫对我国老一辈诗人禾波、牛汉、艾青、田间、臧克家等人的影响。第二，他发表了一系列研究文章，从不同角度论述了涅克拉索夫在俄苏文学中的重要地位和深远影响。如在《涅克拉索夫与苏联诗歌》一文中，他从美学角度评价了诗人创作的独特性：“涅克拉索夫赋予自己的创作以通俗而质朴的诗歌形式，从而使自己的诗歌大大接近了人民和人民的口头创作。”③ 作者还指出，

---

① 朱宪生：俄罗斯抒情诗史，西安：陕西人民教育出版社，1993 年，第 331—332 页。

② 魏荒弩：论涅克拉索夫，北京：北京大学出版社，2000 年，第 140 页。

③ 魏荒弩：涅克拉索夫与苏联诗歌，国外文学，1983 年第 1 期，第 11 页。

苏联诗人杰米扬·别德内依（Демьян Бедный）、伊萨科夫斯基（M. B. Исаковский）、特瓦尔多夫斯基（A. T. Твардовский）、苏尔科夫等，都继承并发扬了涅克拉索夫的创作传统，评论家们也把马雅可夫斯基（B. B. Маяковский）称作涅克拉索夫传统最优秀的继承者。在《涅克拉索夫与屠格涅夫》一文中，作者对两位作家进行了对比研究，指出了他们创作的异同：涅克拉索夫与屠格涅夫的政治信念、美学观点和个人爱好不同，他们虽各自以不同的方式和技巧刻画出俄罗斯民族性格的典型特征，却又都受过别林斯基的影响，都在为文学的现实主义而斗争；两人的创作风格和表现手法虽有显著不同，但在创作精神上又非常接近，都塑造了一系列包括贵族地主、善良的农民的著名形象，并且都歌颂了俄罗斯妇女的忠贞、坚强，是“创造俄罗斯妇女形象的大手笔”[①]。第三，他译介了涅克拉索夫的大量作品，促进了诗人的诗歌在中国的传播，同时也方便了我们的阅读和研究。魏荒弩先生在晚年将其毕生研究涅克拉索夫的主要成果归入论文集《论涅克拉索夫》，长期以来，这部论文集代表了中国学界研究涅克拉索夫的主流观点。

20 世纪 90 年代中后期乃至新世纪以后，中国学界对涅克拉索夫的研究又低落到一种很不活跃的状态，仅有寥寥几篇文章问世：李萌的《涅克拉索夫早期诗歌创作中的几个转折点》研究了诗人的早期创作，指出诗人从浪漫主义转入相对成熟的现实主义的过程，并论述了促成此历程的社会原因和个人原因；孙忠霞、王平、张友华（硕士论文）不同程度地论述了诗人笔下四种典型的女性形象，即“启蒙人生、沁然心扉的伟大母亲形象”、“天真

---

① 魏荒弩：涅克拉索夫与屠格涅夫，国外文学，1983 年第 4 期，第 17 页。

烂漫、充满理想的天真女性形象”（萨沙）、“饱受凌辱、委屈挣扎的底层女性形象”（达丽亚、玛特辽娜）和“忠贞无畏、英勇抗争的先进女性形象”（特鲁别茨卡娅、沃尔康斯卡娅）；王会珍（硕士论文）的«Народный дух в творчестве Н. А. Некрасова»（《论涅克拉索夫创作中的人民思想》）介绍了“人民诗人”的成长过程，归纳了促使其成为“人民诗人”的三个因素——“童年时期的生活环境”“彼得堡时期的困苦经历”“与别林斯基的相识与交往”，论述了诗人笔下的人民形象——劳动人民和农村妇女，评析了史诗《谁在俄罗斯能过好日子》中所体现的人民思想。

1999 年，上海译文出版社出版的刘宁主编的《俄国文学批评史》对涅克拉索夫作为文学批评家的成就做了介绍。涅克拉索夫不仅是诗人，而且长期担任《现代人》和《祖国纪事》的主编。在他的身上，批评家和艺术家不仅交替出现，相互促进，而且达到了抽象思维与形象思维的相互交融、美学批评与社会批评相互补充的境界。涅克拉索夫成熟时期的文学批评，不仅自觉地遵循别林斯基和车尔尼雪夫斯基创立的革命民主主义和唯物主义的美学纲领，而且善于创造性地运用它们，补充和修正其中的某些片面性和不足之处。当人们把丘特切夫归于二流诗人时，他第一个指出“普希金、莱蒙托夫、丘特切夫是俄罗斯诗歌的三个高峰、三个源头”①，首次揭示了丘特切夫作为一位富于独创性的天才诗人在俄国文学史上的地位和作用。在费特、迈科夫、屠格涅夫、托尔斯泰的评价方面，涅克拉索夫也做出了独特的贡献。

总结一个世纪以来中国学界的涅克拉索夫研究，可以说取得了一些可喜的成果。然而，在看到这些成绩的同时，我们也发现

① 梅列日科夫斯基：俄罗斯诗歌的两个奥秘，杨怀玉译，国外文学，1997 年第 3 期，第 53 页。

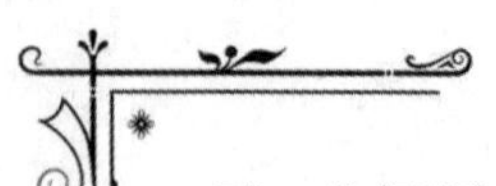

了一些问题：第一，中国学界对诗人涅克拉索夫的接受虽然深刻，但与其文学地位相比，研究仍显不足。即使在涅克拉索夫研究的“黄金时代”，对他的研究也远不能与普希金、果戈理、陀思妥耶夫斯基、屠格涅夫、托尔斯泰等作家相提并论。第二，研究视角陈旧。多数研究关注点依然停留在诗人作品的思想内容层面，在论及作品的艺术风格时，分析不够深入。第三，研究范围狭窄、研究力度不够。国内的文章一般集中在介绍分析《谁在俄罗斯能过好日子》、《俄罗斯女人》、《大门前的沉思》（«Размышления у парадного подъезда»）等少数诗作，文学史也多是一些介绍性的文字，尤为缺乏系统深入的研究论文和专著。最重要的一点，我们在归纳国内涅克拉索夫研究文献时发现，虽然学界主流意见都认为诗人在题材、语言、创作手法等方面具有“显著的突破和创新”，认为现实主义诗歌传统同人民口头诗歌创作相结合的特点是其作品的独特风格，然而，至今却没有一篇系统论述“涅克拉索夫诗歌与民间文学”关系的文章，更别提对此课题的专门研究与深入探讨了。

在我们看来，涅克拉索夫在当今中国的边缘化趋势主要存在以下原因：

首先，中国的文学环境中随着市场经济的改革出现不同的需求。20 世纪 90 年代后文化发展多元化，信息传播日益丰富，严肃文学在社会文化领域产生的影响力日趋减弱，读者对包括涅克拉索夫作品在内的严肃文学的需求也相应有所减少。

其次，改革开放以后，西方文学和俄苏文学一并成为我们世界文学视野中重要的组成部分，西方现代主义、后现代主义文学一股脑地被介绍到国内，魔幻现实主义、存在主义、结构主义等思潮令人目不暇接，而相应的文学作品带给读者与众不同的阅读体验。

再次，中国的接受客体对诗人涅克拉索夫的认识尚不全面，对其文学定位或存偏颇。国内学者过去对诗人多从“社会学”角度进行阐释，“公民诗人”似乎成为涅克拉索夫最为显著的标签。然而，“公民性”并不足以囊括“涅克拉索夫式的风格特征”。米尔斯基曾经指出，涅克拉索夫是一位具有“现代”意义的诗人，他具有“伟大的独创性和创新性”，“反对一切陈旧的诗歌趣味……他最为出色、最为独特的诗作之意义，恰在于他大胆创造出一种不受传统趣味标准之约束的新诗歌……就其独创性和创造力而言，涅克拉索夫位居一流俄国诗人之列……”①

中国的涅克拉索夫研究之所以进入“历史”，或许恰恰表明传统的研究模式已不再能为当代学者提供更为广阔的阐释空间，不再能为当代读者提供更为丰富的审美想象。故而我们选择了一个对于中国学界而言较新的研究角度，即分析涅克拉索夫的诗歌与民间文学的密切关系，希望能从某种程度上补充并推进中国的涅克拉索夫研究，使广大读者对诗人及其作品有一个更客观、更全面、更深入的了解。

① 德·斯·米尔斯基：俄国文学史（上卷），刘文飞译，北京：人民出版社，2013 年，第 24 页。

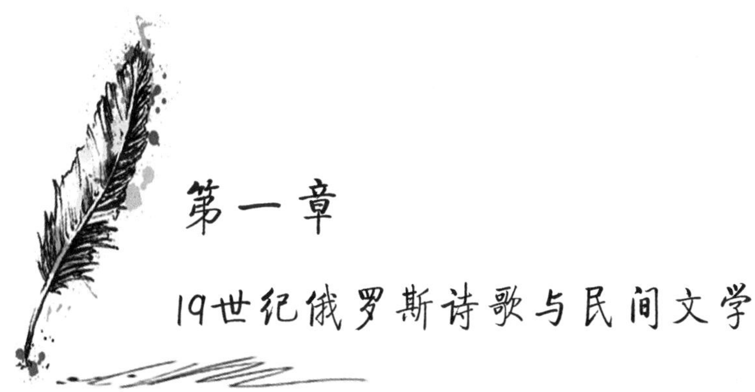

第一章

19世纪俄罗斯诗歌与民间文学

文学有两种形态，即口头文学和书面文学，二者紧密联系并且相互影响。口头文学先于书面文学产生，是作家书面创作出现之前唯一的创作形式。依据民间歌手和故事讲述者的艺术经验，作家开始了个体创作的最初尝试。对作家而言，民间文学是其艺术创作的源头活水，为他们提供了丰富的创作题材、生动的人物原型、深刻的思想内容和多样的艺术形式；反之，作家对民间文学的搜集、整理、保存、研究、提炼、加工和传播，也起了积极的作用。

关注民间口头文学创作，是俄罗斯文学发展不同阶段的共同特征。古代俄罗斯书面文学与民间文学在很大程度上并没有清晰的界线，各种书面文学作品对于民间故事、传说、歌谣和史诗的依赖十分明显。18 世纪俄罗斯文学和艺术迅速发展，彼得大帝的改革加强了人们的民族意识，文学界出现了对民间创作的研究兴趣，并且产生了第一批有意识地运用民间文学创作书面作品的尝试。19 世纪俄罗斯作家对民间文学的关注程度更是远远超过以前。1812 年卫国战争后，俄罗斯民族意识和个人意识空前觉醒，文学的“人民性”促使作家和诗人在民间口头创作中寻找民族精神和民族性格的表现，探究俄罗斯的民族灵魂。20 世纪俄罗斯文学与民间文学的关系也极为密切，不仅散文家们保留了民间创作传统，各种民间文学元素在诗人们的作品中也多有体现。

古罗斯文学的巅峰之作《伊戈尔远征记》（«Слово о полку Игореве»）受民间文学的显著影响，雅罗斯拉夫娜的哭诉是其中最感人的段落之一。在诺维科夫（Н. И. Новиков）、克雷洛夫（И. А. Крылов）、拉季谢夫（А. Н. Радищев）等人的作品中，也经常可以听到民间口头文学的回声。茹科夫斯基（В. А. Жуковский）、普希金（А. С. Пушкин）、莱蒙托夫（М. Ю. Лермонтов）、柯尔卓夫（А. В. Кольцов）、果戈理（Н. В.

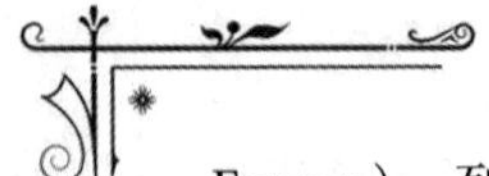

Гоголь)、列夫·托尔斯泰（Л. Н. Толстой）等作家都从民间文学汲取了丰富的营养，创作了一部又一部体现俄罗斯民族精神，植根于人民生活土壤的优秀作品。高尔基（А. М. Горький）、蒲宁（И. А. Бунин）、布尔加科夫（М. А. Булгаков）、肖洛霍夫（М. А. Шолохов）、马雅可夫斯基（В. В. Маяковский）、叶赛宁（С. А. Есенин）等也都珠联璧合地把民间文学的母题、情节、形象、风格等融合于自己的创作之中。

与以上作家相同，涅克拉索夫也极为关注俄罗斯民间口头文学，他不仅借鉴了民间文学的精华，更是以民间文学为基础，开创了新的一代诗风。我们在本章主要梳理 19 世纪俄罗斯诗歌与民间文学的密切关系，指出诗人们创作的民间传统。同时指出涅克拉索夫的民间文学知识源泉、其民间文学观以及民间文学对其创作的影响。

第一节　19 世纪俄国诗人与民间文学

19 世纪俄罗斯诗歌主要由两个流派构成：浪漫主义和现实主义。这两个流派的诗人们都喜爱民间文学、重视民间文学，并且有意识地从民间文学中汲取了诸多丰富的素材，以补充、完善自己的艺术创作。

茹科夫斯基是俄国浪漫主义诗歌的奠基人，被誉为“俄国文学史上第一位抒情诗人”，他善于刻画人物的内心世界，表现平凡的人丰富细腻的感情。茹科夫斯基很重视民间文学，他常常采用民间口头诗歌创作的传统格律，并且发展了民间诗歌传统的抑扬格。诗人还善于从民间文学中汲取养料，他的很多作品都取材于民间流传的神话故事，具有浓厚的民间色彩，如故事诗《柳德米拉》(«Людмила»)、《斯维特兰娜》(«Светлана»)、《十二个睡美人》（«Двенадцать спящих дев»），童话诗《沉睡的公主》（«Спящая царевна»）、《伊凡王子和大灰狼的故事》（«Сказка об Иване-царевиче и Сером Волке»），等等。

《斯维特兰娜》是茹科夫斯基最具代表性的一部作品，诗歌借鉴了民间文学常见的题材和情节，描写了俄罗斯的民间生活和习俗。作品开篇便展现了极具俄罗斯气息的农家少女们占卜的场面：

Раз в крещенский вечерок
Девушки гадали：
За ворота башмачок，
Сняв с ноги，бросали；
Снег пололи；под окном
Слушали；кормили
Счетным курицу зерном；
Ярый воск топили；
В чашу с чистою водой
Клали перстень золотой，
Серьги изумрудны；
Расстилали белый плат
И над чашей пели в лад
Песенки подблюдны.①

① Жуковский В. А. Светлана. http：//az. lib. ru/z/zhukowskij_w_a/text_0100. shtml.

有一次，一个主显节的夜晚，
姑娘们在卜占：
她们从脚上脱下鞋，
丢在大门外；
她们悄悄躲在窗下听动静；
寻觅那藏在雪堆里面的指环；
她们熔化了纯蜡；
数着谷子把鸡喂；
然后盛来清水一碗，
扔入金戒指和
绿宝石的耳环；
还在碗口上，
蒙条白手绢，
就齐声唱起歌儿来卜占。[①]

故事诗的女主人公斯维特兰娜是一个温柔的民间少女，故事的情节以她占卜时所做的一个梦而展开。离奇的内容、神秘的气氛、抒情的格调、民歌的风格以及顺从天命的宗教观使这部作品成为俄国保守浪漫主义的代表佳作。

需要指出的是，以茹科夫斯基为代表的保守浪漫派在描写俄国民间生活时，经常过分渲染并美化迷信落后的一面。这是因为他们希望在民间创作中寻找俄罗斯民族性格的表现，而其所珍视的民族特征，是“俄罗斯人民笃信宗教、虔良温顺、知命忍耐”的特点。保守浪漫派诗人在其诗篇中运用民间文学材料，是为了把俄罗斯古代一些落后的消极因素理想化和神圣化。

① 茹科夫斯基：十二个睡美人，黄成来、金留春译，上海：上海译文出版社，1989 年，第 83—84 页。

由十二月党诗人、年轻的普希金、莱蒙托夫等杰出诗人构成的革命浪漫派对民间文学也具有浓厚的兴趣。丘赫尔别凯（В. К. Кюхельбекер）曾经说过："祖先的信仰、祖国的风习、编年史、民间歌谣和诗篇——这都是我国文学的最优秀、最纯洁、最正确的源泉。"[1] 他根据俄罗斯童话的主题，写出了叙事诗《巴霍姆·斯捷潘诺夫》（«Пахом Степанов»）和剧本《商人之子伊凡》（«Иван, купецкий сын»）。别斯图热夫（А. А. Бестужев）把民间创作视为祖国文学无穷无尽的宝藏，他的"叙事诗《萨蒂丽》的情节就是取自雅库梯人的一个关于不忠实的妻子的故事"[2]。奥陀耶夫斯基（А. И. Одоевский）的诗作《瓦西里柯》（«Василько»）和《我们从赤塔向彼得罗夫工厂转移之歌》（«Путешествие из Читы в Петровский завод»）、雷列耶夫（К. Ф. Рылеев）的《怀古集》（«Думы»）等也是从民间文学的土壤中成长起来的，《怀古集》中最著名的《伊凡·苏萨宁》（«Иван Сусанин»）歌颂了一位质朴守林人的爱国主义情怀。雷列耶夫和别斯图热夫还共同创作了一系列宣传歌谣，如《啊，那些岛屿在哪里》（«Ах, где те острова...»）、《我们的沙皇——一个俄罗斯的德国人》（«Царь наш — немец русский...»）、（《啊，祖国让我窒息》（«Ах, тошно мне...»）等。与保守浪漫派诗人不同，十二月党诗人从民间文学中借鉴的是那些表现自由精神和英雄格调的元素，他们特别重视民间文学中的民族英雄和为祖国解放而战的勇士形象，认为俄罗斯人民可以从中吸取力量与压迫者进行斗争。这一点对普希金、莱蒙托夫、涅克拉索夫等人的诗歌创作

① 刘锡诚：俄国作家论民间文学，北京：中国民间文艺出版社，1986年，代序第1页。

② 开也夫：俄罗斯人民口头创作，连树声译，中国民间文艺研究会研究部（内部读物），1964年，第37页。

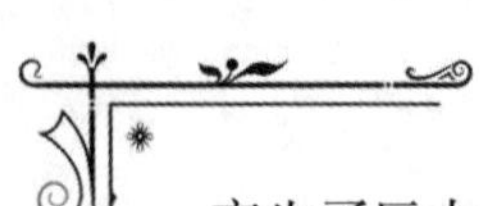

产生了巨大的影响。

普希金很早就对民间文学产生了兴趣，从儿童时代，他就经常听乳母阿琳娜·罗季昂诺夫娜·雅科夫列娃（А. Р. Яковлева）讲民间故事和传说，听她唱民间歌谣。后来在南方流放时期，普希金亲自记录了关于斯杰潘·拉辛（С. Т. Разин）的哥萨克歌曲和茨冈人的歌曲。在米哈伊洛夫斯克村时，他研习了吉尔沙·达尼洛夫（К. Д. Данилов）编的《俄罗斯古代诗歌集》（«Древние русские стихотворения»）和楚尔科夫（М. Д. Чулков）的民歌集。诗人热爱民间文学，熟悉民间文学，并且终生都对民间文学怀有浓厚的兴趣。

普希金对民间文学发表过一些珍贵的见解，在他看来，民间文学是文学的基础。"用伟大作品表现了人类的那些不朽天才们出现之前，有诗歌存在，这时就已经产生了伟大的文学。那些天才们是追随了已经明显的足迹的……文艺唯有和民间诗歌血肉相连地密切结合，才能够丰盈地发展，作家唯有保持着和民间文艺的密切联系，才能够掌握语言的艺术。"① 普希金惊叹于民间童话语言诗意的表现力："童话就是童话，但我们的语言是另外一回事，它无论如何都无法将俄国的广阔无疆表现得像在童话中那样淋漓尽致。想要脱离童话而学会用俄语讲话……不，很难，简直是不可能！在我们的每一句俗语中包含着多少美，多少思想，多少智慧啊！简直就是黄金！这是学不来的，学不来的！"② 伟大的诗人不止一次呼吁青年作家们学习民间语言："多听听民间的口

---

① 中国民间文艺研究会：苏联民间文学论文集，北京：作家出版社，1958 年，第 120—121 页。

② Даль В. И. Воспоминания о Пушкине. // Вацуров В. Э. и др., А. С. Пушкин в воспоминаниях современников（в двух томах）. Т. 2. М.: Художественная литература. 1985, стр. 262.

语吧，青年作家们，在其中你们会学到很多在我们的杂志上找不到的东西。”① 普希金认为民间文学是广大人民群众生活的反映，是人民的民族自觉，其中体现了俄罗斯的民族性格。而这种民族性格并不是“官方民族性”理论持有者所理解的尊崇正统和专制政体、低声下气的归顺和屈从，而是人民所具有的创造的意志、求生活的斗争和求自由的斗争。普希金很珍视那些歌颂人民反抗沙皇、反抗农奴制、渴望自由的民间歌谣和故事，并且亲自搜集过关于斯杰潘·拉辛和叶米里扬·普加乔夫（Е. И. Пугачев）的民间材料。诗人在仿民歌体诗篇《斯金卡·拉辛之歌》（«Песни о Стеньке Разине»）中把拉辛称为“勇敢的好汉”，充满了对农民起义领袖的热情歌颂；在《上尉的女儿》（«Капитанская дочка»）中，他挺身卫护奋起反抗沙皇羁轭的农奴，通过普加乔夫对格里涅夫讲述的民间故事，表达人民挚爱自由的性格特点。

有一次，老鹰问乌鸦：“请你告诉我，乌鸦，为什么你在世界上活三百年，我只活三十三年呢？”——“亲爱的，这是因为，”乌鸦回答道，“你喝鲜血，我却只吃死尸！”老鹰想了一想：让我也吃一下这种东西看。好。老鹰和乌鸦一起飞走了。喏，它们看见了一匹死马，就飞下来，停在马尸上面。乌鸦一边吃，一边赞美。老鹰啄了一口，又啄了一口，抖一抖翅膀对乌鸦说道：“不，乌鸦老弟，与其吃死尸活三百年，不如痛痛快快地喝一次鲜血，以后就听天由命！”②

① Пушкин А. С., Полное собрание сочинений (в десяти томах). Т. 7. М.-Л.: АН СССР, 1951, стр. 76.

② 普希金：普希金小说选，肖珊、刘辽逸等译，贵阳：贵州人民出版社，1981 年，第 337 页。

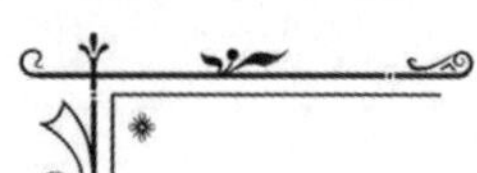

普希金显然借这个民间故事表达了农民的愿望：宁愿用生命的代价换取自由，也不愿在沙皇专制的统治之下苟延残喘。

高尔基曾经指出：“普希金是第一个注意到民间创作并且把它介绍到文学里来的俄国作家，他绝不加以歪曲以迎合官方的‘人民性’这观点和宫廷诗人们的伪善倾向，他用他的天才的光辉来润饰民间歌谣和民间故事，但是无损于它们的思想和力量。”① 普希金是第一个将不适合贵族读者口味的民间诗歌风格和紧迫的现实题材（如反对压迫、剥削的主题及道德主题等）引进童话领域的作家，在其诸如《牧师和他的长工巴尔达的故事》（«Сказка о попе и о работнике его Балде»）、《金鸡的故事》（«Сказка о золотом петушке»）、《沙皇萨尔坦的故事》（«Сказка о царе Салтане»）等童话诗中，非但毫不掩饰人民对牧师和沙皇讽刺与否定的态度，反而以更加鲜明的色彩加以描绘。伟大的诗人就是如此珍爱着民间口头文学中的社会内容和人民热爱自由、追求自由的精神。他不仅用民间天才们最优秀的作品丰富了俄罗斯文学，而且还通过自己伟大的作品对民间文学的艺术宝库的建设做出了巨大的贡献。

莱蒙托夫对民间口头创作也极为喜爱。诗人童年时代就接触到民间文学，年幼时在祖母的别墅听人唱民谣，听得如痴如醉，尤其被那些“强盗歌”所深深吸引。中学和大学时期，受到当时社会文化语境中人们对民间文学搜集和研究兴趣高涨的影响，他开始关注民间文学。诗人十六岁时曾经写道：“多么可惜，我的保姆是德国人而不是俄罗斯人，因此，我没有听到民间故事。在

① 高尔基：俄国文学史，缪灵珠译，上海：上海译文出版社，1979年，第169页。

民间故事里，有着比在一切法国文学中都要多的诗歌。"[1] 为了弥补这一遗憾，他通过出版的民间文学文集认真研究了民间口头创作，并且在自己的很多诗篇中再现并丰富了民间文学的主题、形象、韵律和结构。

"强盗"主题是民间文学的主要题材之一，主要描写"强盗们"热爱自由、不畏权贵、积极反抗的历史故事。这一主题于19世纪20年代广泛进入俄罗斯文学，普希金和十二月党诗人都喜爱这一题材，以此为基础创作过很多作品（如普希金的《囚徒》（«Узник»）、《强盗兄弟》（« Братья-разбойники»）等）。在十二月党诗人的笔下，"强盗主题"是"自由主题"、"民族英雄主题"的变体，与争取民族独立解放运动紧密相连。莱蒙托夫继承并发展了这一主题，在他的长诗《最后一个自由之子》（«Последний сын вольности »）中塑造了一个为祖国自由而战的民族英雄瓦季姆的形象。诗人还把民歌同农民起义很好地结合起来，如根据农民起义领袖斯杰潘·拉辛的主题创作的民歌体抒情诗《阿塔曼》（«Атаман»）、根据普加乔夫起义的哥萨克民歌创作的《自由》（«Воля»）等。这些都体现出民间文学对莱蒙托夫创作的深刻影响。

诗人亦被民间文学中的抒情歌谣所吸引，认为它们蕴含着"民族灵魂"的精华。他广泛借鉴俄罗斯歌谣的韵律和结构，创作了一系列自由音步的仿民歌体诗作，如《俄罗斯之歌》（«Русская песня»）、《歌》："钟声在叹息"（«Песня»: " Колокол стонет "）、《歌》："风暴来临前，黄叶在枝上"（«Песня»："Желтый лист о стебель бьется Перед бурей "）、

---

① Азадовский М. К. Фольклоризм Лермонтова. // Козьмин Б. и др., Литературное наследство. Т. 43 – 44. М.: Журнально-газетное объединение, 1941, стр. 235 – 236.

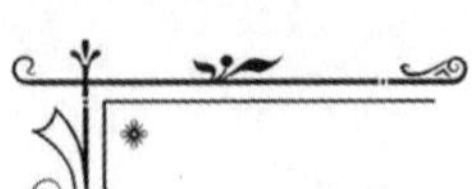

《哀歌》："飞溅吧，飞溅吧，夜的波浪"（«Элегия»: " Дробись, дробись, волна ночная "）等。莱蒙托夫创作成熟时期所作的民歌体长诗《沙皇伊凡·瓦西里耶维奇、年轻的近卫士和勇敢的商人卡拉希尼科夫之歌》（«Песня про царя Ивана Васильевича, молодого опричника и купца Калашникова»）是诗人对俄罗斯文学的一个巨大贡献。长诗塑造了一个能够维护自己尊严的普通俄罗斯人形象，通过这个形象刻画出一种本质接近于民间英雄的性格——自尊、勇敢、正直、善良。这首长诗取材于古代俄国，其格律和风格均汲取自民间史诗。

被称为诗人浪漫主义巅峰之作的长诗《恶魔》（«Демон»）也汲取了民间口头诗歌创作的精华，诗人一方面描写了一个恶神冒犯天神被逐出天国的圣经故事，另一方面则借鉴了一个在高加索广为流传的民间传说，以此突出恶魔的叛逆和反抗精神。这些都说明了莱蒙托夫对民间创作的喜爱、重视和出色的运用。

柯尔卓夫是一位自学成才的民间诗人，他在俄罗斯诗歌史上占有一席特殊的位置，"以自己别开生面的创作丰富了俄国诗坛，成为俄国诗歌史上第一位农村诗人"[①]。他常年跟农民打交道，经常去乡村参加农民的节日庆典，和农民一起唱歌跳舞，甚至张罗举办俄罗斯民歌演唱会。别林斯基说："他了解农民的生活，了解他们的希望、痛苦和欢乐，了解他们生活的散文和诗。"[②] 柯尔卓夫的诗歌具有民歌的风格特点，他善于用朴实无华的语言真实地描写农民的生活和俄罗斯的自然风光。

诗人早期写了不少浪漫曲，发展了浪漫曲这一体裁，他的此类抒情诗在表现感情上极为真诚、坦率，有很强的感染力。俄国

---

① 朱宪生：柯尔卓夫简论，外国文学研究，1992 年第 4 期，第 17 页。

② 转引自朱宪生：柯尔卓夫简论，外国文学研究，1992 年第 4 期，第 18 页。

著名的艺术家和音乐评论家斯塔索夫（В. В. Стасов）认为柯尔卓夫的浪漫曲具有“惊人的美和诗意”[①]。他的很多浪漫曲，如《夜莺》（«Соловей»）、《最后的吻》（«Последний поцелуй»）、《离别》（«Разлука»）等都被作曲家谱曲，成为流行至今的抒情歌谣。

柯尔卓夫的主要成就在于他创作了一系列仿民间诗歌的歌谣，在他所有的诗歌遗产中，近乎三分之一的诗歌成为歌谣。[②] 柯尔卓夫的民歌创作，准确地说，是书面民歌创作，“是诗人奉献给俄国诗坛的一份不可多得的珍贵礼品”[③]。这些是用人民喜闻乐见的形式和语言抒写人民的生活的纯真之作。柯尔卓夫是来自人民的诗人，他在自己的书面民歌创作中既真实描写了农民的日常生活，抒发了他们的思想感情，又对农事劳动做了现实主义的描绘，表现了农民身上蕴含的巨大力量。这一点从很大程度上被革命民主主义诗人涅克拉索夫继承和发扬。需要指出的是，柯尔卓夫描写农民劳动的歌谣大多表现出农民作为创造者和开拓者的自信和欢乐，而涅克拉索夫则较多表现了专制农奴制度下不自由、难以胜任的体力劳动带给农民的灾难和痛苦。在柯尔卓夫的《庄稼人之歌》（«Песня пахаря»）中，字里行间处处洋溢着耕者的欢乐心情：

Весело на пашне.
Ну, тащися, сивка!
Я сам-друг с тобою,

① Стасов В. В. Избранные статьи о музыке. М.-Л.: Государственное музыкальное, 1949. стр. 190.

② Колесницкая И. М. Некрасов и Кольцов (Вопросы художественного метода) // Уч. Зап. ЛГУ, Серия филол. Наук. Вып. 30. Л.: Ленинградский университет, 1957, стр. 84.

③ 朱宪生：柯尔卓夫简论，外国文学研究，1992 年第 4 期，第 19 页。

Слуга и хозяин.

Весело я лажу
Борону и соху,
Телегу готовлю,
Зерна насыпаю.

Весело гляжу я
На гумно из скирды,
Молочу и вею…
Ну! тащися, сивка![①]

喂，拉吧，大灰马！
田野上多快活：
仆人和主人，
只有你和我！

瞧我多快活！
装好耙和犁，
大车已套好，
种子已备齐。

瞧我多快活！
望着草垛和谷仓，

---

① Кольцов А. В. Полное собрание стихотворений. Л.: Советский писатель, 1958, стр. 95.

我打麦，我扬场，

喂，拉吧，大灰马！（朱宪生 译）

《庄稼人之歌》也表现出柯尔卓夫对民间口头诗歌创作的喜爱与借鉴：在以上的三个诗节中，每一诗节中副词“весело”在第一诗行的句首重复出现来重点突出耕者轻松愉快的劳动心情。

除了词汇重复之外，柯尔卓夫还喜欢运用民间文学常见的其他表现手法，如固定修饰语、排比、反喻、短尾形容词、表爱的词尾等，这些艺术手法使其诗歌具有民间诗歌鲜明的形象性。在诗歌韵律方面，诗人作品中的扬抑抑格、平行结构、长短诗行的间杂排列等形成丰富多样的节奏，使其诗歌具有民间歌谣式的音乐美。

柯尔卓夫的创作是通向革命民主主义诗歌之路的重要阶段和必要阶段。“对人民的真正认识、对农民心灵的深刻洞察、对农民劳动的礼赞和对其痛苦的深切同情、用朴实简练的语言对农民生活的散文式描绘、对民间诗歌的天才运用等等，所有这些特征都以不同方式进入革命民主主义文学之中……几乎所有革命民主主义诗人都受到了柯尔卓夫创作的影响。”[①] 涅克拉索夫是受柯尔卓夫诗歌显著影响的诗人之一。他不仅继承了柯尔卓夫作品的主题、形象、语言和韵律，而且以自己独特的艺术手段进行发展与创新。最主要的是，他把“柯尔卓夫创作的关于俄罗斯农民的民主主义诗歌发展成为革命民主主义诗歌”[②]。涅克拉索夫把柯尔卓夫同茹科夫斯基、普希金、莱蒙托夫、克雷洛夫一起并列称为

---

① Плоткин Л. А. А. В. Кольцов, —Вступительная статья к Полному собранию стихотворений Кольцова. Л.: Советский писатель, 1958, стр. 40 – 41.

② Чуковский К. И. Мастерство Некрасова. М.: Гослитиздат, 1962, стр. 554.

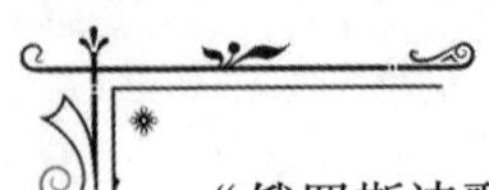

"俄罗斯诗歌泰斗"，称其"用任何人都无法替代的独特光辉照耀了俄国诗坛"。[①] 由此可见涅克拉索夫对柯尔卓夫的由衷喜爱和高度评价。

第二节 涅克拉索夫与民间文学

涅克拉索夫继承了前辈们重视民间文学、使用民间文学的优良传统，并以自己独特的方式进行了发展和创新，形成别具一格的"涅克拉索夫式的风格特征"。杜勃罗留波夫曾高度评价涅克拉索夫的创作，认为诗人"既能继承普希金的优美和莱蒙托夫的力量，又能发展柯尔卓夫诗歌的真实和健康的方面"[②]。民间文学深邃的思想内容和多样的艺术形式是帮助诗人扩大诗歌主题、完善诗歌形式的重要手段。本节通过了解涅克拉索夫民间文学的知识源泉、其民间文学观以及民间文学对其创作的影响，进一步揭示诗人与民间文学的密切关系。

一、涅克拉索夫的民间文学知识源泉

涅克拉索夫出身于一个贵族地主家庭，三岁时全家随退役的父亲迁居到雅罗斯拉夫尔省祖传庄园格列什涅沃。在伏尔加河畔，在著名的西伯利亚流放犯必经的"弗拉基米尔"大道旁，他度过了自己辛酸而难忘的童年。诗人的父亲是一个残暴的地主，经常虐待妻子、打骂孩子、鞭笞农奴。封建制度的黑暗野蛮和周围阴森压抑的生活环境使幼小的涅克拉索夫忧郁而愤懑。与之相

① Некрасов Н. А. Полное собрание сочинений и писем (в 12 т.). Т. 9. М. : Худож. Лит. , 1950, стр. 203.

② 转引自魏荒弩：论涅克拉索夫，北京：北京大学出版社，2000 年，第 135 页。

比，母亲温柔的民谣、生动的故事则为诗人平淡的生活增添了诸多亮丽的色彩。诗人的母亲是一位有教养、天性温柔而富有理想的女人，她把毕生的精力都用于培养、教育子女。母亲经常给幼小的涅克拉索夫朗诵莎士比亚、但丁的作品，给他讲述迷人的童话和传说。在母亲的陪伴下，涅克拉索夫的灰色童年生活有了一段美好难忘的时光。

在诗人父亲庄园不远处的山脚下，伏尔加河流淌而过，他经常和农民的孩子们隐没在伏尔加河上：洗澡、划船、背着猎枪在小岛上游逛。伏尔加河畔纤夫们挣扎劳作的图景，他们凄凉的哀号和沉郁的呻吟，他们劳作时唱的动人心弦的歌声，终生都铭刻在涅克拉索夫的心灵上。在诗人创作成熟时期的长诗《伏尔加河上》中，他再次写到这种"叫人不能忍受的送葬似的均匀的喊叫声"。赫尔岑（А. И. Герцен）曾经指出俄罗斯歌谣具有某种沉重的"忧郁性"特点，这种"忧郁性"体现了"被命运所摧残了的个人的悲哀"，"对命运的谴责"和"被压抑着而又不善于用其他方式表露出来的愿望"。[①] 涅克拉索夫笔下纤夫们忧郁的歌声中同样隐含着他们对所过的那种非人生活的怨恨，以及改变这种痛苦生活的深切愿望。

如果说童年时代在农奴制乡村的生活经历使诗人深入了解贫苦农民的生活，那么初入社会时的一无所有则使他切身体会到底层人民的赤贫状态。这些亲身经历帮助涅克拉索夫从思想本质上真正接近了人民，明白人民的愿望和期待，同时也在很大程度上确定了他创作的性质和方向，帮助他培养成富有民主作风的诗人气质。

---

① 刘锡诚：俄国作家论民间文学，北京：中国民间文艺出版社，1986年，第156页。

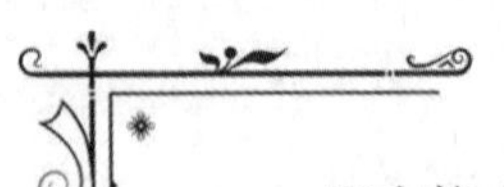

涅克拉索夫的民间文学知识主要有两个源泉，首先源于他的个人生活经历，源于他对生活长期深入细致的考察。1845 年涅克拉索夫在评论索洛古勃（Ф. Я. Сологуб）的小说《四轮马车》（«Тарантас»）时写道："如果要描写俄罗斯小木屋，那么一定要去农村的小木屋亲自看看。在老兵的讲述中无论加上怎样的俏皮话，无论让他怎样巧妙地说错句子，如果作者自己从未听过士兵聊天的话，那么他们笔下关于士兵的故事永远不可能是真正的士兵的故事。"① 在诗人看来，《四轮马车》中作者所描述的士兵语言更像是一种"程式化"的模仿，这种威武的军官用语在当时歌颂爱国主义的剧作中经常出现。作品中的言语与现实生活中真正士兵的言语毫无相似之处。涅克拉索夫不仅反对小说中"滑稽短剧式"虚假的士兵语言，也反对其虚假的内容。在小说中，被尼古拉耶夫残酷的练兵法折磨得痛苦不堪的士兵，却被作者描绘成令所有人都羡慕的幸福之人。诗人认为这种语言歪曲背后隐藏的是对现实的歪曲。

涅克拉索夫自己经常去"农村的小木屋"，因此，从童年起，士兵和庄稼汉的语言他就了解得非常详细。他不仅从书本上，更重要的是在生活中学会了丰富的民众语言。诗人还很年轻时就熟知民间诗歌形象，熟知人民的思维方式和审美特征。他在格列什涅沃生活时，就经常同农民交往，经常听到伟大的民众语言，并且随着时间的推移，人民群众的语言慢慢变成诗人自己的语言。

楚科夫斯基曾经指出："涅克拉索夫是一个地地道道的雅罗斯拉夫尔人，他从小就经常同当地的农民打交道，熟知当地的民间文学……他不需要学习有关当地农民的任何书籍，因为，雅罗

---

① Чуковский К. И. Мастерство Некрасова. М.: Гослитиздат, 1962, стр. 425.

斯拉夫尔、科斯特罗马和诺夫哥罗德的庄稼汉对他而言都是自己人。”[1] 然而，诗人不可能满足于从他长期生活的两三个城市依托个人经验所获得的民间文学知识。为了更全面地了解人民，他还经常认真阅读、仔细研究相关书籍文献，努力扩展、巩固并深化自己的民众知识。

在当时那个年代，似乎还不曾有任何一个作家像涅克拉索夫那样，如此兴致勃勃、孜孜不倦地研习各种民间文学集。[2] 那一时期的民间文集中有很多记录奥洛涅茨（Олонец）、沃洛格达（Вологда）、阿尔汉格尔斯克（Архангельск）、图拉（Тула）、梁赞（Рязань）等地区的民间文学书籍。涅克拉索夫对这些资料产生了浓厚的兴趣，对他而言，这些民间文集是真正有价值的书籍。诗人不仅从中进一步掌握了数以万计珍贵的民众语言，而且还借鉴了一些主要的民间题材、体裁和故事情节。如果不是依赖于这些民间文学知识，他不可能如此深入地描写自己所不熟悉地区的人民及其风俗，更不可能成为“人民诗人”。[3]

二、涅克拉索夫的民间文学观

19 世纪 30—40 年代，关于“文学的民族性”问题的争论几乎成为这一时期俄罗斯文学的中心问题。用别林斯基的话来说，“民族性是我们时代的美学的全部意义”[4]。文学对“民族”的关

① Чуковский К. И. Мастерство Некрасова. М.: Гослитиздат, 1962, стр. 431.

② Чуковский К. И. Мастерство Некрасова. М.: Гослитиздат, 1962, стр. 431.

③ Чуковский К. И. Мастерство Некрасова. М.: Гослитиздат, 1962, стр. 431.

④ 刘锡诚：俄国作家论民间文学，北京：中国民间文艺出版社，1986 年，第 39 页。

注达到前所未有的高度。文学家和评论家对民间口头诗歌创作的兴趣空前高涨，民间文艺学界出现了一大批卓有成就的搜集者和研究者，如基列耶夫斯基（И. В. Киреевский）、斯涅吉廖夫（И. М. Снегирев）、萨哈罗夫（И. П. Сахаров）、达里等。然而，不同阵营的搜集者和研究者对民间文学的态度不同，由此而引起的矛盾激烈，纷争不断。

斯拉夫派力图维护现有的国际经济体系和社会制度，他们认为俄罗斯是一个独特的东斯拉夫人的国家，应该走一条特别的不同于西欧国家的历史道路。他们否认彼得大帝的改革，认为其改革破坏了古老俄罗斯生活的自然进程，把俄罗斯引上了陌生的错误道路，他们认为俄罗斯人民应该回到改革以前的传统道路上去。在斯拉夫派保守的观念中，俄罗斯民族是在拜占庭正教的传统中成长起来的，是一个几乎不问政治、笃信宗教、温良忍耐的民族，它的基本特征是顺从。斯拉夫主义者认为，无限“仁慈”的君主享有最高的立法权与行政权，人民享有“充分的精神自由和言论自由”，君主和人民的“友好”联盟是他们的政治理想。

斯拉夫派宣扬俄国古老的风习，美化宗法制的农村公社，他们力图从民间诗歌中找出人们信奉古代宗法式生活的证明，找出人们宗法道德的表现和顺从、信教等“独特的民族灵魂”。基列耶夫斯基是斯拉夫派的主要理论家之一，他从 19 世纪 20 年代末开始搜集俄罗斯民歌，“把各种歌曲综合在一起，并且按照斯拉夫派的精神把原词作了修改”[①]，因此导致很多歌谣丧失了最初的真实性。除了民间歌曲以外，基列耶夫斯基还热心搜集宗教诗，迷醉于复古，认为“民间文学具有相对的古代性，凡民间文学中

---

① 开也夫：俄罗斯人民口头创作，连树声译，中国民间文艺研究会研究部（内部读物），1964 年，第 42 页。

出现的新现象，都证明民间文学遭到了破坏"[①]。他试图革新和复兴希腊正教，认为"西方教会是唯理论的，经院哲学的；东方教会，即俄罗斯国教，却是神秘论的、直觉的……俄国历史是民族的、真正基督教的功绩，不是靠理性而是靠感情来指导和发扬光大的"[②]。

在维护君主专制制度、东正教的统治方面，斯拉夫派的观点与"官方民族性"理论是一样的。"官方民族性"的忠实捍卫者斯涅吉廖夫和萨哈罗夫在民间文艺学中是"移植论"的代表人物。斯涅吉廖夫把在他看来一切与俄罗斯性格及其在仪式与诗歌中的表现不相符的现象，萨哈罗夫把一切与俄罗斯人民的"基督教本质"相抵触的现象，都说成是移植而来的。在很多情况下，萨哈罗夫为了迎合官方的观点，不仅偏颇地选择材料，而且还伪造材料。

革命民主主义者在捍卫民间文学的进步性和斗争性方面起了重大作用。别林斯基、车尔尼雪夫斯基、杜勃罗留波夫、赫尔岑、萨尔蒂科夫－谢德林等都曾阐释过自己的民间文学观。别林斯基驳斥了斯拉夫派保守的民间文学观，把"顺从是俄罗斯民族性格表现"的主张称之为"虚伪的民族性"。伟大的批评家认为应该批判地看待民间诗歌，一方面，民间诗歌体现出俄罗斯人民坚强勇敢、力不可摧的真正的民族性格，另一方面，它也反映出人民生活的某些保守方面。吸引进步作家注意的不应该是其宗法制的表现，而应当是那些证明俄罗斯人民伟大力量和乐观精神的固有特征。

① 刘锡诚：俄国作家论民间文学，北京：中国民间文艺出版社，1986年，代序第1页。

② 高尔基：俄国文学史，缪朗山译，北京：中国人民大学出版社，2011年，第136页。

车尔尼雪夫斯基和杜勃罗留波夫对民间文学都持有满腔的热情，他们批评了民间文艺学的神话学派对古代文献的偏爱与对现实生活的脱离，指出民间文学与人民生活的密切联系，认为民间创作是人民生活的最好表现。赫尔岑十分重视民间文学对俄罗斯人民的意义，认为"俄罗斯人民只有用歌曲来减轻自己的痛苦"[①]。他反对斯拉夫派的泛斯拉夫主义观点，直言"泛斯拉夫主义者简直不知道真正的人民"。萨尔蒂科夫－谢德林对民间文学也极为关注，认为"在民间的歌谣里，时常可以听到从四面八方围绕着平民的那种日常生活的回声"[②]。

涅克拉索夫的民间文学观同革命民主主义者的观点是一致的。尽管诗人针对民间文学所发表的言论不多，但是我们依然可以通过研究诗人的诗歌创作来弄清他的理论观点。[③] 涅克拉索夫诗歌中存在大量论述民间口头创作（尤其是歌谣）的意义、作用、地位的珍贵资料。比如，《在旅途中》指出了歌谣严肃的生活意义；《大门前的沉思》可以窥见古老民间歌谣的鲜明特征，从实质上指出《呻吟歌》（песня-стон）广泛流传的社会历史原因；《货郎》描绘了《穷流浪汉之歌》（«Песня убогого странника»）产生的残酷社会环境；《叶辽慕什卡之歌》（«Песня Еремушке»）通过对比《摇篮曲》中奶娘的歌和过路人的歌，明确体现了诗人反对"奴隶式的容忍"，号召人民奋起追求"博爱、平等、自由"的主旨；《全村宴》（«Пир на весь мир»）中由于

① 刘锡诚：俄国作家论民间文学，北京：中国民间文艺出版社，1986年，第155页。

② 刘锡诚：俄国作家论民间文学，北京：中国民间文艺出版社，1986年，第191页。

③ Чистов К. В. Н. А. Некрасов и нар. творчество. （Задачи изучения）// Некрасовский сборник. Т. 1. М.-Л.：АН СССР, 1951, стр. 106.

农奴制和改革后的压迫所产生的“不自由、不快乐”的歌曲一首紧接一首，“仿佛徭役地租般痛苦”的歌谣反映了俄罗斯人民的苦难生活和悲惨处境。

与革命民主主义者相同，涅克拉索夫不仅从民间歌谣中发现了俄罗斯人民“忧郁性”的特点，更从中看到了其骁勇善战和热爱自由的民族性格。他坚信俄罗斯人民不会被苦难压服，他们一定能够为自己博得一个美好的未来。《全村宴》结尾处格利沙的歌谣充满了乐观主义，充满了对人民力量的信心：“亿万大军正在奋起，无敌的力量终将得胜！”①

需要指出的是，涅克拉索夫转向研究书面民俗材料时，已经是一位成熟的诗人。他的世界观已经形成，并且确立了对待人民的态度。正因如此，诗人是从思想本质上接近人民的，民间文学对于他而言，从来不是盲目崇拜的对象。个人的生活经历和长期的认真研究使他深刻明白农民的追求和渴望，因此诗人对民间文学具有准确的思想评价准则。在他看来，民间文学中不只反映了俄罗斯人民在各方面都观点一致，有光腚亚金（Яким Нагий）“解放农奴制思想”式的进步民间文学观，也有克里姆·拉文（Клим Лавин）“卑躬屈膝”式的保守民间文学观。诗人珍视的是民间文学中那些表现人民向往自由、进行革命抗议的积极元素，与此同时，他对待人民保守的思想观点也并非无动于衷，始终坚持同民间文学中表现出来的“宗法制农民的软弱性”进行斗争。

三、民间文学对涅克拉索夫创作的影响

民间文学以其多样性的视角吸引着涅克拉索夫。第一，它是

① 涅克拉索夫：谁在俄罗斯能过好日子，飞白译，上海：上海译文出版社，1979 年，第 436—437 页。

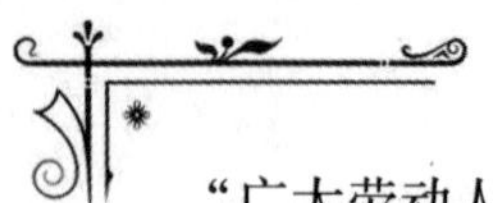

“广大劳动人民群众的集体创作”[1]，反映了民众的日常生活、思想感情和愿望期待，是诗人借以了解俄国农民思想体系的重要手段。第二，民间文学是俄罗斯文学进一步发展的源头活水，是诗人为文学的现实主义、人民性和民主性进行斗争的重要基础。第三，民间文学作为具有一定诗学技巧的艺术，指导诗人更加真实地描写俄罗斯人民，描写人民的生活、苦难和斗争。第四，民间文学具有通俗易懂的完美形式，诗人运用这种形式进行创作，更易于被人民理解和接受，从而对人民产生积极的影响。诗人一生力求使自己的作品描写人民、服务于人民，并且真正代表人民的意志。为了实现这一主旨，不仅需要研究民间文学，而且只有通过学习人民的集体创作，才能全面了解人民的思想意识和审美情趣，深入体会民族性格和民族灵魂的实质所在。

从已出版的涅克拉索夫藏书目录中我们可以得知，诗人珍藏的民间文学书籍数量仅次于书面文学，位列第二。[2] 他不仅收集了阿法纳西耶夫、达里、巴尔索夫、吉利费尔金格（А. Ф. Гильфердинг）、基列耶夫斯基、雷布尼科夫、雅库什金（П. И. Якушкин）等民间文学搜集者和研究者的主要著作，而且还阅读了民族学和地理学的相关作品，如《俄罗斯民族学资料》（«Материалы для этнографии России»）、《西伯利亚考察著作》（«Труды сибирской экспедиции »）等。涅克拉索夫与民间文学是这样接近，对它的知识是这样熟悉，对它又是如此喜爱和重视，因此，诗人的创作不可能不受到民间口头文学的影响。

民间文学的思想内容对涅克拉索夫的影响，主要表现为他能

---

① Введенский Б. А. и др. Большая советская энциклопедия. Т. 29. М.: Государственное научное издательство, 1954, стр. 144.

② Литературное наследство. Т. 53 – 54 , М.: АН СССР, 1949, стр. 362.

继承人民口头创作的现实主义传统，关心人民疾苦，同情下层民众，反映他们的期待和愿望。诗人在《三套马车》（«Тройка»）、《夜里我奔驰在黑暗的大街上》（«Еду ли ночью по улице темной…»）、《昨天，在五点多钟的时候》（«Вчерашний день, часу в шестом…»）、《在乡村里》（«В деревне»）、《未收割的田地》、《被遗忘的乡村》（«Забытая деревня»）、《农民的孩子们》（«Крестьянские дети»）、《奥琳娜，士兵的母亲》（«Орина, мать солдатская»）、《铁路》（«Железная дорога»）、《货郎》、《严寒，通红的鼻子》、《谁在俄罗斯能过好日子》等诗篇中全面而深刻地描写了底层民众的生活与苦难，指出了他们在政治、经济、身体、精神各方面所遭受的剥削压迫和痛苦折磨。

民间文学的乐观主义精神在涅克拉索夫的笔下也得到了传承与发扬。其诗篇虽然处处充满对人民命运“心急如焚的忧虑”，却从未在悲哀面前低头，具有一种“哀而不伤”的风格特征。诗人看到了人民的穷困，更看到了人民力量的富足；描写了人民的苦难和不幸，更突出了他们的善良、勤劳、坚韧、勇敢、智慧等美好的精神品质。在歌谣《俄罗斯》（«Русь»）中，诗人直接表达了对“人民黄金般心灵”（Золото，золото Сердце народное!）的高度赞美和对人民力量终将得胜的坚定信心。

民间文学艺术形象对涅克拉索夫的影响，主要表现在人物形象的塑造手段和自然形象的“具体化”描写两个方面。早期涅克拉索夫刻画人物外貌，主要借鉴了民间诗歌创造理想人物的艺术手段。比如，诗歌《园丁》（«Огородник»）和《三套马车》的男女主人公形象都运用了民间文学“理想化”的艺术手法。中后期诗人更加关注民间文学中那些能够揭示当时农民精神面貌的日常生活形式，在刻画人物的外貌特征时，注重的是现实主义描写，同时并未超越民间美学界限。在很多情况下，主人公的出场

介绍直接交由讲述人完成，往往寥寥几笔，就把人物刻画得形神兼备。诗人通过插入故事讲述者的艺术方法再现现实、反映现实，这也是受民间文学的启示。此外，涅克拉索夫笔下的自然景物大多具体明确，用景物标注事件发生的确切地点，也是诗人从民间口头创作借鉴而来的。

涅克拉索夫的诗歌有机融合了丰富多样的民间文学体裁。诗人对民间歌谣的喜爱是显而易见的，他几乎在每一部大型作品中都插入一首或几首歌谣。① 比如，《货郎》中的《穷流浪汉之歌》、《不幸的人们》（«Несчастные»）中的《罪犯之歌》（«Песня преступников»）、《同时代的人们》（«Современники»）中的《纤夫歌》（«Бурлацкая песня»）、《熊猎》（«Медвежья охотв»）中的《劳动之歌》（«Песня о труде»）和《柳芭的歌》（«Песня Любы»）等。《谁在俄罗斯能过好日子》中的歌谣更是不胜枚举，楚科夫斯基把长诗称为“歌谣故事体”（песенный сказ）并不是没有缘由的。

歌谣的韵律和艺术手法也深深影响了诗人的创作，他的很多诗篇都采用了民间歌谣常见的自由体格律和扬抑抑格词尾，民间歌谣传统范式的使用也是其诗歌的一大特色。此外，诗人还撰写了很多具有民歌风格的作品，如《园丁》、《三套马车》、《卡利斯特拉特》（«Калистрат»）、《卡捷琳娜》（«Катерина»）、《媒人与新郎》（«Сват и жених»）、《绿色的喧嚣》（«Зеленый шум»）等。诗人的很多诗篇（诗节）近似歌曲，既能吟诵，谱上曲以后也能歌唱。

涅克拉索夫由衷热爱俄罗斯人民的语言，他认为，就其准确

① Чуковкий К. И. Мастерство Некрасова. М.：Гослитиздат，1962. стр. 619.

性和生动性而言，那些所谓文化阶层代表的语言远远比不上农民的语言。民间俏皮话、谚语、俗语、谜语等，都充分体现了民众语言的丰富、形象、机警和诗意，凝聚着人们的幽默、智慧和才华。诗人在自己的创作中对它们大量使用，使作品的每个小细节都充盈着俄罗斯劳动人民源源不竭的心灵财富。

如果我们注意到诗人对民间语言的使用情况，那么就不难发现，与高尔基相同，涅克拉索夫也极少使用那些令人费解的方言词语。有时，为了突出作品人物的地方语言特色，他只选择当地人们熟知的方言词。在诗人的创作中，相对于其他民间语言形式而言，方言词汇所占的比重是微不足道的。

沙莫里科夫（И. В. Шамориков）曾经指出："涅克拉索夫诗歌的人民性与民间文学密不可分。"① 诗人用积极的创作态度对待人民的口头创作，在他的诗歌语言、诗歌韵律、描写手法和表现手法里，处处都显露出民间文学的强烈影响。民间文学不仅为诗人提供了丰富的创作题材和艺术形象，对其艺术风格的形成也起了十分重要的作用。

---

① Шамориков И. В. Некрасов и фольклор. // Труды Московского института истории, философии и литературы. Т. 3. М., 1939, стр. 88.

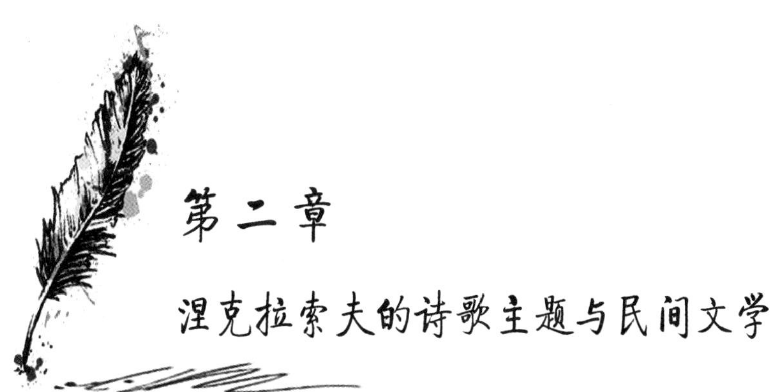

第二章

涅克拉索夫的诗歌主题与民间文学

民间文学与现实生活血肉相连。“古人劳役必讴歌”，许多民间文学作品是适应人们的劳动生产而产生的。劳动，是民间文学的永恒主题。无论是以“超人间”形式出现的幻想性童话，还是现实题材的民间作品，无不表现出人们对劳动精神的赞美，对不劳而食的鄙弃。除了劳动的主题，道路、寻找真理和幸福、颂扬民族英雄的伟大功勋、歌颂忠贞不渝的爱情、赞美劳动人民勤劳善良的美德、揭露压迫者和剥削者的罪行等，这些也都是民间文学经世不衰的主题。它们不但在不同时代、不同地区的民间文学作品中反复出现，而且还经常被作家们借鉴、加工、再创作。

同普希金、莱蒙托夫、柯尔卓夫等诗人相同，涅克拉索夫也从民间文学中借鉴了很多重要的题材。需要特别指出的是，诗人很少直接使用某个民间文学主题，他总是把自己需要的题材与当时社会的现实图景紧密结合，从而反映当时劳动人民的苦难和斗争。涅克拉索夫是为农民代言、为庄稼汉请命的诗人。从 19 世纪 40 年代起，农民题材一直是他创作的核心，并且终生乐此不疲。诗人在其农民诗歌中主要借鉴了民间文学“劳动”的主题、道路的主题和“寻找幸福”的主题，通过这几个主题集中呈现俄罗斯劳动人民的苦难生活、美好的道德品质、强大的精神力量、对现实的不满和反抗以及对幸福生活的向往与追求。

第一节　劳动的主题

民间文学，是劳动大众集体创作的口头文学，它从诞生之日起，便鲜明地烙上了从劳动实践这一母体中带来的印记。我们几乎可以在任何一种民间文学体裁中碰到劳动主题的反映：抒情歌谣、历史歌谣、民间故事、谚语、谜语等，都从不同角度用抒情的、叙事的以及讽刺的手法描写各种劳动——自由的劳动、强迫的劳动、梦想幸福的创造性的劳动等。在某些民间文学体裁（主要是抒情类体裁）中，常常可以碰到直接反映人民劳苦生活的描写：地主们的沉重压迫、非人的劳动条件、劳动者暗无天日的生活等；而在另外一些体裁（主要是叙事类体裁）中，则体现了人民群众劳动经验的概括以及他们对自由劳动的梦想。

在劳动者的意识中，他们对劳动的领会和解释是复杂而矛盾的。劳动的“双重性”在传统的民间故事里体现得淋漓尽致，它不仅被看作一种可怕的沉重负担，同时也被看作创造性的快乐之源。尊敬劳动、对劳动抱着诚实的态度永远是劳动人民的天性。即使是处于奴隶制度下残酷的剥削，也不能完全消除劳动者的这种品质。就像高尔基曾经指出的那样：“即使是为世界上的掠夺者而做的强迫性质的劳动，也依然是诱人的、令人快乐的，可是这种快乐不太被人们注意，因为它与把粮食往自己谷仓里收的地主式的快乐具有本质的不同。”①

高尔基对劳动主题的喜爱和重视是众所周知的。作家在评论格拉特科夫（Ф. В. Гладков）的长篇小说《水泥》（«Цемент»）时这样说道：“我称赞《水泥》这部作品，因为它选取了我所珍爱的劳动主题。我们的文学似乎不喜欢这一主题，极少触及它。”② 的确，对于革命前的作家们而言，反映劳动的主题（主要指被剥削阶级的劳动）是需要一定的勇气的。作为劳动剥削者的统治阶级要么赤裸裸地直接占有人民的劳动果实，要么把群众的精力当作原材料变成货币，他们当然不希望人们提高原材料的价值，从而加大对自己的批判。

---

① Горький М. Избранные литературно-критические статьи. М.: Государственное издательство художественной литературы, 1937, стр. 620.

② Горький М. Собр. соч. (в 30 т.). Т. 30. М.: Государственное издательство художественной литературы, 1956, стр. 33.

在涅克拉索夫之前的作家笔下，虽然劳动的主题也有所涉及，如苏马罗科夫（А. П. Сумароков）、克雷洛夫、拉季谢夫等都曾触及过这一主题，柯尔卓夫也经常描写农民的日常劳动场景，然而，整体看来，“在18—19世纪的俄罗斯文学中，劳动主题在其他作家的创作中都没有达到像在涅克拉索夫创作中所占据的这般重要位置。”[①] 因此，布罗茨基（Н. Л. Бродский）把涅克拉索夫称为“俄罗斯第一个劳动诗人”[②]。斯克威里（М. П. Сквери）也指出：“涅克拉索夫的大多数诗歌都涉及劳动的主题。不单单是农民的劳动，排版工人、通信员、作家、纤夫、挖土工人、苦役犯、儿童的劳动也一直引起他的关注。在列举某个人物的优点时，他从不会忘记从劳动的角度进行描述。”[③]

早在诗人少年时期出版的浪漫主义诗集《幻想与声音》中，劳动的主题已初见端倪。与民间文学宣扬勤劳致富的幸福观相同，他在1839创作的诗篇《生活》（«Жизнь»）中便表达了“劳动是获得社会幸福之基础”的模糊理想；同年的诗作《春天》（«Весна»）中出现了“播了种的耕田”（засеянных нив）的鲜明形象。虽然这些诗篇的整体风格还存在明显的模仿痕迹，但从某些方面却隐藏了诗人创作成熟时期的社会美学宣言。

涅克拉索夫于1845年创作的诗歌《在旅途中》开启了“劳动主题”的新阶段。在这首诗里，一个乡下的马车夫第一次成为

---

① Прийма Ф. Я. Тема труда в творчестве Некрасова. // Некрасовский сборник. Т. 8. Л.: Наука Ленинградское отделение, 1983, стр. 9.

② 布罗茨基：俄国文学史，蒋路等译，北京：作家出版社，1957年，第931页。

③ Сквери М. П. Основной мотив поэзии Некрасова. // Некрасовский сборник. Т. 4. Л.: Наука Ленинградское отделение, 1967, стр. 200.

诗人作品的主人公，他的叙述占据了全诗的大部分篇幅。诗人怀着同情的笔触描写了农奴的痛苦生活和悲惨命运，虽然他并未直接描写农民的劳动场景，但却第一次向读者展示了乡下劳动者的真实生活。“从诗歌《在旅途中》开始，劳动的主题便成为涅克拉索夫创作中的基本主题。”① 《三套马车》、《故园》（«Родина»）、《在一个神秘的穷乡僻壤，半开化的村庄》（«В неведомой глуши, в деревне полудикой»）、《在乡村里》、《未收割的田地》、《在故乡土地上》（«На родине»）、《被遗忘的乡村》、《弗拉斯》（«Влас»）、《马车夫》（«Извозчик»）、《孩子们的哭声》（«Плач детей»）、《伏尔加河上》、《铁路》、《货郎》、《严寒，通红的鼻子》、《谁在俄罗斯能过好日子》等诗篇，都整体或部分地服务于这一主题。

在以上诗篇中，涅克拉索夫首先继承并深化了民间文学中不自由的劳动主题。在阶级社会，劳动者是为剥削者而劳动的，这种不自由的劳动对于他们而言，无疑是一种沉重的负担。民间抒情歌谣中的《纤夫歌》（«Бурлацкая песня»）、《车夫歌》（«Ямщицкая песня»）等都真实描绘了劳动人民的艰苦生活画面，揭露了压迫者对劳动人民的残酷压榨与剥削。涅克拉索夫从小便目睹过纤夫们非人的劳动场景，听到过他们“那送葬似的均匀的喊叫声”。这种“悲痛的嚎叫声”终生保存在诗人的记忆里，他在自传体叙事诗《伏尔加河上》真实再现了纤夫们痛苦劳作的画面：

Почти пригнувшись головой
К ногам, обвитым бечевой,

① Прийма Ф. Я. Тема труда в творчестве Некрасова. // Некрасовский сборник. Т. 8. Л.: Наука Ленинградское отделение, 1983, стр. 11.

Обутым в лапти, вдоль реки
Ползли гурьбою бурлаки.①

几乎把头弯到了
盘绕着纤绳、穿着树皮鞋的
脚前，一群纤夫
在沿着河岸爬行……②

纤夫们的非人劳动如此沉重，以至可怕的死亡在他们看来，反而是一种解脱：

Когда бы зажило плечо,
Тянул бы лямку, как медведь,
А кабы к утру умереть —
Так лучше было бы еще…（стр. 356）

哪怕等肩膀上的伤口长好，
再象熊一般拉纤呢，
要是在天亮以前死掉——
那就更好……（Ⅱ, p. 33）

① Некрасов Н. А. Полное собрание стихотворений и поэм в одном томе. М.: Альфа-книга, 2011, стр. 356. 文中此后俄文原文来源于涅克拉索夫一卷本诗集的引文仅在引文后标注页码。

② 涅克拉索夫文集（第一卷 抒情诗），魏荒弩译，上海：上海译文出版社，1992 年，第 31 页。此后文中出现出自本书的引文标注为（Ⅰ, p. ××），第二卷抒情诗引文标注为（Ⅱ, p. ××），第三卷叙事诗标注为（Ⅲ, p. ××）。

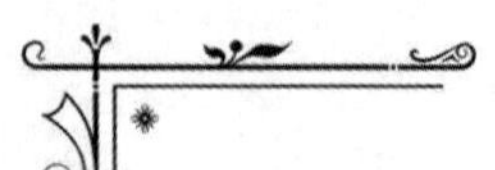

除了《伏尔加河上》以外，讽刺诗《同时代的人们》（«Современники»）、史诗《谁在俄罗斯能过好日子》等也都描写了纤夫们的沉重劳动。《同时代的人们》中的《纤夫之歌》曾先后被作曲家瓦西里耶夫－布格莱（Д. С. Васильев-Бублай）和达维坚科（А. А. Давиденко）谱曲，成为影响一时的群众性歌谣。

民间文学中的强迫性劳动，在叙事类作品中也有所体现。民间故事中的主人公（劳动者）总是为皇帝、大商人、神父、巫婆等服务，也就是说，他们的劳动总是被迫的。民间故事常常强调这种被迫的劳动给人的折磨：主人公在干了一天重活之后，就像死人一般睡着了。涅克拉索夫大大深化了民间文学传统的不自由劳动主题，并把这一主题与当时人民的现实生活紧密地联系在一起，强调了它所带给人民的痛苦。早在1851年创作的《缪斯》（«Муза»）中，诗人就已经阐明了自己的文学美学观，他把自己的“缪斯”称为“生来只知劳累、受苦和枷锁的、忧愁的穷人们的忧愁伙伴”。诗人深刻地了解：

В мире есть царь: этот царь беспощаден,
Голод названые ему.

Водит он армии; в море судами
Правит; в артели сгоняет людей,
Ходит за плугом, стоит за плечами
Каменотесцев, ткачей.（стр. 414）

人世上有个暴君，这个暴君残酷无情，
“饥饿”——就是他的姓名。

他统率着军队；他驾驶着海船；
他把人们赶进了劳动组合，
他紧跟着耕犁，他就站在
石匠、织工的肩膀后边。（Ⅱ，p. 126）

在涅克拉索夫之前，没有任何一个诗人能够像他这样，把“不自由的劳动”描写得如此可怕、如此沉重。诗人着重揭示了专制农奴制度下和新兴资本主义剥削下劳动者的不幸生活。《三套马车》中的女主人公，“由于粗重而又艰苦的活计，还来不及开花就要凋零”；《未收割的田地》中筋疲力尽病倒的农夫虽然努力地“耕耘和播种，只是去收割，已是力不从心”；《铁路》中的建筑者们“永远弯着腰、驼着背，在酷热和严寒中毁了自己的身体”，还要遭受包工头的掠夺和鞭打；《孩子们的哭声》中那些被工厂的“强制劳动”摧残折磨的孩子们的命运更加艰苦，他们那小小的身体承受着力不胜任的繁重劳动，注定只能在工厂的车床旁等待死亡。

与民间文学精神相同，涅克拉索夫不仅描写了不自由劳动给人民带来的无穷痛苦，而且也体现了人们对这种剥削劳动的不满与反抗。民间故事（尤其是魔法故事）经常有一些懒汉形象（如《凭梭鱼的吩咐》«По щучьему веленью»）中的叶密里雅），他们不想从事艰苦的劳动，而是整天在暖榻上高卧，什么事情也不做。实际上，这是一种对剥削劳动特殊的、下意识的、强烈的自发性抗议。故事中这类形象的产生，可以说是劳动者不想为剥削者流汗卖命的一种愿望，是社会抗议的一种表现。劳动者对剥削者的不满与反抗，在涅克拉索夫笔下体现得更为直接、更为鲜明。比如，长诗《谁在俄罗斯能过好日子》中亚金老人的话便代表了人民的强烈不满：

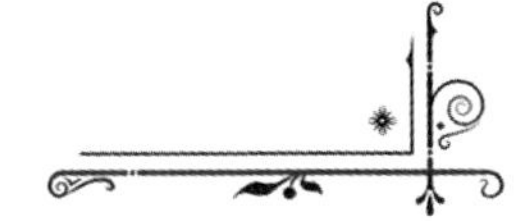

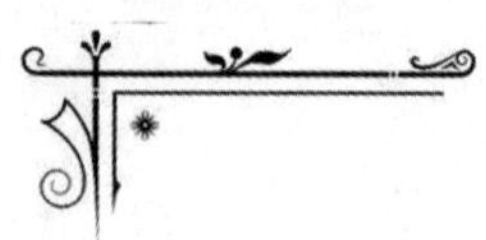

Под солнышком без шапочек,
В поту, в грязи по макушку,
Осокою изрезаны.
Болотным гадом-мошкою
Изъеденные в кровь…
…

У каждого крестьянина
Душа что туча черная —
Гневна, грозна — и надо бы
Громам греметь оттудова,
Кровавым лить дождям.（стр. 901）

毒日头下干活不戴帽，
汗水、泥浆从头糊到脚，
芦苇割破了皮，
毒蚊叮出了血，
……

每个庄稼汉的心
是黑乎乎一片乌云，
多少怒火，多少恨！
本应当雷火往下劈，
本应当血雨往下淋，
……①

---

① 涅克拉索夫：谁在俄罗斯能过好日子，飞白译，上海：上海译文出版社，1979 年，第 75—76 页。此后文中出现出自此书引文标注为（Ⅳ，p. ××）。

俄罗斯壮士萨威里带领农民活埋剥削者基督安·佛格尔更是体现了劳动人民的强烈反抗。萨威里形象将在第三章做具体分析。

涅克拉索夫不愧为一位卓越的劳动诗人，他不仅着重刻画了人民沉重的劳动图景，而且也如柯尔卓夫一般，描写了农民欢乐劳动的场面，比如在长诗《萨莎》中，就有如下诗句：

Весело видеть семью поселян,
В землю бросающих горсти семян;

Дорого-любо, кормилица-нива!
Видеть, как ты колосишься красиво.
…

Но веселей нет поры обмолота:
Легкая дружно спорится работа;
…

А на гумне только руки мелькают
Да высоко молотила взлетают. (стр. 641 –642)

看见农家将一把把的种子
撒在地里是何等的高兴！

看见你抽出秀美的穗儿，
土地母亲啊，该多么叫人欢喜。
……

再也没有比打谷更愉快的时节：
轻松的活儿在齐心合力地进行，
……

在打谷场上只有手在闪动，
高高地挥舞着连枷。（Ⅲ，p. 18—19）

需要指出的是，诗人笔下这种轻松快乐的劳动并不多见，因为在当时严酷的社会环境下，快乐而自由的劳动只能是人们的梦想。

涅克拉索夫是第一个在诗歌中描写劳动是生活的基础，并全面展示其痛苦与欢乐的俄罗斯诗人。总体来说，他对劳动的态度是礼赞性的，笔锋批判的只是当时的那种剥削制度。诗人笔下很多诗意化的形象无一不与主人公从事的劳动相关。民间文学在批判阶级社会强迫性劳动的同时，总是不忘肯定、歌颂正面人物的劳动，民间故事里面往往把热爱劳动、勤勉和劳动本身写成救命和获得幸福的手段，这一点在《严寒老人》（«Морозко»）一类的故事里可以看得很清楚。在这类故事里，爱好劳动的前妻的女儿最终得到了奖励，而懒惰的后母的女儿被冻死。同民间故事中这种精神相同，涅克拉索夫也肯定和歌颂热爱劳动的人民群众。《货郎》中的卡捷琳娜尽管思念情郎，满腹烦忧，但依然快乐地劳动。

Молодице невтерпеж,
Под косой трава валилася,
Под серпом горела рожь.
Изо всей-то силы-моченьки
Молотила по утрам,

Лен стлала до темной ноченьки

По росистым по лугам.（стр. 689）

干起活来顶顽强。

青草在镰下纷纷落，

黑麦在镰下闪金光。

大清早上场去脱粒，

浑身的力气全使上，

大傍黑她把亚麻铺，

铺在露水滢滢的草地上。（Ⅲ，p. 111）

《严寒，通红的鼻子》中的达丽亚也是一个劳动能手：“我看见过她怎样收割：把手一挥——就是一垛!”除了种地、砍柴等劳动活动，她还具备修理镰刀、纺织、缝纫等劳动技能。热爱劳动，成为达丽亚思想感情的基础。她以劳动者的眼光看待周围生活中的一切：“穷苦的乞丐，她不可怜——谁叫他游手好闲地胡荡!”除了卡佳和达丽亚这两个迷人的女性形象以外，诗人笔下的普罗克及其父母、玛特辽娜·吉莫菲芙娜（Матрена Тимофеевна）、亚金、吉玲（Ермил Гирин）等，都是热爱劳动、勤劳勇敢的人民，诗人对他们的同情和赞美是显而易见的。尽管现实生活艰苦无比，但世界上任何敌人都不能够阻挡他们通过劳动争取生存的斗争。

同作品中的主人公一样，涅克拉索夫也一直梦想劳动对于一个人成为快乐和自由的方式的时代赶快到来。因此，诗人在长诗《严寒，通红的鼻子》中描绘了两种生活图景：一方面是生活的真实面貌，社会上的一切惨状：贫困、黑暗和不平等；另一方面是诗人和劳动人民对幸福生活的憧憬和幻想。诗人的这种艺术描写手法同民间故事毫无二致。故事，也像一切民间创作的一般情

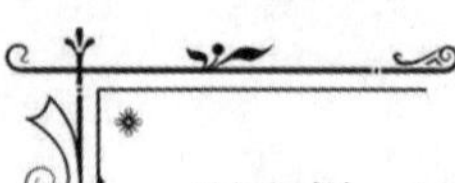

况那样，不仅反映了人们的现实生活，而且反映了人们的期待和愿望，反映了人们对美好生活的追求和向往。苏联民间文艺学家普什卡廖夫（Л. Н. Пушкарев）曾经指出：“人民的劳动是理解民间故事的关键，因为民间故事不仅反映了一切劳动方式，而且也反映了劳动人民的愿望，反映了他们的幻想的自由的飞跃，以及用自由的、富于创造性的劳动建立起来的自由生活的幸福应该是怎样。”[①] 为了与贫困、黑暗的现实生活相对比，民间故事经常出现对“另一个世界”（иной мир）的描写。在“另一个世界”里，真正的人生、自由的劳动和幸福的生活最终实现，人们过着美满幸福、富庶快乐的日子。“另一个世界”实际上是广大劳动人民群众的美好“幻想”。涅克拉索夫在遵循现实主义创作原则的基础之上，也巧妙地运用了民间故事的这种“幻想”手法。“另一个世界”在诗人的笔下，通过达丽亚临死之前的梦境展现出来：

И снится ей жаркое лето —
Не вся еще рожь свезена,

Но сжата, — полегче им стало!
Возили снопы мужики,
А Дарья картофель копала
С соседних полос у реки.

Свекровь ее тут же, старушка,
Трудилась; на полном мешке

① 中国民间文艺研究会：苏联民间文学论文集，北京：作家出版社，1958 年，第 349 页。

Красивая Маша, ркзвушка,
Сидела с морковкой в руке.

Телега, скрылся, подъезжает —
Савраска глядит на своих,
И Проклушка крупно шагает
За возом снопов золотых.
…

На небо взглянул. «Чай, не рано
Испить бы …» Хозяйка встает
И Проклу из белого жбана
Напиться кваску подает. (стр. 724 – 725)

然而她梦见了炎热的夏日——
黑麦还没有完全运光，

但是收割完了——他们多么轻松！
男人们搬运着一捆捆的麦束，
达丽亚在紧靠河边的田中
挖掘着自己种的马铃薯。

她的婆婆——一个年迈的老妇，
也在这里干活；美丽的玛莎，
这贪玩的孩子，坐在鼓鼓的麻袋上，
手里还拿着个胡萝卜。

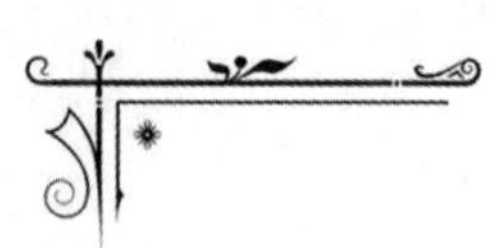

大车，轧轧地响着赶来了——
萨夫拉斯卡望着自己的主人，
而普罗克鲁希卡迈着大步，
紧跟着一车金色的麦束。
……

向天上望了望。"想是不早了吧？
还是喝点儿……"主妇站起身，
于是，从白木壶里倒了克瓦斯
递给普罗克畅饮。(Ⅲ，p. 179—180)

多么愉快的劳动场面，多么幸福的农家生活！然而，俄国人民长久以来梦寐以求的这种通过自由劳动而创造的幸福生活却只能在梦境中实现。现实的苦难与梦境的幸福、强迫的劳动与自由的劳动在诗人笔下形成鲜明对比，人们梦境中所幻想的幸福生活恰恰显示了他们现实生活的痛苦与不幸。达丽亚临死之前的"梦境"形式诗意化地展示了人们对"另一个世界"自由劳动的向往与追求。

涅克拉索夫怀着满腔的同情和无限的爱怜，描写了各个阶层不幸的劳动者，他把"劳动"的主题与当时人民生活的现实图景融为一体，着重描写了不自由劳动给不同阶层人民带来的痛苦，表达了人们对非自由剥削劳动的不满与反抗。不仅如此，诗人的笔端触及得很深，他尖锐地讽刺了那些把人民的劳动果实据为己有的压迫者，并且对建立在社会不平等和剥削基础上的社会政治制度进行了严厉的批判。诗人对潜藏在广大劳动人民群众中的力量深信不疑，在长诗《祖父》中，作者借祖父之口讲述了几个俄罗斯人把偏僻荒芜的流放地变成兴旺繁华的大村镇的事迹，深深感叹："人的自由和劳动，能够创造出多么惊人的奇迹！"

第二节　道路的主题

俄罗斯文学中的“道路”主题源自民间文学，漫长无尽头的俄罗斯道路既能安抚人心，使人平静，时常又会让人感到不安，正因如此，“道路”形象在民间文学中占据了十分重要的位置。道路与劳动人民的日常生活紧密相连，从民间文学开始，道路逐渐发展成为常见的意象。随着道路意象的发展和意义的深化，其被赋予了更多的内涵，道路也从相对单纯的意象发展成为具有多重象征的文学主题。

“道路”意象可以分为显性和隐性。显性的“道路”指文本中直接出现了“道路”一词并承载了作者或者主人公的某种情感，或是作为隐喻的载体出现。隐性的“道路”指文本中并未直接出现“道路”一词，但主人公却是沿着某条既定或者偶然的道路行进，比如游记类作品中的主人公，或是走过一个又一个驿站，或是由一座城市到另一座城市，从一个村庄到另一个村庄。主人公在游记的过程中，记述下自己的所见所感，而全文的主要情节也在此基础上展开。

早期民间文学中的“道路”意象多为显性，经常出现在民间歌谣、民间童话、壮士歌和民间谚语中。比如在俄罗斯民间口头叙事歌谣壮士歌中，“三岔路”的意象经常出现：

… в чистом поле не наезживали
Не видали птицы перелетныя,
Не видали они зверя прыскучего;
Только в чистом поле наехали:
Лежат три дороги широкие,
Промежу тех дорог лежит горюч камень,

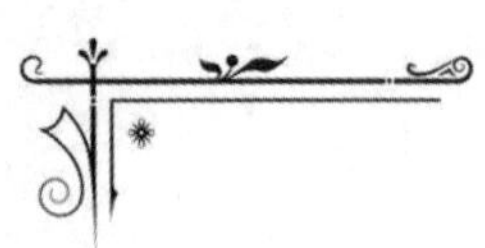

А на камени подпись подписана.

…

Расписаны дороги широкие:

Первая дорога в Муром лежит,

Другая дорога в Чернигов-град,

Третья ко городу ко Киеву,

Ко ласкову князю Владимиру.①

苍穹之下

燕雀杳无息，

走兽杳无迹。

唯有三条大道宽又直，

交汇在荒无人烟的空旷地。

三岔路口立着石碑，

石碑上刻着字迹。

……

石碑上刻着下述内容：

第一条道路通向穆罗姆，

第二条道路通向切尔尼戈夫，

第三条道路通向基辅，

通向善良的弗拉基米尔大公之处。（笔者试译）

壮士歌中的主人公在迷路时或面临选择时总会看见一个三岔路口，宽阔的大道通向远方，三岔路口立着石碑，石碑上刻着字：第一条路通向××，第二条路通向××，第三条路通向××。

---

① Андреева Н. П. Былины: Русский героический эпос. Л.: Совет. писатель, 1938, стр. 176.

选择了哪一条路就意味着选择了哪一种命运或结局，因此在壮士歌中，道路往往象征着选择和命运。

И от камешка лежит три росстани,
И на камешки было подписано:
В первую дороженьку ехати — убиту быть,
Во другую дороженьку ехать — женату быть,
Третьюю дороженьку ехати — богату быть.①

石碑旁边有个三岔路，
碑上刻着字：
第一条路通向死亡，
第二条路通向婚姻，
第三条路通向财富。（笔者试译）

当道路意象逐渐发展成为道路主题时，表现形式更加多元化，或是在具体“道路”的基础上发展出抽象的象征意义，或是在某一时期关于国家和民族发展道路的讨论，或是用一系列与“道路”同义的其他意象经过组合表达出抽象的道路主题。如18世纪俄国感伤主义代表作家卡拉姆津（Н. М. Карамзин）的作品《一个俄国旅行家的书信》（«Письма русского путешественника»）记录了自己1789—1790年在欧洲旅行的见闻。作家在描写外部世界的时候，始终把旅途中个人的体验、感受置于首位。这部作品体现了道路的两重性：“道路”既是行走的物理空间，又是创作主体的人生轨迹。拉季舍夫的代表作《从彼得堡到莫斯科旅行记》（«Путешествие из Петербурга в Москву»）几乎所有章节都

① Андреева Н. П. Былины: Русский героический эпос Л.: Совет. писатель, 1938, стр. 46.

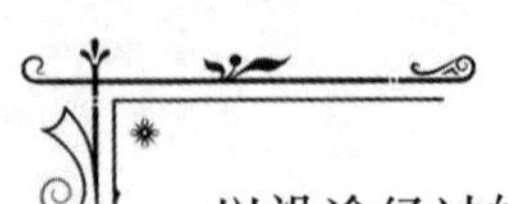

以沿途经过的驿站来命名，主人公经过的一个又一个驿站串联起人民的苦难之路，路上所见所闻皆是农奴制的罪恶和人民的困苦。

19 世纪俄罗斯文学中的道路主题更为常见。普希金的《致恰达耶夫》（«К Чаадаеву»）、《茨冈》（«Цыганы»）、《致大海》（«К морю»）等诗篇用“道路”表达了对自由的憧憬、呼唤、追求与向往；在莱蒙托夫笔下，自我的孤独与探索、自我的抗争与追求都通过“道路”主题得到了充分表达，如长诗《童僧》（«Мцыри»）的主人公对自由的渴望直接转化为“逃跑”的行动，而未实现的梦想象征没有出路的生活和难以得到的自由；果戈理长篇小说《死魂灵》中的“道路”呈现多层次、广度和深度兼具的特点，作者借对道路的描写，或讽刺现实，或抒发情感，或用道路象征人生，形象地表达出人生的种种际遇，抒发对生活、对命运的感叹。小说第一卷结尾处的《三驾马车》是全文主题的升华，体现出作家对俄罗斯深沉的爱以及对人们和祖国处境的沉思。“道路”意象也在这段抒情插笔中得到了升华，由象征个人命运上升到国家和民族命运。“鸟儿般的三驾马车”成为俄罗斯的诗意象征。

涅克拉索夫是一位独具风格的人民的歌者，“道路”主题贯穿其一生的创作之中。诗人的创作之路始于 1845 年的诗作《在旅途中》，止于七个庄稼汉漫游罗斯大地的长诗《谁在俄罗斯能过好日子》。通过研究涅克拉索夫的作品不难发现：作者与主人公的相遇经常发生在路上。这点我们也可以从其诗歌题目中得以证实：《在旅途中》、《在乡村》、《三套马车》、《马车夫》、《又是三套马车》……这些诗篇都与“道路”密切相关。“道路”使诗人更加接近人民，促进了他与贫苦劳动者的交流，增加了诗人学习农民语言、了解其性格和日常生活的机会。道路主题使得作者

（或抒情主人公）与作品人物的相遇、交谈更为自然。比如，在《小学生》这首诗中，道路见证了作者与主人公的相遇以及后续对其命运的思考。在这篇诗作中，“道路”不仅指的是这一词汇的字面含义，而且还有“人生道路”之意，同一词汇的两种释义彼此呼应。诗人在路上遇见一位远赴莫斯科求学的小学生，谈及这位衣衫褴褛、两脚光赤的旅伴时，诗人指出“这①是伟人们走过的路”，因为在诗人看来，“求学”也就意味着走上了广阔的生活之路。这首诗歌中的“变成一个聪明而伟大的人”的“那个阿尔汉格尔斯克的农民”指的是罗蒙诺索夫（Ломоносов），他步行至莫斯科学习，从无知到博学，最终实现了自己的梦想。涅克拉索夫支持人民群众追求知识，他想要在诗中证明，凡是伟大和具有才华的人多半都出身于平民百姓。

涅克拉索夫作品中的“道路”主题主要有以下两种类型：道路与苦难、道路与选择。诗人被誉为“民间疾苦的歌者”，他的诗篇充满了对祖国和人民命运忧心如焚的忧虑和沉思：

Назови мне такую обитель,
Я такого угла не видал,
Где бы сеятель твой и хранитель,
Где бы русский мужик не стонал?
Стонет он по полям, по дорогам,
Стонет он по тюрьмам, по острогам,
В рудниках, на железной цепи …（стр. 332）

请给我指出这样一个处所，
这样的角落我还不曾见过，

① 即求学。

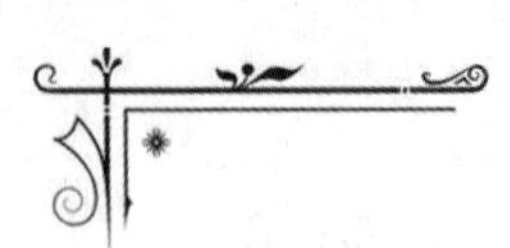

在那里你的播种者和保护人——
俄罗斯的农民可以不再呻吟。
他呻吟在田野上，在道路上，
他呻吟在监狱里，在城堡里，
在矿山里，而且身系着铁链……（Ⅰ，p. 371）

俄罗斯的农民无处不在“呻吟”，诗人笔下的“道路”形象象征了多灾多难的俄罗斯人民艰难的生活之路。《三套马车》里的女主人公——年轻美丽的农村姑娘热烈地追求幸福，然而，农奴制乡村中愚昧的风习和阶级的界线像一堵不可逾越的高墙挡住了她通往幸福的道路；《伏尔加河上》的纤夫们顶风逆水、差遣往来，路途迢迢永远走不完这条艰辛的路程。

长诗《铁路》以“道路”开篇：作者在火车上遇到了一个小男孩，他问自己的父亲，火车正在行驶的这条铁路是谁修建的？这一问题促使诗人开始思考俄罗斯劳动人民——真正的铁路建设者在修建铁路时所遭受的苦难和剥削。“道路”主题不仅帮助诗人发展了革命民主主义思想，而且还形象地指出了俄国各族人民拥有铺设通向未来的光明大道的雄厚力量。这是俄国诗歌史上第一首歌颂人民群众建设性和创造性劳动的不朽诗篇。

涅克拉索夫在自己的创作中经常扮演作品人物同路人的角色，成为人民的同路人和辩护者。这是诗人的使命，他把自己的缪斯称为“生来只知劳累、受苦和枷锁的、忧愁的穷人们的忧愁伙伴”。

除了“道路与苦难”主题之外，“道路与选择”在诗人的笔下也经常出现。在《叶辽穆什卡之歌》中，与叶辽穆什卡的相遇迫使诗人在旅途中短暂停留：“停下吧，车夫，热得难受，我再也不能够前进。”涅克拉索夫在停歇时听到乳娘唱给小叶辽穆什卡的歌谣。在听到乳娘灌输古老的不成体统的顺从和忍耐思想的摇篮曲时，诗人唱起了自己最喜爱的歌，即号召人们为了博爱、自由和平等而奋斗的新歌谣。新歌谣成为呼吁青年奋起斗争的口号，在史诗《谁在俄罗斯能过好日子》中得到进一步发展。格利沙在阐释“幸福的含义”时，指出了人们面前的两条道路：

Средь мира дольного
Для сердца вольного
Есть два пути.

Взвесь силу гордую,
Взвесь волю твердую:
Каким идти?

Одна просторная —
Дорога торная,
Страстей раба,

По ней громадная,
К соблазну жадная,
Идет толпа.
…

Другая — тесная
Дорога, честная,
По ней идут

Лишь души сильные,
Любвеобильные

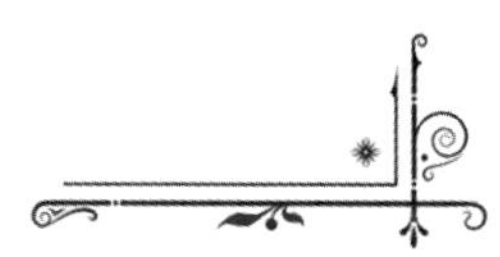

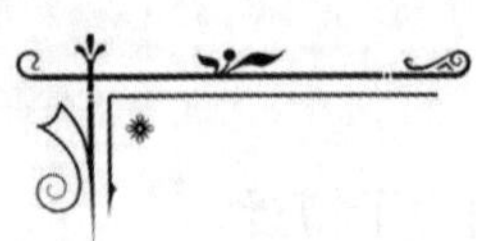

На бой, на труд.

За обойденного.
За угнетенного —
Умножь их круг,

Иди к униженным,
Иди к обиженным —
И будь им друг!（стр. 1070－1071）

在广阔的世界上，
在自由的心面前
摆着两条道。

衡量一下意志，
掂试一下力量，
请你选一条。

其中的一条道
宽阔而平坦，
行人真不少，

私欲的奴隶
贪利忘义的人
都奔那条道。
……

另外一条道
是正直的道路，
狭窄而崎岖，

只有热情的人，
只有刚强的人，
敢向前走去，

为了被压迫的人，
去斗争，去劳动，
站在他们一起，

走向被侮辱的，
走向被欺凌的，——
那里需要你！（Ⅳ，p. 426—428）

在俄罗斯民间文学创作中，道路从来都不只是简单的道路，它要么是整个的人生道路，要么是人生道路的一部分：选择走何种道路就是选择何种人生道路。道路选择过程中的踟蹰和迷茫实际意味着探寻真理之路的艰辛。因而，我们不会奇怪，涅克拉索夫在这部民间说唱文学痕迹甚浓的《谁在俄罗斯能过好日子》《最末一个地主》第一章的手稿中为何叹问道：“唉，你在哪儿呀，幸福的不饿肚子村？我们走哪条道路，才能走到你身旁？”

“道路与选择”的主题在诗篇《片刻的骑士》中也有所体现，长诗中的“母亲”形象具有深刻的象征意义，抒情主人公不仅甘愿对她顶礼膜拜，而且请她评判自己，并相信这会帮他“走上正确的道路”。正是这条“荆棘丛生的道路”，“为了爱的伟大事业”，把他从“欢呼雀跃的、空话连篇的、两手沾满鲜血的人们那里领进那正在毁灭的人们的阵营！”（Ⅱ，p. 83）

第三节 “寻找幸福”的主题

“寻找幸福”是俄罗斯民间文学广泛而普遍的题材，它具备民间口头创作所有的艺术特征。不论是在壮士歌中，还是在童话中都能碰到此主题。“什么是幸福”也是涅克拉索夫多年来一直探讨的问题，早在长诗《不幸的人们》（«Несчастные»）、《叶辽慕什卡之歌》等诗篇中就有关于这一问题的探索，其巅峰之作《谁在俄罗斯能过好日子》更是把这一主题发展深化。

长诗《谁在俄罗斯能过好日子》由一些相对独立的故事情节组成，而把这些故事贯穿起来的线索，是七个庄稼汉周游俄罗斯大地寻找“谁在俄罗斯能过好日子”的幸福之人。长诗“寻找幸福”的主题与民间童话《普拉福达与克利弗达》非常相似。在俄罗斯民间童话中，普拉福达（真理）与克利弗达（谎言）因“靠什么日子能够过得更快活”而发生争吵。普拉福达认为“靠真理日子能够过得更快活”，克利弗达则相反，坚持“靠谎言日子能够过得更快活”。二人争执不下，于是决定上路寻找，询问迎面而遇的前三个人。他们先后遇到了农民、商人和神父，二人就所争论的问题分别向所遇之人问询，农民、商人和神父分别做出回答并且讲述了自己的缘由。①

在涅克拉索夫的长诗中，七个庄稼汉——俄罗斯童话中的传统主人公——在一条大路上碰到一块儿，这条大路就是许多关于真理与谎言的民间故事情节开始的地点。与俄罗斯民间童话故事所述相同，七个农民就“谁在俄罗斯能过好日子”这一问题发生

---

① См.：Народные русские сказки А. Н. Афанасьева：В 3 т. Т. 1. №115. М.：Гослитиздат，1957，стр. 191－195.

分歧，争论不休，最终决定结伴而行踏遍祖国各地找寻幸福的人。七个庄稼汉头脑中所想象的幸福之人各不相同：

Роман сказал：помещику，
Демьян сказал：чиновнику，
Лука сказал：попу.
Купчине толстопузому！—
Сказал братья Губины，
Иван и Митродор.
Старик Пахом потужился
И молвил，в землю глядючи：
Вельможному боярину，
Министру государеву.
А Пров сказал：царю …（стр. 865）

罗芒说："地主，"
杰勉说："官吏，"
卢卡说："神父，"
顾丙家两兄弟——
伊凡和米特罗多
说是："大肚子富商。"
八洪老爹头也不抬，
一口咬定是："公爵大人——
当今朝中的大臣。"
蒲洛夫却说道："沙皇。"（Ⅳ，p. 4）

庄稼汉生性倔强，互不相让，最终发生了激烈的争吵。诗人在描写他们的争执时，运用民间故事的艺术手法使林中鸟兽全部参与其中。树林里的妖精、灰野兔、柳莺、夜猫子、布谷鸟等形

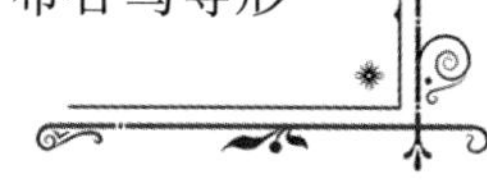

象不仅加强了长诗的童话色彩，而且增加了情节的生动性和风格的清新性。此外，诗人为了减少七个庄稼汉寻访“朝中大臣”和“沙皇”时的困难，还特意设置了民间魔法故事中常见的宝物形象——“自己开饭的桌布”。“自己开饭的桌布”在七个庄稼汉需要时为他们奉上食物和饮品，在长诗中充当的是类似魔法故事中神奇相助者的角色和功能。

“寻找幸福”的故事，是人们千百年来向往的。诗人借鉴了民间童话《普拉福达与克利弗达》的主题情节，去掉了它的神话性质，使童话史诗与人们生活的现实图景融为一体。七个主人公的家乡位于“勒紧裤带省，受苦受难县，一贫如洗乡，来自肩挨肩的七个村庄：补丁村、破烂儿村、赤脚村、挨冻村、焦土村、空肚村，还有一个灾荒庄。”（Ⅳ，p. 3）这些地名显然具有象征意义，暗示俄国到处充满饥饿与痛苦，毫无幸福而言。“七个暂时义务农”去各地寻找幸福，显然是对农奴制改革后生活现状的不满与否定。长诗通过他们的所见所闻，逐步向我们展示出一幅幅俄罗斯人民凄惨的生活画面。

七个庄稼汉途中第一个遇到的是神父，他们的幸福观是“安宁、名声和财富”。通过神父的讲述，我们可以得知，他们实际上毫无安宁而言，不仅经常被农民编成讽刺歌谣嘲笑，也没有好的名声。自从贵族地主破败以后，他们只能依靠穷苦农夫过日子，因此更无从谈及财富。“神父和地主相同，都是依靠农民的劳动生活。而真正长久的幸福，则需要通过自己的劳动获得。”①在作为“寄生虫”的神父中间不可能存在真正幸福的人。

“真理寻求者”在寻访神父受挫之后，试想在过节的人群里

---

① Аникин В. П. Поэма Н. А. Некрасова «Кому на Руси жить хорошо». М.: Художественная литература, 1973, стр. 19.

寻找幸福的人，然而庄稼汉们的“幸福”，却是一片赤贫和凄苦。在每一个“幸福的人”的故事中，总是暴露出人民群众这样或那样的苦难遭遇：有的在挨饿、有的被迫去打工、有的在受新兴资本主义强盗的无耻剥削……自上而下的农奴制改革并没有给农民的生活带来实质性的改善，贫穷、痛苦、泪水和血汗依旧是他们生活的主要内容，在庄稼汉中间寻找幸福的愿望只能落空。诗人最后怀着内心的悲痛无奈地指出：

Эй，счастие мужицкое!
Дырявое с заплатами，
Горбатое с мозолями，
Проваливай домой!（стр. 912）

唉，庄稼汉的幸福哇！
破烂和补丁的幸福，
罗锅和老茧的幸福，
都滚回家去吧！（Ⅳ，p. 98—99）

七个庄稼汉之后寻访的是地主，农奴制度的废除，“一头打中了老爷，另一头打中了庄稼汉！”（Ⅳ，p. 147）尽管地主们无限留恋自己“意志就是法律”、“拳头就是警察”的“黄金时代”，仍然指望能够继续作威作福、不劳而获，但他们的好日子已然走到了尽头。农奴制寄生腐朽的生活方式使地主阶级形成了骄奢淫逸、好逸恶劳的性格特征，如今他们娇生惯养、不善经营的弱点更加暴露无遗。“美丽的宅邸拆成了砖头瓦片”，贵族地主们散布四处，不知所终，显然他们往昔的“幸福生活”也早已荡然无存。

在男人们中间没有找到幸福的人，于是七个庄稼汉决定寻访女人。在人们的指引下，他们找到了俄罗斯农妇玛特辽娜·吉莫

菲芙娜·柯察金娜。玛特辽娜是俄罗斯劳动妇女的典型代表，被人们称为“省长夫人”，是大家眼中公认的“幸福的人”。长年辛勤的劳动使她身板粗壮结实，黑红的脸威风凛凛。她年纪三十七八，头上却已有几丝白发，这个细节暗示了女主人公生活的沉重与苦楚。玛特辽娜的童年时代是无忧无虑的，但自从出嫁以后，一切都发生了变化。沉重的劳动、贫困和没有地位统统落到了她的肩上。她的命运就像古老歌谣中唱的一样，异常悲惨：公婆责骂、小姑欺凌、丈夫家暴、地主管家调戏、幼儿夭折、劳动繁重不堪。玛特辽娜一生的遭遇可以说是苦难重重。她在讲述自己的悲苦命运时，使用了很多民间抒情歌谣和民间哭调，这些民间材料的运用更加渲染了女主人公的悲惨命运。

实际上，被大家公认为“幸福”的玛特辽娜是不幸的，她一生深受政治、经济、精神各方面的压迫。诗人通过农妇之口表达了自己的观点：“在女人中寻找幸福，一辈子也不会有结果”。

Ключи от счастья женского,
От нашей вольной волюшки
Заброшены, потеряны
У Бога самого!
Отцы-пустынножители,
И жены непорочные,
И книжники-начетчики,
Их ищут — не найдут!（стр. 1032）

女人幸福的钥匙，
女人自由的钥匙，
让上帝自己丢失了！
修行的隐士们、贞女们，

熟读万卷经书的哲人们

找来找去没找到！（Ⅳ，p. 278—279）

由于涅克拉索夫的早逝，长诗最终未能写完。因此，七个庄稼汉对“公爵”、“沙皇”等人的寻访在作品中并未全部展现。尽管如此，通过上述分析我们依然可以得知，无论是以地主和神父为代表的上层阶级，还是以贫苦农民为代表的下层阶级，都毫无幸福而言。“涅克拉索夫曾有一度打算赋予长诗一个辛酸的讽刺性的结尾。”① 诗人从农奴“解放”后开篇，原本打算描写所有“解放了”的俄罗斯人的不幸遭遇。当乌斯宾斯基（Г. И. Успенский）向诗人询问长诗的结局如何，究竟谁在俄罗斯过得快乐而自由时，涅克拉索夫“微笑着拖长声音一字一顿地回答：醉——鬼！”② 显然，诗人在此做了痛苦的讽刺，不幸的人们只有用伏特加麻醉自己，才能够消除心中的忧愁。

然而，长诗的《全村宴》（«Пир на весь мир»）一章完成于革命运动蓬勃发展的19世纪70年代。当时，成千上万的男女青年到“人民中”去从事革命活动，为人民寻求最高的幸福。涅克拉索夫熟悉这些勇于自我牺牲的青年，并对他们的活动表示热烈的赞赏。他在创作长诗的过程中，曾多次改变诗篇的构思。正如诗人自己所言：“越往后写，长诗的思路、新的典型、新的景象就越清晰。开始时，我并不十分清楚应该如何结尾，而现在我头脑中的构思已经完全形成，并且觉得，长诗将会越写越好。”③ 作者在长诗中做了一个肯定性的转折，插入了一个革命知识分子格

---

① Аникин В. П. Поэма Н. А. Некрасова «Кому на Руси жить хорошо». М.: Художественная литература, 1973, стр. 50.

② Успенский Г. И. Полн. собр. соч. Т. 6. М.-Л.: АН СССР, 1953, стр. 180.

③ Литературное наследство. Т. 49 – 50. М.: АН СССР, 1946, стр. 204.

利沙·杜勃罗斯克洛诺夫（Гриша Добросклонов）[①] 的形象，并通过这一形象阐明了“幸福”的真正含义。

作者所塑造的格利沙，是一个典型的革命民主主义者，他身上体现了杜勃罗留波夫的许多特征，同杜勃罗留波夫一样，他也是一个为了人民的幸福而积极斗争的革命战士。涅克拉索夫赋予格利沙一系列正面人物的美好特征：他热爱祖国，热爱人民，热爱大自然，热爱劳动，同受压迫的庄稼汉一起播种、割草、收获，同他们一起欢乐，一起唱歌；他为人谦和正直，生活目标明确，了解人民的苦难并且愿意充当“人民的辩护者”，不惧“肺病和流放西伯利亚”的艰苦命运；他始终把自己的命运和人们的命运结合在一起，坚信：

Доля народа,
Счастье его,
Свет и свобода
Прежде всего!（стр. 1066）

人民的命运，
人民的幸福、
光明与自由——
在一切之上！（Ⅳ，p. 420）

格利沙是一个新时代的典型，体现了在俄国民族解放运动第二阶段中所产生的“新人”的性格。他的幸福观与车尔尼雪夫斯基长篇小说《怎么办?》（«Что делать?»）中的主人公所持观点极为相似。无论是“最崇高的人”拉赫梅托夫，还是洛普霍夫、基尔萨诺夫、薇拉·帕夫洛夫娜，都以奉献人民而感到最大的快

① 飞白将此名意译为“格利沙·向幸福诺夫”。

乐。如果说统治阶级的幸福理想是“安宁、财富和名望”的话，那么格利沙所向往的，并不是什么金钱和权力，而是通过无私地为人民谋取幸福而获得真正的幸福。正如他在长诗中所表示的那样：

— Не надо мне ни серебра,
Ни золота, а дай господь,
Чтоб землякам моим
И каждому крестьянину
Жилось вольготно-весело
На всей святой Руси! (стр. 1059)
我不要金，不要银，
只愿我的乡亲们，
只愿所有的庄稼汉，
在俄罗斯能过好日子，
过得快活又舒畅！(Ⅳ，p. 403)

服务社会的幸福与追求财富的幸福在长诗结尾处形成强烈对比，可以说是涅克拉索夫以抒情歌谣的形式做出的一个概括性总结：

Средь мира дольного
Для сердца вольного
Есть два пути.

Взвесь силу гордую,
Взвесь волю твердую:
Каким идти?

Одна просторная —

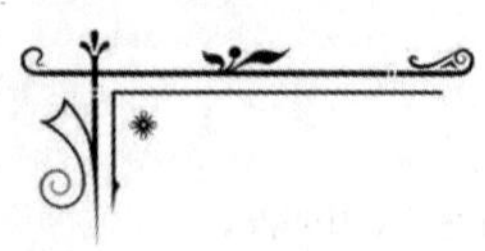

Дорога торная,
Страстей раба,

По ней громадная,
К соблазну жадная,
Идет толпа.
…

Другая — тесная
Дорога, честная,
По ней идут

Лишь души сильные,
Любвеобильные
На бой, на труд. (стр. 1070 – 1071)

在广阔的世界上，
在自由的心面前
摆着两条道。

衡量一下意志，
掂试一下力量，
请你选一条。

其中的一条道
宽阔而平坦，
行人真不少，

私欲的奴隶

贪利忘义的人

都奔那条道。

……

另外一条道

是正直的道路，

狭窄而崎岖，

只有热情的人，

只有刚强的人，

敢向前走去，

……（Ⅳ，p. 426—428）

显然，格利沙选择的是一条“正直的道路”。诗人高度赞扬格利沙的这种崇高行为，并且召唤更多的俄罗斯青年“为了被压迫的人，去斗争，去劳动，站在他们一起！”需要指出的是，在涅克拉索夫笔下，“斗争”与“劳动”总是紧密相连。

Жизнь трудовая—

Другу прямая

К сердцу дорога

Трус и лентяй!

То ли не рай?（стр. 1067）

劳动的生活

是一条捷径，

通向朋友的心。

扫除掉懦夫，

扫除掉懒汉，

这就是天堂！（Ⅳ，p. 420）

“懦夫”和“懒汉”显然在此隐喻的是剥削阶级，只有扫除掉他们，并且通过诚实而顽强的劳动，才能获得“真正的天堂”。由此可见，在诗人看来，“自由的劳动”和“不懈的斗争”是获得幸福生活的必要条件。诗人召唤人们去为之斗争的幸福，是劳动群众真实的、人间的幸福，是一个自由、富足、顺遂的世界，那里不存在对人民劳动的剥削。这片幸福的国土通过七个出门人的“寻找目的”清晰地展现在我们面前：

Изволь, мы скажем: видишь ли,

Мы ищем, дядя Влас,

Непоротой губернии,

Непотрошенной волости,

Избыткова села! …（стр. 944）

告诉你吧，老大爷，

我们寻找的是：

不挨鞭子省，

不受压榨乡，

不饿肚子村！（Ⅳ，p. 294）

然而，在当时多灾多难的俄罗斯大地上，这片幸福的国土是不存在的，真正幸福的人也是不存在的。那么，长诗是否回答了“谁在俄罗斯能过好日子”的问题呢？

我们认为，长诗关于幸福的问题已经有了明确答案。涅克拉索夫笔下的格利沙形象虽然还只是一个轮廓，没有最后完成，但他对幸福、对生活意义和斗争道路的诠释已经表明了诗人的创作主旨。成功编写“俄罗斯”这支颂歌使格利沙感到非常幸福，因为他对人民的力量和人民的未来充满信心。“他觉得自己胸中澎湃着无限的力量，他耳里听见无比美好的曲调在奏响……他歌唱的是人民幸福的真正体现！”（Ⅳ，p. 437）

涅克拉索夫通过格利沙这个青年革命家的典型，回答了七个庄稼汉“谁在俄罗斯能过好日子”的问题：

Быть бы нашим странникам под родною крышею,
Если б знать могли они, что творилось с Гришею.
（стр. 1076）

啊，要是咱们的出门人，知道格利沙
此刻的心情的话，他们马上就可以回家！
（Ⅳ，p. 437）

这两行诗隐含了深邃的思想意义：只有那些像格利沙一样为人民的事业积极斗争的革命战士，才可以被看作俄罗斯的幸福之人，因为他们理解生活的意义在于为人民的幸福而斗争，真正幸福的生活只有通过不懈的斗争才能获得。

通过上述分析我们可以得知，涅克拉索夫虽然借鉴了民间童话《普拉福达与克利弗达》的主题情节，但并非对其简单重复，他“依据有关真理寻求者童话的精神实质，把《谁在俄罗斯能过好日子》创作成为一首现实主义的童话长诗。”① 无论从思想内容方面，还是就艺术形式而言，长诗不仅汲取了民间童话的精华，而且还具有显著而独特的创新之处。

首先，从思想意义而言，民间童话侧重宣扬真、善、美的道

① Чистов К. В. Н. А. Некрасов и нар. творчество. (Задачи изучения) // Некрасовский сборник. Т. 1. М. -Л. : АН СССР, 1951, стр. 114.

德理想，深邃的思想意义是贯穿民间童话故事完整结构的重要线索。比如，在人民寻求真理的童话中，普拉福达和克利弗达所到之处无一不被谎言所笼罩、所统治。如果不是由于心中坚信某种“正义的力量”（добрая сила），被克利弗达挖掉眼睛的普拉福达可能难以容忍所有的不公正，更不会在“真、善、美”的指引下行事，从而获得最后的幸福生活。与民间童话的这种精神相同，涅克拉索夫也使自己的童话长诗服从于统一的思想与构思。然而，诗人并非侧重童话所宣扬的“真与善的道德理想”，而是把民间童话史诗与生活的现实图景融为一体，把“人民中并没有幸福，要过好日子必须摧毁旧势力”作为始终贯穿长诗的重要思想。立足于当时的现实，涅克拉索夫深化了民间童话的思想意义，把“寻找幸福”和“革命斗争”在长诗中有机地结合在一起。

其次，从艺术形式而言，涅克拉索夫在长诗中借鉴了不同的童话模式和艺术手法，并且与长诗的现实主义创作基调巧妙融合。长诗开篇便具有鲜明的“童话式”风格：“哪年哪月——请你算，何处何方——任你猜”（В каком году — рассчитывай, В какой земле — угадывай）与民间童话常见的起首公式（начальные формулы）“在某个王国”（В некотором царстве, в некотором государстве）具有异曲同工之妙。而接下来的诗行“却说在一条大路上，七个庄稼汉碰到一块儿”则进一步展示了日常生活的真实图景。另外，很多民间童话都以主人公成婚或加冕为王举办“Пир на весь мир”结尾，涅克拉索夫在长诗中也借鉴了这一情节，并据此创作了完整的章节《全村宴》。需要指出的是，诗人笔下的宴会与民间童话完全不同，是人们为庆祝“最后一个地主”之死而举行的“为农奴制度送葬”的“欢送宴会”。诗人借助民间童话式宴会的形式进一步突出了劳动人民对剥削制度和阶级压迫的无比痛恨。

此外，涅克拉索夫在《农妇》一章还运用了民间故事常见的“连缀式”复合式结构。所谓“连缀式”复合式结构，即“一个故事接着一个故事，前一个故事的结尾包容并引出后一个故事的开头，首尾相接，环环相扣，大故事里边套着小故事，小故事中孕育着大故事。”[①] 玛特辽娜在讲述自己的故事时，由自己的故事引出了“俄罗斯壮士萨威里”的故事，在讲述萨威里的故事时，又嵌套了“小皎玛”的故事。这种故事结构很容易使我们联想起《一千零一夜》中的故事模式。

民间童话具有巨大的概括艺术，“涅克拉索夫借助童话形式赋予长诗中的现实图画以独特的意义，指出了事件发生的宏大规模，突出了全体俄罗斯人民毫无幸福而言的苦难生活”[②]。诗人通过各种艺术典型揭示了不同阶层人物的生活与面貌，表达了人们追求幸福的理想与愿望，明确指出了获得幸福生活的斗争道路。民间童话中的真理寻求者所坚信的“正义的力量”在诗人笔下幻化为“人民的力量”，这种强大的力量预示着为幸福而斗争的劳动人民必然取得最后的胜利。对人民力量的认识和信心，也是诗人在长诗中所流露出的乐观精神的源泉。

① 李惠芳：民间文学的艺术美，武汉：武汉大学出版社，1986 年，第 62 页。

② Аникин В. П. Поэма Н. А. Некрасова «Кому на Руси жить хорошо». М.: Художественная литература, 1973, стр. 12.

第三章

涅克拉索夫的诗歌形象与民间文学

世界各族人民在认识世界、改造世界的过程中，创造出大量的民间文学形象，如家喻户晓的“灰姑娘”、“白雪公主”、“青蛙王子”等。这类文学形象虽然纯朴，内涵却极为丰富，具有强烈的情感表现力。民间文学形象的程式化和模式化程度很高，他们可以是人，也可以是物，物往往具有人性化的特点。有些民间文学形象具有全球性，只是在不同民族文学中以不同面貌出现，如《格林童话》中的“拇指哥”在东方民间文学中就是“小不点儿”。民间文学的无国界性反映了世界各族人民追求真理、痛恨邪恶、向往幸福的心是相通的。有些民间文学形象具有浓厚的民族文化底蕴。俄罗斯民间文学中就有许多具有鲜明民族特色的形象，如勇敢无畏的俄罗斯三勇士、聪明美丽的瓦西里莎等，这些形象主要来源于俄罗斯的民间壮士歌、民间童话和传说，集中体现了俄罗斯民间的传统智慧、俄罗斯民族独特的价值观、道德观和审美观。

高尔基曾经指出：“各国伟大诗人的优秀作品都是从民间集体创作的宝藏中吸取营养，自古以来这宝藏曾提供了一切诗的概括、一切有名的形象和典型。嫉妒成性的奥赛罗，意志薄弱的哈姆雷特、淫佚放荡的唐璜——所有这些典型，人民已经先于莎士比亚和拜伦创造出来。”[①] 民间文学同样为俄罗斯作家的创作提供了许多生动丰富的艺术形象，如普希金笔下的“强盗兄弟”、卡拉姆津笔下的“伊利亚·穆罗梅茨”、列夫·托尔斯泰笔下的“傻子伊凡”等。涅克拉索夫笔下也有很多典型的艺术形象与民间口头创作有着千丝万缕的关系，我们在本章主要分析诗人作品中极具代表性的俄罗斯壮士萨威里形象、俄罗斯妇女形象、“自

① 中国民间文艺研究会：苏联民间文学论文集，北京：作家出版社，1958年，第82页。

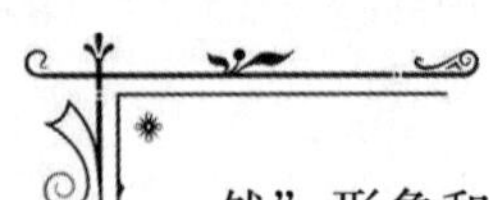

然”形象和“超自然”形象。

第一节　俄罗斯壮士形象

壮士歌是古代俄罗斯民间口头诗歌创作的巅峰，多以某位英雄为描写对象，表现壮士们抗击外来侵略者、保卫祖国的英雄事迹。壮士歌中的主人公多是俄罗斯家喻户晓的英雄，如著名的三勇士：历经周折打败强盗索洛维（Соловей-разбойкик）的伊利亚·穆罗梅茨（Илья Муромец）、不畏邪恶战胜格雷尼奇蛇妖（Змей Горыныч）的多博雷尼亚·尼基季奇（Добрыня Никитич）和足智多谋战胜土加林蛇精（Тугарин Змей）的阿廖沙·波波维奇（Алеша Попович）。民间文学中的俄罗斯壮士，在外貌肖像方面：身材魁梧，力大无穷；性格特征方面：正直善良，热爱人民；内在气质方面：热爱自由，从不卑躬屈膝事权贵。这些壮士形象体现了典型的俄罗斯民族性格，是民众价值观里理想英雄的化身，是其爱国精神的体现。

壮士歌中的俄罗斯勇士普遍都具有某种英雄精神，他们的英雄品貌和英雄行为得到人们的高度赞扬和诗意化描绘。他们具有非凡的美貌、力量和才能，维护人民，守卫祖国，敢于冒险，无所畏惧。在这些形象中，俄罗斯人民十分完美而明确地表现出自己关于理想的战士品质及其使命的观念。很多作家在自己的文学作品中加工再现这些英雄形象。然而，不同时期不同流派作家对这些民间英雄形象的描绘各不相同。

早在 19 世纪 40 年代，斯拉夫主义者就力求从壮士歌的形象中寻找俄罗斯民族性格的典型特征。对民族性格的不同理解导致了斯拉夫派同革命民主派长达二十多年的激烈论战。斯拉夫派力图在民间英雄史诗中寻找自己政治理想和道德理想的反映：大公与人民团结一致、古罗斯生活的独特性、人民忠于基督教教义和古老的社会制度。舍维廖夫（С. П. Шевырев）在其著作《俄罗斯文学史》（«История русской словесности»）中把俄罗斯壮士描写为基督教信徒，认为“伊利亚·穆罗梅茨无私地为祖国服务，在弗拉基米尔大公的宴会中表现温顺、毫无恶意。”[①] 此外，作者还把伊利亚刻画成一个酗酒并且存在很多其他恶习的人，一扫其在人民群众中的美好形象。

阿克萨科夫（К. С. Аксаков）认为弗拉基米尔大公时期的壮士是“充满节日的欢乐的俄罗斯群体形象，史诗是根据俄罗斯祖国的史实而作”[②]。弗拉基米尔大公在宴会上为壮士们敬上“香甜的蜂蜜”。阿克萨科夫强调了伊利亚性格特征中的平静、心灵深处的宁静、忍耐、勇猛和伟大，认为他是“俄罗斯人民的真实形象”[③]。

19世纪60年代初，迈科夫（Л. Н. Майков）在论文《关于弗拉基米罗夫系列的壮士歌》（«О былинах Владимирова цикла»）中对勇士形象也进行了专门研究。相对于斯拉夫主义者而言，迈科夫的研究向前推进了一大步。他认为“壮士们的固有特征在于其不可战胜的力量、对敌斗争的坚强和大公无私的品性”，是“农民利益的忠实代表”。然而，他们有时却容易轻信大公“慈父般的关怀”。作者虽然没有回避伊利亚同弗拉基米尔大

① Шевырев С. П. История русской словесности. Ч. 1. М.: тип Бахметева, 1859, стр. 282, 286.

② Аксаков К. С. Богатыри времен великого князя Владимира. Полное собрание сочинений. Т. 1. М.: Университетская типография, 1889, стр. 337.

③ Аксаков К. С. Богатыри времен великого князя Владимира. Полное собрание сочинений. Т. 1. М.: Университетская типография, 1889, стр. 341.

公吵架的情节，但是却把其缘由解释为“大贵族们歹毒的阴谋”。按照迈科夫的观点，随着上层社会同农民矛盾的不断加剧，伊利亚·穆罗梅茨最终变成了一个哥萨克。[①]

革命民主派对英雄史诗的理解与斯拉夫派不同，按照车尔尼雪夫斯基的观点，无论是俄罗斯的英雄史诗，还是其他民族的英雄史诗，都与不同类型的反抗运动紧密相连，俄罗斯英雄史诗的产生，与俄国人民抗击鞑靼侵略有关。农奴制改革前的革命形势促使很多作家关注反映人民历史斗争的同时代民间歌谣，与史诗相比，歌谣中的“另一种英雄”（иной герой）引起人们的广泛兴趣。我们在本文中，把“另一种英雄”称为“新英雄”（новый герой），所谓“新英雄”，是指集古代俄罗斯民间壮士品质与近代人民复仇者形象于一体的人物，如斯杰潘·拉辛、叶米里扬·普加乔夫等。“新英雄”形象在涅克拉索夫的诗歌中，主要通过俄罗斯壮士萨威里体现出来。

涅克拉索夫在诗歌内容方面的创新之一，就是把俄罗斯普通劳动人民（尤其是农民）置于其作品的中心，描写他们的生活与苦难，期待与愿望。研究者们认为，“长诗《谁在俄罗斯能过好日子》中的俄罗斯壮士萨威里，是涅克拉索夫一系列农民形象的顶峰。”[②] 萨威里是俄罗斯壮士同受难庄稼汉的集合化身。诗人接受了壮士歌和雷列耶夫《伊凡·苏萨宁》（«Иван Сусанин»）的传统，塑造了一个高大的革命农民形象。在塑造萨威里这一人物时，诗人直接对其冠以修饰语——“神圣罗斯壮士”（богатырь

---

① См.: Майков Л. Н. О былинах Владимирова цикла. На степень магистра русской словесности. СПб., 1863, стр. 117 – 118.

② Колесницкая И. М. Савелий-богатырь святорусский в поэме Некрасова и образы героев былин в критике и литературе 1860 – начала 1870-х годов. // Некрасовский сборник. Т. 4. М.-Л.: Наука Ленинградское отделение, 1967, стр. 83.

святорусский）。无论是外部面貌，还是内在品质，萨威里都具备俄罗斯民间壮士歌中的英雄人物特征。

下面我们主要从肖像特征和性格特征两方面分析阐释诗人笔下典型形象萨威里的民间性。

人物肖像，主要是对人物外表的描写，包括人物的面部特征、身材特征、年龄特征等。肖像凭借所有这一切创造出一个“外在之人”特征上固定的、稳定的合成。

长诗中《俄罗斯壮士萨威里》（«Савелий, богатырь святорусский»）一章的开篇便描写了主人公的体貌特征：

С большущей сивой гривою
Чай，двадцать лет не стриженной，
С большущей бородой，
Дед на медведя смахивал，
Особенно как из лесу，
Согнувшись，выходил.
…
Как в низенькую горенку
Входил он：ну распрямится?
Пробьет дыру медведище
В светелке головой！（стр. 990）

二十来年没剃头，
灰色的鬣毛蓬蓬松松，
加上老大的一部胡子，
老爷爷这副模样儿
（特别是当他弓着腰，
从树林里钻出来），

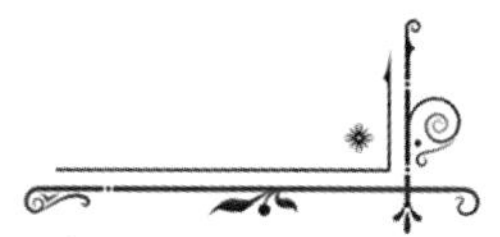

真像一头熊。

……

倘使这头大熊

忽然挺直了腰，

他准得把屋顶

穿个大窟窿！（Ⅳ，p. 194）

从玛特辽娜的讲述中，我们可以得知萨威里拥有一副巨熊般的外貌：他胡子茂密、头发蓬松、身材高大、力大无比。此番描述使我们如同看到了充满英雄气概的俄罗斯民间壮士。壮士歌中所歌颂的勇士们无一不身材魁梧、力大无穷。例如，俄罗斯大力士、农民米库拉·谢利亚尼诺维奇（Микула Селянинович）背着装有“地球牵引力”（тяга земная）的背包到处行走，他自己却丝毫感觉不到背包的重量；勇士斯维亚托戈尔（Святогор）只用一根头发就能把盛“地球牵引力”的背包提起等。这些勇士形象都体现了俄罗斯农民的强壮有力。

舍尔古诺夫（Н. В. Шелгунов）曾经指出：“人们在俄罗斯壮士身上寄托了自己对‘力量’的认知，他们依靠这种力量战胜外敌。自然力也是勇士们所具备的力量之一。”① 伊利亚在异域他乡与敌人战斗时，能够从故乡的土壤中获得力量。萨威里与狗熊搏斗时的呐喊“我的树林”（мой лес），俨然是掌控森林自然力的“林中之王”。

… да с медведями

Справлялись мы легко.

С ножищем да с рогатиной

---

① Шелгунов Н. В. Русские идеалы, герои и типы. Дело, 1868, № 6, стр. 79.

Я сам страшней сохатого,
По заповедным тропочкам
Иду: «Мой лес!» — кричу.
Раз только испугался я,
Как наступил на сонную
Медведицу в лесу.
И то бежать не бросился,
А так всадил рогатину,
Что словно как на вертеле
Цыпленок — завертелася
И часу не жила! (стр. 993)

我们对付狗熊,
倒不费多大劲儿。
一把尖刀一根矛,
我比老熊还凶猛,
在不见人迹的小道上走,
喊一声:‘我的树林!’
只有一回遇了险:
我在树林里踩上了
一头睡觉的大母熊。
可是我没有撒腿跑,
用平生之力扎了一矛,
扎得那头野兽
像铁叉上的烤鸡儿,
翻来滚去直折腾,
不大一会就没了命!(Ⅳ, p. 199—200)

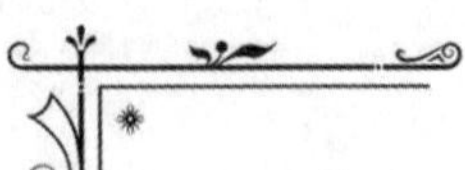

萨威里的年龄与俄罗斯壮士伊利亚也有相符之处。在大部分勇士歌中，伊利亚是个老年人，他身上的个人情欲已经熄灭，只有对敌人的愤怒和仇恨之情依然在热烈沸腾。诗人笔下的萨威里也是一个已满一百高龄的老人，也对压迫人民的统治者憎恨无比。

壮士歌在刻画勇士们的外貌时，常常使用比拟和夸张的艺术手法。涅克拉索夫在描写萨威里的体貌特征时也使用了这两种修辞方法："老爷爷这副模样儿真象一头熊"，"倘使这头大熊忽然挺直了腰，他准得把屋顶穿个大窟窿！"（Ⅳ，p. 194）

诗人这种置身于民间壮士歌之中的人物肖像描写，更形象地勾勒出了萨威里大致的秉性和脾气，刻画出人物性格的轮廓。塑造一个人物形象，主要是要写出有血有肉的鲜明个性。民间性对人物形象塑造的切入，关键是要深化到人物内在的性格之中。俄罗斯壮士大都热爱自由，热爱人民，勇敢无畏，反抗压迫。萨威里也具备俄罗斯勇士们的这些典型性格特征。

Дед жил в особой горнице
Семейки недолюбливал,
В свой угол не пускал;
…
Его «клейменым, каторжным»
Честил родной сынок.
Савелий не рассердится.
Уйдет в свою светелочку,
Читает святцы, крестится,
Да вдруг и скажет весело:
«Клейменый, да не раб! »
…

«Недотерпеть — пропасть,
Перетерпеть — пропасть! »
…
«Надумалась Корежина,
Наддай! Наддай! Наддай! »（стр. 990—992）

老爷爷不喜欢这家子人，
他自己住一间小厢房，
不准别人进他的门。
……
他亲生儿子也管他叫
“烙了印的苦役犯”。
听这话萨威里也不恼，
他回到自己房中，
画画十字，读读神历，
突然间高兴地说一声：
“烙了印，却不是奴隶！”
……
“忍不住——砸锅！
忍过了头——完蛋！”
……
“倔头村豁出去拼了！
加把劲！加把劲！加把劲！”（Ⅳ，p. 195—197）

萨威里性格耿直，不喜欢儿子一家人，不准他们进自己的房门，在他看来，儿子“只会跟老头儿干仗，只会对娘们儿威风！”（Ⅳ，p. 196）；他正直善良，保护弱小（当儿子撒泼时保护玛特辽娜和小皎玛）；虽然当了一辈子农奴，受尽折磨，却依然自尊

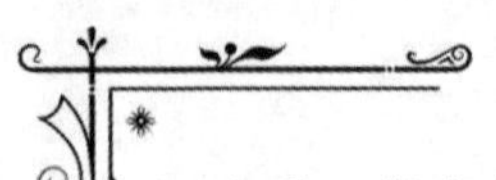

自爱，崇尚自由（当儿子叫他“烙了印的苦役犯”时，他却高兴地说道：“烙了印，却不是奴隶!”）；他追求真理，痛恨压迫，年轻时同大众一起抗捐抗税，虽遭到狠毒的鞭打，但维护集体，绝不屈服。

Сдавались люди слабые,
А сильные за вотчину
Стояли хорошо.
Я тоже перетерпливал,
Помалчивал, подумывал:
«Как ни дери, собачий сын,
А всей души не вышибешь!»（стр. 995）

只有软面筋投降了，
硬骨头却顶住了，
护着整个村庄。
我也顶住了，
一声不吭，心里思忖：
“打吧，打吧，狗日的，
穷人的志气你打不光!”（Ⅳ，p. 204）

萨威里不仅具备俄罗斯壮士的外貌和性格，同时也具有当时的时代特色，是那个时代人民的复仇者。他身上体现了人民自我意识、反抗意识和革命精神的觉醒，虽然这种觉醒和反抗还带有自发的性质。青年时代被重重压迫激怒忍无可忍，他带头和几个农民将阴险毒辣剥削人民的德国佬基督安·佛格尔活活埋入井内。

Случилось, я легонечко
Толкнул его плечом,
Потом другой толкнул его,

И третий … Мы посгрудились …
До ямы два шага …
Мы слова не промолвили,
Друг другу не глядели мы
В глаза … а всей гурьбой
Христьяна Христианыча
Поталкивали бережно
Все к яме … все на край …
И немец в яму бухнулся
Кричит：«Веревку! лестницу!»
Мы девятью лопатами
Ответили ему.
«Наддай!» — я слово выронил，—
Под слово люди русские
Работают дружней.
«Наддай! наддай!» Так наддали，
Что ямы словно не было —
Сровнялася с землей!（стр. 999）

这时刻，我用膀子
轻轻地挤了他一挤。
接着第二个也挤，
第三个也挤……
我们大伙聚在一起……
离坑只有两步路……
我们一言不发，
你不看我，我不看你……

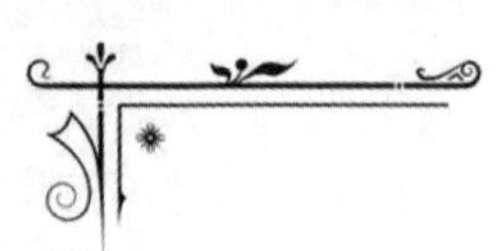

只是排成人墙，

把基督安·佛格尔

一寸一寸地

往坑边挤，挤，挤……

只听得咕咚一声，

德国佬滚到坑底下，

直嚷嚷："绳子！梯子！"

我们用九把铁锹

给了他回答。

我喊了声："加把劲！"

俄罗斯人一听到喊，

就干得格外欢。

"加把劲！加把劲！"

大伙儿一鼓劲儿，

土坑变了平地！（Ⅳ，p. 211—212）

作为惩罚，这位人民的复仇者被判了"二十年苦役，再加二十年流放"。虽然在牢房、鞭笞和苦役中度过了几十个春秋，但是任何惩罚也不能摧毁他的反抗精神。"烙了印，却不是奴隶！"这句话出自当了一辈子农奴，受尽了折磨的百岁老人萨威里之口，是多么的豪迈与雄壮！

涅克拉索夫一直坚信俄罗斯人民有着壮士般雄伟的力量，以萨威里为代表的俄罗斯农民壮士，既有古代勇士的主要特征，也有农民的坚韧和隐忍。诗人所歌颂的英雄，其实也正是普通的农民群众。这种观点和态度通过萨威里之口一呼而出：

— А потому терпели мы,

Что мы — богатыри.

В том богатырство русское.

Ты думаешь, Матренушка,
Мужик — не богатырь?
И жизнь его не ратная,
И смерть ему не писана
В бою — а богатырь!

Цепями руки кручены,
Железом ноги кованы,
Спина … леса дремучие
Прошли по ней — сломалися
А грудь? Илья-пророк
По ней гремит — катается
На колеснице огненной …
Все терпит богатырь!

И гнется, да не ломится,
Не ломится, не валится …
Ужли не богатырь? (стр. 997—998)

“我们忍住了,
因为我们是壮士。
俄罗斯壮士最坚忍。
玛特辽娜，你以为
庄稼汉算不上壮士?
尽管他没有汗马功劳,
尽管他不在沙场战死,
他却是壮士!

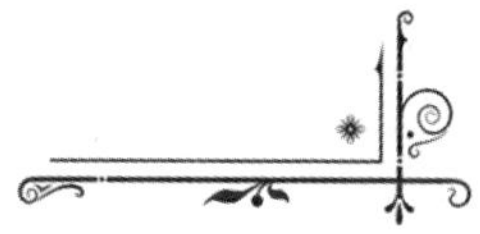

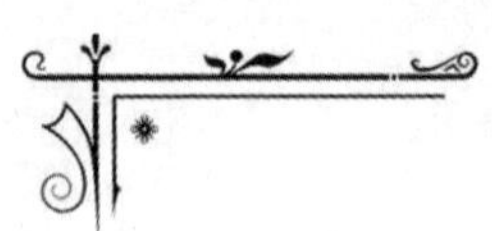

双脚锁着脚镣，
双手缠着铁链，
他的脊梁啊——
用整个森林的树来抽，
棵棵大树全折断！
他的胸脯上——
先知以利亚驾着火焰车
隆隆飞奔，又压又碾，
壮士全都顶住了！

“压弯了，压不垮，
压不垮，不倒下，——
难道说不是壮士?”（Ⅳ，p. 208—209）

俄罗斯农民苦难深重，他们虽然扛起了大山般的重担，“可是使劲儿太大，自己也齐胸陷入了地！他脸上不是泪水淌，他脸上是鲜血在滴！”（Ⅳ，p. 210）诗人在此借用了壮士歌中对俄罗斯勇士斯维亚托戈尔的描写：“по колена Святогор в землю угряз，а по белу лицу не слезы，а кровь течет！”①

除了萨威里之外，涅克拉索夫笔下的光腚亚金、叶密尔·吉玲、阿嘎普（Агап）等正面形象也是农民的优秀代表。他们集中表现了俄罗斯农民的积极自觉、毫不妥协的精神面貌与内在力量。

《俄罗斯壮士萨威里》是一部描写生活在社会底层的普通俄

① Рыбников П. Н. Песни，собранные П. Н. Рыбниковым：в 3 т. Изд. 2. Т. 1. М.：Сотрудник школы，1909，№ 86，стр. 454.

罗斯农民的壮士歌。涅克拉索夫想在萨威里身上反映俄罗斯人民的性格特点。他在这个底层人物身上既表现出俄罗斯人民的优秀品质，表现出他们不断觉醒的自我意识，同时也没有刻意地去把俄罗斯人理想化。萨威里身上虽然概括了当时俄国农民憎恨剥削阶级，意欲奋起反抗的典型特征，但也有其不足与局限之处。首先，他的反抗是自发的，革命性尚不成熟。其次，他也具有宗法制农民落后的一面：消极的宗法观点和宗教情绪（“可是上帝的旨意，谁也拧不过。”“忍着吧，多怨多愁的女人！忍着吧，受苦受难的女人！”）。

涅克拉索夫是第一个把俄罗斯农民作为壮士描写并歌颂的俄国诗人。他在塑造农民萨威里这一形象时，不仅直接冠之以修饰语“神圣罗斯壮士”，而且赋予其壮士般的外貌和性格。萨威里是集古代俄罗斯勇士品质与那个时代人民复仇者形象于一体的人物，对于涅克拉索夫而言，“那个时代人民英雄的勇士性，在于其愤怒和反抗的力量，在于其积极的斗争”①。然而，由于当时严格的书刊检查制度，他不能把萨威里的形象同大规模的农民起义联系起来。在创造了这一形象三年之后，也就是反动派镇压民粹运动最激烈的时候，诗人在长诗《谁在俄罗斯能过好日子》的最后一章《全村宴》中，在约翰讲的《两个大罪人的故事》（«О двух великих грешниках»）里，再次表达了鲜明的革命思想。在涅克拉索夫看来，真正的强盗并不是被迫起义的农民，而是剥削人民、压迫人民的地主阶级。要想洗掉“强盗”个人的“罪孽”，必须向农奴主老爷开刀。这就大大补充了萨威里形象的革命

① Колесницкая И. М. Савелий-богатырь святорусский в поэме Некрасова и образы героев былин в критике и литературе 1860 – начала 1870-х годов. // Некрасовский сборник. Т. 4. М.-Л.: Наука Ленинградское отделение, 1967, стр. 95.

意义。

第二节 俄罗斯妇女形象

民间文学中的女性形象丰富多彩、神姿各异。这些形象正面与反面皆具，寄托着当时社会和人们的不同感情：或是尊崇赞美（如聪明美丽的瓦西里莎）、支持同情（如勤劳善良的灰姑娘），或是加以批判和道德教训（如民间故事中凶恶残暴的后母）。我们在本节对诗人笔下女性形象的分析主要以民间文学中的正面女性形象为原型。

民间文学的正面女性形象主要有三种基本类型：第一种类型是最为古代的女人形象，即“尚武的女郎”、“女勇士”、“本领出众的女王”（如玛丽亚·莫列夫娜）；第二种类型是“聪明的女郎”、“绝色的美女”（如睿智的瓦西里莎、美丽的叶莲娜）；第三种类型是“热爱劳动、但是受命运欺凌的前妻的女儿”（如阿廖努什卡小妹妹）。[①] 民间文学的这些正面女性形象是美与善的化身，她们体现了所有的俄罗斯女性理想原型。

与民间文学相同，俄罗斯文学自古就具有赞扬、歌颂女性的传统。到了 19 世纪，文学中更是形成了女性地位的中心化，普希金、屠格涅夫、陀思妥耶夫斯基、列夫·托尔斯泰、契诃夫等伟大的作家，都创造出一系列熠熠生辉的女性形象。涅克拉索夫也书写了许多关于俄罗斯妇女的诗篇，充满了对妇女命运的深刻同情。可以说，一提及俄罗斯妇女的命运，诗人便感到“如焚的忧虑”。在诸多作品中，诗人刻画了遭受压迫、饱受凌辱、热爱

---

① 参见开也夫：俄罗斯人民口头创作，连树声译，中国民间文艺研究会研究部（内部资料），1964 年，第 157—158 页。

劳动、充满理想、忠贞无畏、勇于抗争的各种类型的女性形象。无论是外貌特征，还是内在品质，这些女性形象与民间文学中的女性形象都具有高度的相似性和契合性。诗人在塑造这些形象时也借鉴了很多民间诗学艺术手法。

涅克拉索夫是第一个满怀深情把受尽苦难的俄罗斯农村妇女作为正面人物来歌颂的诗人。早在 19 世纪 40 年代，农村妇女的形象便出现在他的诗歌里。如《在旅途中》的农奴格鲁莎，终究未能逃脱农奴的悲惨命运而早逝；《三套马车》中的漂亮农村姑娘，命中注定要因“粗重而艰苦的活计”和丈夫的专横而过早凋零。40 年代涅克拉索夫塑造女性形象的艺术手法同柯尔卓夫有许多共同之处。像柯尔卓夫一样，诗人也主要借鉴了民间诗歌创造理想人物的艺术手法。这首先表现在色彩鲜明的惯用修饰语，民间文学（壮士歌、婚礼仪式曲、童话）经常借助修饰语描绘理想主人公的外貌肖像，如描写勇敢善良的小伙或漂亮的姑娘时经常冠之以“丝绸般的鬈发”（шелковые кудри）、“雄鹰般的双眸”（соколиные очи）、“雄鹰般明亮的目光”（взгляд ясна сокола）、“紫貂般黝黑的眉毛”（соболиные брови）、“蜜糖似的嘴唇”（уста сахарные）、“雪白的胸脯”（грудь белая）、“鲜红的双唇”（губы алые）等。涅克拉索夫在《三套马车》中描绘女主人公的外貌时，这样写道：

На тебя заглядеться не диво,
Полюбить тебя всякий не прочь:
Вьется алая лента игриво
В волосах твоих, черных как ночь;

Сквозь румянец щеки твоей смуглой
Пробивается легкий пушок,

Из-под брови твоей полукруглой
Смотрит бойко лукавый глазок.（стр. 212）

对你表示赞赏并不稀奇，
每一个人都会爱上你：
鲜红的彩带微微地飘动，
飘在你那象夜一般黢黑的发际；

透过你那黝黑面颊的红晕
露出了纤细纤细的毛绒，
在你那弯弯的眉毛下面
滴溜溜闪动着一双调皮的大眼睛。
（Ⅰ，p. 140—141）

为了突出“黑眉毛村姑”（чернобровая дикарка）的美貌，诗人使用了一系列修饰语：鲜红的彩带（алая лента）、夜一般黢黑的发际（черные волосы, как ночь）、弯弯的眉毛（полукруглая бровь）、调皮的大眼睛（лукавый глазок）等。在强调了女主人公的美丽外貌之后，诗人紧接着便预言了她的不幸命运：

…
За неряху пойдешь мужика.

Завязавши под мышки передник,
Перетянешь уродливо грудь,
Будет бить тебя муж-привередник
И свекровь в три погибели гнуть.

От работы и черной и трудной
Отцветешь, не успевши расцвесть,
Погрузишься ты в сон непробудный,
Будешь няньчить, работать и есть. (стр. 212)

……
嫁一个邋邋遢遢的庄稼汉。

围裙紧紧地系在腋下，
将胸脯勒得扭扭歪歪，
爱找碴儿的丈夫会来打你，
婆婆把你折磨得死去活来。

由于粗重而又艰苦的活计，
你还来不及开花就要凋零，
你将陷入沉睡不醒的梦里，
照看孩子、吃饭、劳累终生。（Ⅰ，p. 141）

“爱找碴儿的丈夫”和“凶恶的婆婆”是民间文学常见的反面人物形象，涅克拉索夫借其展示了女主人公婚后不幸的家庭生活。诗人强调突出乡下姑娘的外在美也不是没有缘由的，而是旨在把她们的美好形象同农村日常生活的黑暗现状形成鲜明对比，从而更加强调突出她们在社会上的无权地位和艰难处境。

由以上例证我们可以看出，涅克拉索夫在创作早期便表现出对民间文学的喜爱。为了塑造主人公光辉夺目、具有崇高道德品质的美好形象，他几乎未加修改地广泛借鉴了民间歌谣传统的诗

学手段。[①] 诗人在这一时期的创作中只是较为概括地指出人民的悲惨处境，并没有对其日常生活进行详细描绘。

19 世纪五六十年代，涅克拉索夫转而描写农民的日常生活。因此，他借鉴民间诗歌时，关注的并不是其历史形式，而是那些能够揭示当时人民精神面貌，反映人民思想、期待与愿望的日常生活形式。诗人仔细观察、深入研究当时的农民，认真聆听俄罗斯的日常抒情歌谣，期望从中找出民众生活、民族性格和民族灵魂的真实反映。在 50 年代的大部分诗作中，诗人笔下的农民形象（包括妇女形象）是不具体的。这一时期他较多关注俄罗斯民间歌谣与农民艰苦生活的紧密联系。谈及自己那“哭泣、悲伤、病痛的”缪斯，诗人塑造了“累得弯腰曲背，愁得五内俱焚”的农村母亲形象：

В убогой хижине, пред дымною лучиной,
Согбенная трудом, убитая кручиной,
Она певала мне — и полон был тоской
И вечной жалабой напев ее простой.
…
Все слышалося в нем в смешении безумном:
Расчеты мелочной и грязной суеты
И юношеских лет прекрасные мечты,
Погибшая любовь, подавленные слезы,
Проклятья, жалобы, бессильные угрозы.
(стр. 249 –250)

---

① Колесницкая И. М. Крестьянская тема и народное творчество в поэзии Некрасова 60-х годов. // Некрасовский сборник. Т. 2, М. -Л.: АН СССР, 1956, стр. 25.

她在简陋的茅屋，面对烟雾缭绕的松明，
累得弯腰曲背、愁得五内俱焚，
对我歌唱着——她那纯朴的曲调
充满了忧愁和没有止境的控诉。
……
在这疯狂的嘈杂声中你什么都可以听到：
浅薄和肮脏的浮华打算，
少年时代最美丽的幻想，
死去的爱情，抑制的泪眼，
软弱的恐吓、诅咒和抱怨。（Ⅰ，p. 209）

涅克拉索夫在祖国各个角落所听到的大部分歌曲的基调都是悲凉的，这些歌谣饱含人民的痛苦和心酸。虽然俄罗斯人民被残酷的生存条件所束缚，然而诗人一刻也没有忘记人民心灵所具有的伟大力量。从 60 年代起，他开始创作一系列前所未有的大型农民组诗，《货郎》、《严寒，通红的鼻子》、《谁在俄罗斯能过好日子》等都属于这一组诗系列。诗人在这些诗篇中塑造了一系列美好、善良的农村妇女形象，如卡捷琳娜、达丽亚、玛特辽娜等。这些女性形象承载了俄罗斯人民的若干优秀品质，反映了俄罗斯人民的审美特征。

卡捷琳娜是长诗《货郎》中的女主人公，诗人怀着真挚的同情描写了她和万尼亚的爱情。这种爱情如民间文学中常见的那般自然、朴素而富有诗意。长诗第一章的献词借用民间歌谣的形式勾勒出卡佳的美好特征："我不要红斜纹，也不要黄土布。（Кумачу я не хочу, Китайки не надо.）"涅克拉索夫选取了人们耳熟能详的民间歌曲《在花园，还是在果园》（«Во саду ли, в огороде»）的片段。歌谣描绘了俄罗斯农村少女拒绝收取心上人

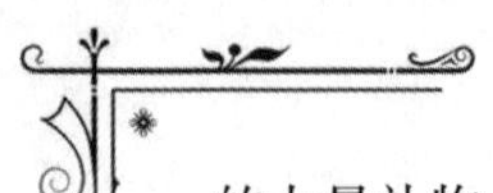

的大量礼物，而是仅仅请求一枚“戒指”的高尚感情。①

与歌谣的爱情主题相一致，诗人也描写了恋人约会后的分别：

А всего взяла зазнобушка
Бирюзовый перстенек.
Дал ей ситцу штуку целую,
Ленту алую для кос,
Поясок — рубаху белую
Подпоясать в сенокос —
Все поклала ненаглядная
В короб, кроме перстенька:
«Не хочу ходить нарядная
Без сердечного дружка!»（стр. 681）

姑娘只收下绿松石的小戒指，
别的一概都没有动。
送给她花布整一匹，
送给她鲜艳的红头绳，
送给她的还有腰带，
要割草需将白衬衫儿束束紧，——
美妞儿只收下戒指一个，
别的统统放回箱中：
“可心人儿你不在身旁，
谁愿打扮得这么漂亮！”（Ⅲ，p. 96—97）

① Попов А. В. Фольклор в поэме «Коробейники». // Некрасовский сборник. Т. 3. М.-Л.: АН СССР, 1960, стр. 93.

忠贞不渝地等待爱人归来的卡捷琳娜与民间文学中的未婚妻形象具有很多相似之处。首先，她们都忠实于自己的爱人。神话故事中的未婚妻经常以出难题的方式揭穿伪装者，从而达到忠于自己真正意中人的目的。涅克拉索夫笔下的女主人公虽然是现实生活中的普通农村少女，但具备民间故事忠实未婚妻的精神品质。其次，她们都具备温顺勤劳的美好特征，是意中人（丈夫）的得力助手。如在民间故事《到不知在哪儿的地方去，取不知是什么的东西来》（«Поди туда — не знаю куда, принеси то — не знаю что»）中，玛利亚公主为了帮助丈夫摆脱贫穷，辛勤劳作了一个通宵，织出一块世人从未见过的地毯。诗人笔下的卡捷琳娜也勤劳贤淑："亲爱的，我为了你心甘情愿去耕地。"（Ⅲ，p. 112）

《严寒，通红的鼻子》中的女主人公达丽亚是"涅克拉索夫笔下最为美丽与动人的女性形象"①，是"庄严美丽的斯拉夫妇女的典型"②，她具备卡捷琳娜所有美好的精神品质。尽管生活无比艰苦，达丽亚仍然保持着健康的体魄、伟大的道德力量、坚强不屈的意志、高度纯洁的灵魂与温柔娴静的性格。

诗人在长诗开篇便精心刻画了达丽亚的外部面貌和内在品质。与早期创作艺术手法明显不同的是，虽然农妇的外貌特征在很多方面同民间歌谣范式相似，涅克拉索夫却一次也没有运用传统歌谣的诗学手段。民间文学程式化、理想化的肖像描写有时与现实并不相符，而诗人在此主要刻画的是俄罗斯农妇真实的外貌特征。因此，在描写达丽亚的肖像时，他特意没有使用歌谣惯用

① 刘妍：女性意识的觉醒——浅析涅克拉索夫诗歌作品的主题思想，作家，2012 年第 8 期，第 110 页。

② Некрасов Н. А. Полное собрание стихотворений и поэм в одном томе. М.：Альфа-книга，2011，стр. 701.

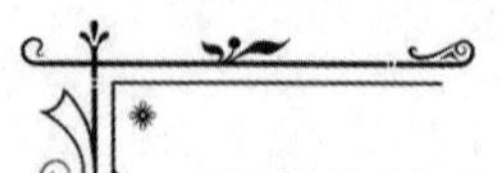

的修饰语“绯红的脸颊”（алый румянец）、“鲜红的嘴唇”（алые губы）、“珍珠般的牙齿”（жемчужные зубы）等。然而，在没有超越民间美学的界限内，涅克拉索夫强调了女主人公所有在民间歌谣中同样强调的特征（仪态、脸庞、身高、亚麻色发辫、雪白的牙齿等）：

Есть женщины в русских селеньях
С спокойною важностью лиц,
С красивою силой в движеньях,
С походкой, со взглядом цариц, —

Их разве слепой не заметит,
А зрячий о них говорит:
«Пройдет — словно солнце осветит!
Посмотрит — рублем подарит! »
…

Красавица, миру на диво,
Румяна, стройна, высока
Во всякой одежде красива,
Ко всякой работе ловка.
…（стр. 701 – 702）

俄罗斯乡村里有一些妇女，
脸上娴静而又端庄，
举止间带着优美的活力，
还有女皇的步态和目光，——

除非是瞎子才看不见她们，

睁眼的人都这样把她们谈论：

“一露面——好象太阳闪着光芒！

她一瞧——你好象得了奖赏！”

……

美人象一朵稀世的奇葩，

脸儿绯红，身儿周正，个儿高高，

她穿什么衣裳都美丽，

她干什么活儿都灵巧。

……（Ⅲ，p. 132—133）

除了美丽的外表之外，诗人还描写了女主人公的内在力量，强调了她热爱劳动的美好特征：

И голод и холод выносит,

Всегда терпелива, ровна …

Я видывал, как она косит:

Что взмах — то готова копна!

…

В ней ясно и крепко сознанье,

Что все их спасенье в труде,

И труд ей несет воздаянье:

Семейство не бьется в нужде.（стр. 702）

饥饿，寒冷，都能够忍受，

她永远是耐心而又沉静……

我看见过她怎样收割：

把手一挥——就是一垛！

……

她的意识明确而坚定，

认为她们的生路全靠劳动，

而劳动使她获得了报答：

全家人无须在贫困中挣扎。（Ⅲ，p. 133—135）

达丽亚的形象完全符合民间理想的审美标准。车尔尼雪夫斯基在《艺术对现实的美学关系》（«Эстетические отношения искусства к действительности»）中曾经指出："对于农民而言，'生活'这个概念总是包含'劳动'的概念在内：生活而不劳动是不可能的，而且也是让人烦闷的。辛勤劳动、却不令人精疲力竭的那种富足生活，使年轻的庄稼汉或农家姑娘拥有鲜嫩红润的面色——按照老百姓们的理解，这是美的第一个条件。辛勤劳动因而体格健壮，农家姑娘在丰衣足食的前提下长得很结实——这也是乡下美人的必要条件……民间歌谣中关于美人的描写，所有美的特征无不表现着强健的体魄和均衡的体格，而这永远是生活富足并且经常认真、但不过度劳动的结果。"①

长诗第二部达丽亚在冰天雪地的大森林砍柴、"遇到严寒大王"并与之交谈的情景不禁使我们想起民间童话中热爱劳动、美丽善良，但遭受恶毒继母虐待的继女形象，"严寒大王"的三次发问"你觉得温暖吗，乡下的少妇？（Тепло ли тебе, молодица?）"与达丽亚温顺的回答"温暖呀！（Тепло!）"跟民间童话中的情节也完全相同。承载人民道德评判与美好理想的民

① Чернышевский Н. Г. Полное собрание сочинений: в 15 т. т. 2. М.: Художественная литература, 1949, стр. 10.

间故事往往通过艺术虚构的方式赋予正面主人公以美好的结局：未婚妻最后都嫁给了真正的王子从此过着幸福的生活、受后母欺凌的继女由于善良有礼貌而得到“严寒老人”的怜悯和礼物。按理说，勤劳勇敢、聪明温顺的卡捷琳娜和达丽亚本该拥有良好的命运，然而，残酷的旧社会不可能给劳动妇女提供幸福生活的机会，意中人的被害无疑会使卡佳悲痛欲绝，失去丈夫孤苦无依的达丽亚最终被冻死在“严寒大王”的魔爪中。涅克拉索夫以惊人的真实和高超的手法揭示了俄国农村妇女的悲剧命运，并对造成她们悲剧命运的社会制度进行了严厉的批判。

长诗《谁在俄罗斯能过好日子》的《农妇》一章是涅克拉索夫在熟悉伊丽娜·费多索娃的哭调和生平传记之后而作，苏联学者奇斯托夫曾经指出：“这一章的手稿保存在苏联科学院文学研究所的档案室中，底稿满满的都是从费多索娃的哭调所摘录的文字，最后只有一部分被诗人运用在史诗的终稿之中……根据诗人手稿中的内容，女主人公玛特辽娜·吉莫菲芙娜最初的名字为奥丽努什卡，她的年龄也同巴尔索夫最初认识费多索娃的年纪相仿，是一个五十岁左右精力充沛的老太太。”① 由此可见，诗人最初构思的玛特辽娜形象的原型就是民间女诗人费多索娃。然而，费多索娃的生活道路极为独特，她十四岁就开始唱哭调，大胆勇敢地自己挑选未婚夫，一生经历两次婚姻。她独特命运的某些方面很难成为当时俄罗斯妇女命运的典型。力求刻画典型人物形象的涅克拉索夫在民间女诗人诗意化自传的基础之上，结合费多索娃哭调的真实内容，创造了一个虽机智聪明、勤劳勇敢，但命运坎坷、多灾多难的俄罗斯母亲形象。

① Чистов К. В. Некрасов и сказительница Ирина Федосова. // Научный бюллетень Ленигр. гос. унив. Л.: Ленин. гос. ордена Ленина университета, 1947, № 16 – 17, стр. 41.

涅克拉索夫仔细挑选了很多姓名（Оринушка，Настасьюшка，Марьюшка，Настасья Тимофеевна，Марья Тимофеевна），最终才把女主人公的姓名确定为玛特辽娜·吉莫菲芙娜。玛特辽娜这一姓名源自古罗马词语“матрон”，意为“受人尊敬的妇女，令人敬重的母亲”。这个名字在俄罗斯很早就被知晓，并且受到平民百姓的大力欢迎，以致其具有最普遍的“乡下人”之意。[①] 俄罗斯民间广泛流传的“套娃”（матрешка）正是从这一名称而来。诗人最终选定这个最为普通的女性名称无疑是为了说明：女主人公的生活命运正是千千万万俄罗斯农村妇女的共同命运，她的一生代表了俄罗斯底层妇女生活的典型。此外，诗人还赋予女主人公“威严、受人尊敬”的特征，强调了其美丽善良、坚强勇敢、勤劳自爱的美好品性。

诗人在创造玛特辽娜这一形象时认真研究了巴尔索夫关于伊丽娜的生平札记，费多索娃极为独特的生活命运虽然不能全部作为玛特辽娜形象的直接原型，但其很多生活情节（童年、少女时代、婚后的部分生活）成为诗人塑造俄罗斯农妇的直接材料。[②] 与费多索娃相同，玛特辽娜也从很小就开始劳动生活，她们都“六岁就去放马，跟在马儿后面跑”。作为劳动好手，喜欢唱歌跳舞的女主人公与民间女诗人的自传也完全相符。婚后玛特辽娜同菲利普的关系、丈夫出门干活妻子一人在家的孤单无助、一人承担所有的繁重家务、同公婆的关系等，这些情节与费多索娃自传中第二次的出嫁情况也非常相似。

---

① Чистов К. В. Некрасов и сказительница Ирина Федосова. // Научный бюллетень Ленигр. гос. унив. Л.: Ленин. гос. ордена Ленина университета, 1947, № 16 – 17, стр. 187.

② Чистов К. В. Некрасов и сказительница Ирина Федосова. // Научный бюллетень Ленигр. гос. унив. Л.: Ленин. гос. ордена Ленина университета, 1947, № 16 – 17, стр. 41.

同费多索娃相同，玛特辽娜的一生也是历经坎坷、多灾多难的。她经受了沉重的劳动、婆家的虐待、儿子的夭折、丈夫去服兵役、饥饿的灾荒、三次瘟疫、两次火灾……然而这些生活的磨难，都没有使她失去固有的魅力。她依然具有威严的面庞、强健的体魄、宽厚的心地、纯洁的道德、明睿的智慧和坚强的意志。玛特辽娜的外貌和精神品质同达丽亚一样，也完全符合民间理想的审美标准，但与达丽亚相比，她增加了反抗不合理、不公平现象的新品质，比如她对官吏的咒骂便倾泻了自己的愤怒与抗议，体现了19世纪70年代女性自我意识的觉醒。

涅克拉索夫被誉为“俄罗斯妇女命运的歌手”，俄罗斯女性形象贯穿于涅克拉索夫创作的不同时期，他所刻画的女性形象，如卡捷琳娜、达丽亚、玛特辽娜等，都与民间文学正面女性形象具有高度的相似性，完全符合民间理想的审美标准。诗人把妇女看作俄罗斯民族最优秀品质的化身，俄罗斯的理想、俄罗斯的性格在她们身上得到最完美的体现。高尔基曾经通过民间故事中的女主人公形象来概括俄罗斯妇女的崇高道德品质：“庄严的朴实，对装腔作势的蔑视，温和的矜持，非凡的智慧，深厚的充满无限博爱的心灵，为了自己理想的胜利而不惜从容就义的决心——这就是古代的语言巨匠和形象大师，更正确些说，俄国当代历史的缪斯，以雄伟的笔触和热爱的心情所描绘的大智大慧的瓦西里莎的精神面貌。”① 涅克拉索夫笔下那些美好的女性形象，无论是其美丽健康的外部肖像，还是其勤劳善良的内在品质，无论是其睿智隐忍的生活态度，还是其顶天立地独自承担生活重担的非凡勇气，都如民间文学中的瓦西里莎一般，表现出俄罗斯人民的优秀

① 刘锡诚：俄国作家论民间文学，北京：中国民间文艺出版社，1986年，第295页。

代表蕴藏着的旺盛体力和巨大的精神力量。

第三节　“自然”形象与“超自然”形象

在涅克拉索夫的诗歌中，除了以上我们研究的民间文学形象之外，还有一些其他形象也与民间文学密切相关。我们在本节主要分析诗人笔下的“自然”形象——“森林”形象、“严寒”形象，“超自然”形象——“神奇的赠予者和相助者”形象。

涅克拉索夫是一位描写大自然的艺术大师，他的许多诗歌都运用了独特的自然风景描写。魏荒弩先生曾经指出：“俄罗斯人民、辽阔的祖国大地、葱郁的森林、严寒的冬天，这一切都是涅诗人灵感的永不干涸的源泉。”[①] 作为一个人民诗人，吸引他的不仅是人民对社会生活现象的态度，他们的道德观和宗教观，还有劳动人民对周围大自然的看法。

车尔尼雪夫斯基曾经指出：“作家对自然的描绘，反映了他们对待人民的态度，他们的哲学观以及对美的感知。”[②] 杜勃罗留波夫也经常关注作家们塑造大自然的手段和方法。他曾经尖锐地批评尼基金个别作品中过度描绘的美景，因为刻意追求美导致其笔下的自然景物与现实脱离了关系。涅克拉索夫挚爱俄罗斯大自然，并且能够灵敏地觉察到它的美丽。勃留索夫（В. Я. Брюсов）曾赞誉诗人“在描绘大自然方面，甚至有时能够达到丘特切夫般的敏锐程度”[③]。

---

① 魏荒弩：论涅克拉索夫，北京：北京大学出版社，2000 年，第 46 页。

② Чернышевский Н. Г. Полное собрание сочинений: в 15 т. Т. 2. М.: Художественная литература, 1949, стр. 260.

③ Поэты и писатели о Н. А. Некрасове. http://nekrasovka. ru/nekrasov - i - sovremennost/.

作为同时代诗人严格公正的评论家，涅克拉索夫自己在最大程度上遵循了俄罗斯大自然现实主义的描写方法。诗人笔下的大自然鲜明地反映了革命民主主义的美学观以及民主派诗人对“美”的唯物主义阐释。

涅克拉索夫从民间文学中借鉴了很多独特的自然描写艺术方法，如“具体化（конкретизация）、细节化（детализация）的自然描写法”（用景物标注事件发生的确切地点、指出动植物的具体名称）、“运用修饰语（эпитет）、比喻（сравнение）等修辞手段描绘大自然”。然而，诗人笔下的景物描写并非重复民间文学，而是具备一系列与之不同的本质特征：形式方面比民间文学创作方法更加丰富多彩，内容方面具有一定的社会性。[①] 诗人笔下的自然景物多是真实明确、言之有物的，它们与人民的生活图景密切相关，见证了人民的生活境况，并且永远与人的感受、劳动及其他活动联系在一起。

一、“森林”形象

“森林”形象具有很强的民间文学色彩。众所周知，童话中的故事一般都发生在神秘的大森林里。如恶毒的后母把继女赶到密林之中（《严寒老人》）；勇敢的王子在林中营救落难的公主（《死公主和七个勇士的故事》«Сказка о мертвой царевне и семи богатырях»）；迷路的主人公在林中遇见凶恶的老妖婆（《青蛙公主》«Царевна-лягушка»）等。民间故事的开场通常总是包含着某种灾难和主人公离家上路。当主人公信步走出家门之后，就落入了阴森森的密林。普罗普在其著作《神奇故事的历史根源》

① См. Колесницкая И. М. Природа в крестьянских поэмах Н. А. Нерасова и в народном творчестве. // Русский фольклор. Т. 3. М.-Л.: АН СССР, 1958, стр. 153 – 183.

(«Исторические корни волшебной сказки»）中分析了树林的功能，指出树林与死亡观念的密切联系，“故事主人公不论是王子、被逐的继女，还是逃兵，无一例外地都要落入树林里，主人公的历险正是从这里开始……树林环绕着另一个王国[①]，一条通往另一个世界的道路从树林中穿过”[②]。

涅克拉索夫的长诗《货郎》、《严寒，通红的鼻子》、《谁在俄罗斯能过好日子》等都真实描绘了“森林”的形象。货郎在归途的树林中被守林人杀害，达丽亚在严冬的大森林中冻死，七个“寻找幸福人”的庄稼汉在树林中动火吵架，争论“谁在俄罗斯能过好日子，过得快活又舒畅”。“森林”在这几部长诗中都是一副茂密、阴暗、神秘的景象。我们在此主要以长诗《严寒，通红的鼻子》为语料，分析诗人笔下的“森林”形象。

长诗《严寒，通红的鼻子》是涅克拉索夫农民组诗中的一部优秀作品。魏荒弩先生认为：“在涅克拉索夫的全部创作中，以其思想性和艺术性结合的严密，情与景交融的自然而论，当以《严寒，通红的鼻子》为第一。”[③] 与长诗的主题思想相一致，其中几乎所有的自然景物都是以昏暗、寒冷、悲伤和毫无出路的感觉出现的，如暴风雪、冰、无光的太阳、毫无人迹的森林等。

长诗共分为两部，第一部叫作《农夫之死》（«Смерть крестьянина»），描写了普罗克之死及其家人的悲痛；第二部叫作《严寒，通红的鼻子》（«Мороз, Красный нос»），讲述了普罗克死后，他的妻子达丽亚冒着严寒去阴冷的森林中砍柴，被“严寒

① 即冥国。

② 普罗普：神奇故事的历史根源，贾放译，北京：中华书局，2006年，第55—56页。

③ 魏荒弩：论涅克拉索夫，北京：北京大学出版社，2000年，第77—78页。

大王”冻死的情景。丧夫之后，女主人公内心悲伤，独身一人置身于一望无际的寂静森林，她心里也有一丝恐惧：

Чернеется лес впереди,
…
Не встретишь души на пути.

Как тихо! В деревне раздавшийся голос
Как будто у самого уха гудет,
О корень древесный запнувшийся полоз
Стучит и визжит, и за сердце скребет. (стр. 712)

前面是黑压压的一片树林，
……
在路上遇不见一个行人。

多么静啊，乡村里发出的声音
仿佛就在耳边鸣响，
那撞在树根上的滑木，
震响着，尖叫着，使人心慌。(Ⅲ, p. 154)

滑木撞在树根上，在俄罗斯风俗中是一种不祥之兆，为下文女主人的死埋下了伏笔。阴森恐怖的寂静也折射出一片死亡的阴影：

В полях было тихо, но тише
В лесу и как будто светлей.
Чем дале — деревья все выше,
А тени длинней и длинней.

Деревья, и солнце, и тени,
И мертвый, могильный покой…
Но — чу! заунывные пени,
Глухой, сокрушительный вой! (стр. 712 –713)

田野是寂静的，但树林里
更寂静，也仿佛更明亮。
往前越走——树木越高大，
阴影也就拖得更长，更长。

树林、太阳、阴影，
死沉沉的、阴惨惨的幽静……
可是——听啊！那悲切的怨诉，
那喑哑的、使人绝望的吼声！（Ⅲ，p. 154—155）

被悲哀压倒的达丽亚忍不住向森林倾诉她那沉重的苦痛，然而，森林却“冷漠地谛听着她”，圆圆的太阳也冷漠无情，“淡漠地从天上俯视着寡妇的沉重的苦痛”。对于可怜的达丽亚而言，森林不仅冷漠无情，而且还具有某种黑暗的力量，仿佛是魔鬼在林中恣意横行：

Слышу, нечистая сила
Залотошила, завыла,
Заголосила в лесу.

Что мне до силы нечистой?
Чур меня! …

Слышу я конское ржанье,

Слышу волков завыванье, —
Слышу погоню за мной,

Зверь на меня не кидайся!
Лих человек не касайся,
Дорог наш грош трудовой! (стр. 719)

我听见，魔鬼
在森林里东奔西突，
又是嗥叫，又是哭诉，

我什么事情招惹了魔鬼，
避开我！……

我听见马儿在嘶叫，
我听见豺狼在哀嚎，
我听见有什么在紧跟着我，——

野兽，你不要把我追逐！
剽悍的强人，也不要走近，
我们的血汗钱每一个都很贵重！
(Ⅲ，p. 167—168)

显而易见，诗人在此所描述的“魔鬼”、“野兽”和“强盗”，暗喻的都是残暴的统治阶级压迫者。以达丽亚为代表的人民梦想避开他们，追求憧憬和向往中的幸福生活。然而，在当时严酷的社会环境中，人民的这种梦想不可能实现，仿佛只有在“另一个王国”，在“永恒的梦境”中才能摆脱现实生活的痛苦。

如果我们只看到“森林”阴暗的一面，也是不够全面、不完全正确的。可以说，在达丽亚的生命接近尾声之际，森林已经不再吝惜自己的同情，深沉、甜蜜的宁静恰好给达丽亚营造了美好的死亡梦境：

Нет глубже, нет слаще покоя,
Какой посылает нам лес,
Недвижно, бестрепетно стоя
Под холодом зимних небес.

Нигде так глубоко и вольно
Не дышит усталая грудь,
И ежели жить нам довольно,
Нам слаще нигде не уснуть!（стр. 727）

森林所给予我们的
是最深沉，最甜蜜的宁静，
森林安静而无畏地伫立着，
上面是寒冷的严冬的天空。

没有什么地方可以使疲惫的胸膛
呼吸得这样自由舒畅，
如果我们活够了，
我们也不需要更甜蜜的长眠地方！（Ⅲ，p. 183）

森林中的宁静象征了死亡，而死亡却使达丽亚摆脱了现实生活的痛苦，使她安详地、面带微笑地步入了永恒的梦境。正如邹荻帆所言，达丽亚“没有死，她的精神与神圣的劳动同在”①。达丽亚的死亡意味着另一种永生。“尽管人类的生命最终会消亡，但宇宙中所具有的另一种存在会使生命进一步扩展，使之成为永恒的存在。”②

二、“严寒”形象

涅克拉索夫笔下的大自然是形态各异、多姿多彩的，春夏秋冬的自然现象在其诗歌中都有所反映，如《地主》（«Помещик»）和《集市》中的春，《最后一个地主》（«Последыш»）和《全村宴》中的夏，《农妇》（«Крестьянка»）中的秋，《严寒，通红的鼻子》中的冬。卡斯托尔斯基（С. В. Касторский）曾经指出：“涅克拉索夫所描写的自然景色主要是忧郁的，它们反映了农民凄惨的生活和悲苦的命运。”③虽然“忧郁”的基调并不能完全囊括诗人笔下的大自然形象，其诗歌中也有很多明朗的图画，如《绿色的喧嚣》中生机盎然的春景、《农妇》中满载收货的秋图等，然而被压迫人民的无边的苦痛却赋予大自然以悲伤忧郁为主的色彩。

长诗《严寒，通红的鼻子》的标题已经清晰地表现出大自然中的“严寒”形象，全诗中出现最多的也是这一形象。无情的“严寒”是导致普罗克和达丽亚死亡的直接原因。《农夫之死》描写的就是冬天的严寒画面：农民普罗克为了贴补家用，冒着严寒去拉货物，途中遇到猛烈的风暴，深陷雪堆中间半个昼夜，最后

① 邹荻帆：《严寒·通红的鼻子》的启示// 余中先选编：寻找另一种声音——我读外国文学，北京：外国文学出版社，2003 年，第 189 页。

② 宋淑凤：试析《严寒，通红的鼻子》中的自然形象，黑龙江生态工程职业学院学报，2008 年第 1 期，第 124 页。

③ Касторский С. В. Некрасов и Фет. // Ученые записки Ленинградского гос. педагогического института им. Герцена. Т. 2, вып. 1. Л. : типография “Печатня”, 1936, стр. 365.

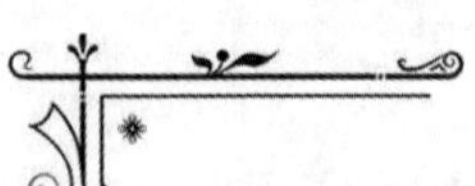

感染风寒而死。如果说“严寒”是杀手，那么，严寒中的太阳便是农夫死亡的见证：

Сурово метелица выла
И снегом кидала в окно,
Невесело солнце всходило:
В то утро свидетелем было
Печальной картины оно.（стр. 708）

暴风雪凄厉地咆哮着，
向窗口挥洒着雪花，
太阳忧郁地升上天空：
在今天早晨，它就是
这幅悲惨景象的见证。（Ⅲ，p. 145—146）

长诗处处显露出严寒的威力：

Савраска увяз в половине сугроба，—
Две пары промерзлых лаптей
Да угол рогожей покрытого гроба
Торчат из убогих дровней.

Старуха，в больших рукавицах，
Савраску сошла понукать.
Сосульки у ней на ресницах，
С морозу — должно полагать.（стр. 700）

萨夫拉斯卡深陷在雪堆中——
从残破的雪橇上露出来
两双冻透了的树皮鞋，

一角用蒲席盖着的棺材。

一个戴大手套的老妇
下了车，策着马儿前行。
她的睫毛上挂满细小的冰柱，
想来必定是因为寒冷。（Ⅲ，p. 130）

在严寒中，一切都是那么荒凉，充满死亡的气息：

Как саваном，снегом одета，
Избушка в деревне стоит，（стр. 700）

一间小屋座落在村子里，
被雪覆盖着，犹如裹上了殓衣。（Ⅲ，p. 130）

Как будто весь мир умирает：
Затишье，снежок，полумгла…（стр. 705）

好象整个世界就要死去：
沉寂，飞雪，雾霭腾腾……（Ⅲ，p. 139）

从诗人对严寒的这一渲染描写可以看出，他旨在借助这些冰冷阴暗的景象揭示“农奴制”改革的欺骗性质，“改革”并没有改善农民的生活，艰苦的现实生活使他们备受摧残，甚至断送了宝贵的生命。

长诗的第二部分出现了民间文学的幻想人物——“严寒大王”的形象。如果说长诗第一部分的民间文学元素（亲人们哀悼普罗克的哭诉）旨在借民间文学增强农民习俗的现实主义特征的话，那么“严寒大王”的出现就为长诗注入了童话般的浪漫主义

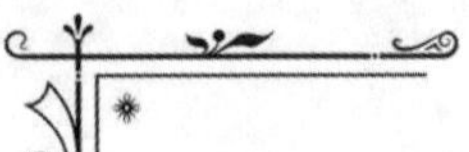

幻想。[①] 在俄罗斯的民间童话中，“严寒大王”使冬天成为有魔力控制的梦境王国，所有的生物都变冷，具有了死亡的迹象。诗人所描绘的“严寒大王”形象，就是对残酷、冷漠的俄罗斯严冬的拟人化描写。在当时沙皇政府严格的报刊审查制度的胁迫下，作者借助这一童话形象暗讽时政实为明智之举。在诗人的笔下，“严寒大王”不啻为一个象征，是统治阶级、剥削阶级的化身。他至高无上，让一切世间之物臣服于己，在人间的大自然中发着淫威：

Метели, снега и туманы
Покорны морозу всегда,
Пойду на моря-окияны —
Построю дворцы изо льда.

Задумаю — реки большие
Надолго упрячу под гнет,
Построю мосты ледяные,
Каких не построит народ.
…

Люблю я в глубоких могилах
Покойников в иней рядить,
И кровь вымораживать в жилах,
И мозг в голове леденить. (стр. 723)

---

① Илюшин А. А. Поэзия Некрасова. Изд. 3. М.: Высшая Школа. 2003, стр. 17.

雪暴、飞雪和浓雾，
总是服从我——严寒，
我要到那汪洋大海——
建造一座座冰的宫殿。

如果我愿意——我便让长川大河
长久地在坚冰下隐藏，
我要建造一座座的
人们不能建造的冰的桥梁。
……

我爱将深深坟墓中的死者
薄薄地敷上一层冰霜。
使血管里的鲜血凝结。
把头壳里的脑髓冻僵。（Ⅲ，p. 175—176）

同民间童话中的情节相同，“严寒大王”三次问冻僵的达丽亚：“你觉得温暖吗，乡下的少妇?”女主人公温顺的回答也与童话中完全相同：“温暖呀!”可“严寒大王”却没有像童话中描写的那样赠予女主人公皮袍和礼物，给她真正的温暖。相反的是，他“向她的脸上吹送着空气，从他那苍白的胡子上向她撒下无数的针棘”（Ⅲ，p. 177）。冻僵的达丽亚渐渐走向死神，她临终前梦见了一幅农家生活的幸福图景：一家人丰衣足食，其乐融融地一起劳动。这种梦境是俄国各族人民若干世纪以来梦寐以求的幸福生活。然而，尽管辛勤的劳动者如此热爱劳动，如此渴望幸福的生活，可“严寒”却最终没有将怜悯施舍给他们。诗人笔下的“严寒大王”对一切美好的事物都投下了罪恶的利剑，他是恶的化身。

三、“神奇的赠予者和相助者”形象

普罗普在其著作《故事形态学》（«Морфология волшебной сказки»）中对阿法纳西耶夫《俄罗斯民间故事》（«Народные русские сказки»）中的100个神奇故事进行分析比较，发现神奇故事都有内在不变的、稳定的形态结构。他举出四个故事进行比较：

1. 沙皇赠给好汉一只鹰。鹰将好汉送到了另一个王国；

2. 老人赠给苏钦科一匹马。马将苏钦科驮到了另一个王国；

3. 巫师赠给伊万一艘小船。小船将伊万载到了另一个王国；

4. 公主赠给伊万一个指环。从指环中出来的好汉们将伊万送到了另一个王国。[①]

在上述例子中可以看出不变的因素和可变的因素。变换的是角色的名称以及他们的物品，不变的是他们的行动或功能。上述四个例子中的沙皇、老人、巫师、公主充当的是赠予者的角色；鹰、马、小船和从指环中出来的好汉们充当的是相助者的角色；指环充当的是宝物的角色，每一类角色都有其独特的功能。有时，同一种角色还可以具有不同的功能。普罗普在另一部著作《神奇故事的历史根源》中分析了“充当相助者的赠予者”形象、“充当相助者的宝物”形象等，因此我们可以得知，赠予者和宝物有时可以兼具“相助者”的功能。涅克拉索夫的长诗《谁在俄罗斯能过好日子》中“会说话的柳莺”（говорящая пеночка）和“自己开饭的桌布”（скатерть самобраная）也充当了与神奇故事中的“赠予者和相助者”同样的角色和功能。

---

① 普罗普：故事形态学，贾放译，北京：中华书局，2006年，第17页。

《谁在俄罗斯能过好日子》是涅克拉索夫创作的高峰，是19世纪六七十年代农民生活真正的百科全书。这部作品，正如伊留申在著作《涅克拉索夫的诗歌》（«Поэзия Некрасова»）中指出的那样，“并非一般意义的叙事诗，甚至不是诗体小说，而是具有古罗斯壮士歌特色的新时代人民史诗”①。作者为这部长诗付出了长达十四年的辛勤劳动，倾注了二十多年逐步积累的对俄国人民的一切认识，真实而有力地表现了俄国人民的日常生活、性格品质、风俗习惯、观点希望等，表现出一个天才诗人高度的艺术技巧。

长诗讲述农民的故事自然有其独特的风格，这风格来自人民的口头创作和农民的语言。涅克拉索夫为长诗设计了一个极富民间文学色彩的开篇：

В каком году — рассчитывай,
В какой земле — угадывай,
На столбовой дороженьке
Сошлись семь мужиков:
…
Сошлися — и заспорили:
Кому живется весело,
Вольготно на Руси?（стр. 865）

哪年哪月——请你算，
何处何方——任你猜，
却说在一条大路上，

① Илюшин А. А. Поэзия Некрасова. Изд. 3. М.: Высшая Школа. 2003, стр. 19.

七个庄稼汉碰到一块儿：

……

七个人碰到一块儿，

七张嘴争了起来：

谁在俄罗斯能过好日子，

过得快活又舒畅？（Ⅳ，p. 3）

这一部分与民间故事的“初始情境”相符，以介绍状况的方法引入故事的主人公——七个暂时义务农的形象（在故事中充当“寻找者”的角色）。七个庄稼汉意见不同，为了“谁在俄罗斯能过好日子”的问题激烈争吵（寻找的缘由）。在争吵中不觉跑了三十俄里路，“有心要想转回去，——又困又乏走不动”。休憩过后重新开场的争吵和打架，吓得有只小柳莺从窝里掉了下来。母柳莺唧唧啾啾地哭，寻找小鸟却找不到（新人物进入故事，在长诗中主要充当赠予者的角色）。来到火堆旁的小柳莺被八洪老爹捉住，于是就出现了“会说话的母柳莺”同七个庄稼汉的对话：

«Пусти на волю птенчика!

За птенчика за малого

Я выкуп дам большой. »

«А что ты дашь?»

«Дам хлебушка

По полупуду в день,

Дам водки по ведерочку,

Поутру дам огурчиков,

А в полдень квасу кислого,

А вечером чайку! »（стр. 871）

"放了我的儿吧！
为了赎还小鸟儿，
我愿出高价。"

"你能给我们什么呢？"
"我给你们面包——
每天半普特，
外加一桶烧酒，
早上给咸黄瓜，
晌午给酸克瓦斯，
晚上给热茶！"（Ⅳ，p. 15）

这一情节在民间故事中，为"请求释放"的变体。故事中一般为被囚者自己（一般是相助者，或充当相助者的赠予者）请求释放，如在童话《凭梭鱼的吩咐》中，叶密里雅捉住了一条梭鱼，梭鱼请求把它放了："叶密里雅，把我放回水里去吧，我对你会有用处的……叶密里雅啊叶密里雅，把我放回水里去吧，你要什么，我就给你做什么。"① 诗人对这一民间故事情节进行了艺术加工，把其改写为母柳莺为赎还自己的孩子而对庄稼汉做出的许诺。

顾丙兄弟向柳莺提出质疑："你上哪儿去找那么些面包和烧酒，让七条汉子都吃饱？"母柳莺向七个庄稼汉提供了宝物（即"自己开饭的桌布"），并提议与他们交换。转交宝物的方式为"指点宝物在何处"：

① A. 托尔斯泰：俄罗斯民间故事，任溶溶译，北京：时代出版社，1952 年，第 229 页。

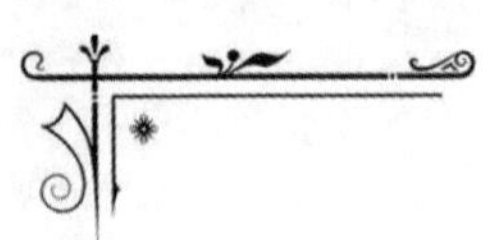

Идите по лесу,
Против столба тридцатого
Прямехонько версту:
Придете на поляночку,
Стоят на той поляночке
Две старые сосны,
Под этими под соснами
Закопана коробочка.
Добудьте вы ее,
Коробка та волшебная:
В ней скатерть самобранная,
Когда ни пожелаете,
Накормит, напоит!
Тихонько только молвите:
«Эй! скатерть самобранная!
Попотчуй мужиков!»
По вашему хотению,
По моему велению,
Все явится тотчас. (стр. 871 –872)

从第三十根里程标
转进树林里头去,
拣直走上一俄里,
有一块小草坪。
草坪上长着两棵古松,
就在古松根下

埋着一个小匣子，
这个匣子是件宝。
你们把匣子刨出来，
匣子里装着一块
自己开饭的桌布，
随时随地，你们饿了，
它就会供你们吃个饱！
你们只消念念有词：
“喂！自己开饭的桌布，
招待招待庄稼佬！”
顺着你们的心愿，
照着我的吩咐，
转眼间饭菜都摆好。（Ⅳ，p. 16）

柳莺不仅指点了宝物（自己开饭的桌布）在何处，还告知主人公们一句咒语口诀，这句咒语口诀我们在《凭梭鱼的吩咐》中也能找到原型。梭鱼交代叶密里雅，如果他想要什么东西，只要说“凭梭鱼的吩咐，照我的愿望”，想做的事情就会实现。庄稼汉获取食物的口诀与民间童话中的口诀具有异曲同工之处。

长诗还出现了民间故事常见的“禁令”母题。柳莺向庄稼汉们提供了宝物之后，嘱咐道：

Смотрите, чур, одно!
Съестного сколько вынесет
Утроба-то и спрашивай,
А водки можно требовать
В день ровно по ведру.
Коли вы больше спросите,
И раз и два — исполнится

По вашему желанию,

А в третий быть беде! (стр. 873)

有一件事你们要切记：

只要肚子盛得下，

要多少吃食都可以；

可是每天喝的酒

只能要一桶不能再多。

若是你们多要了，

头一两次还可将就，

满足你们的要求，

第三次上就要遭祸！(Ⅳ, p. 18)

庄稼汉遵循柳莺的指点，在草坪上的两棵古松下刨出了小匣子，找到了“自己开饭的桌布”，至此，宝物便落入主人公们的手中。

普罗普在《故事形态学》中确定了相助者的三个范畴：(1) 全能的相助者，能完成（一定形式的）相助者所有的五项功能（主人公的空间移动，消除灾难或缺失，从追捕中救出，解答难题，使主人公摇身一变）。(2) 部分的相助者，能完成几项功能，但据全部材料，它们没有完成所有的五项功能。(3) 只完成一项功能的专门相助者。由此可见，宝物只不过是神奇的相助者的特殊形式而已。[①] 根据普罗普对相助者的分类，长诗《谁在俄罗斯能过好日子》中的“自己开饭的桌布”属于第三种范畴，即

① 普罗普：故事形态学，贾放译，北京：中华书局，2006 年，第 76 页。

充当的是“只完成一项功能的专门相助者”的角色，它为庄稼汉们“摆上面包和酸黄瓜，捧上烧酒和克瓦斯，帮助他们缝缝补补，洗洗晒晒”，执行的是“消除缺失”的功能。

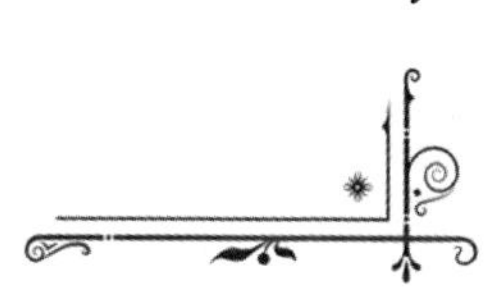

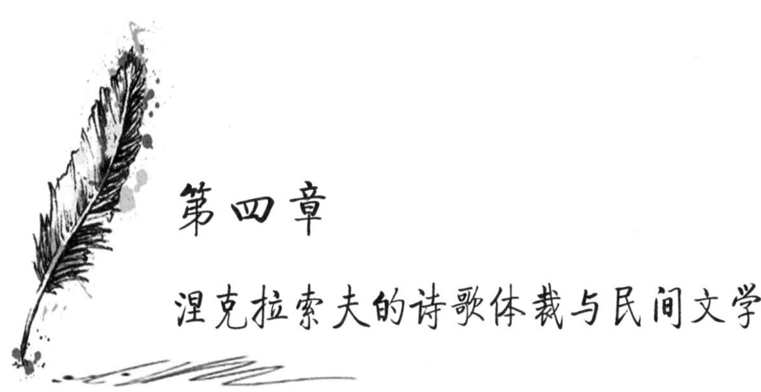

第四章

涅克拉索夫的诗歌体裁与民间文学

19 世纪中后期俄国文学发展的显著特点之一便是民间文学与书面文学在体裁上的相辅相成。尤其是农奴制改革以后，俄国社会进入到一个新的历史发展阶段，许多作家都意识到，如果想更加深刻地表现俄国社会生活的复杂性和现实性，就必须突破单调的抒情模式和叙事模式，转向多样化的体裁。因此当时的许多俄国作家，无论名气大小，都无一例外地寻求体裁上的突破。在小说领域的创新方面大显身手的诸如大作家列夫·托尔斯泰、陀思妥耶夫斯基、列斯科夫（Н. С. Лесков）等，诗歌方面则当首推涅克拉索夫。诗人不仅在讽刺体裁、历史体裁方面都有所革新，而且还巧妙融合了各种民间文学体裁，创作出诸如《货郎》、《严寒，通红的鼻子》、《谁在俄罗斯能过好日子》等不朽之作。

涅克拉索夫在运用各种民间文学体裁时，为了更好地体现自己的创作主旨，符合作品的风格特征，大都对其进行了细致的艺术加工和再创作。民间抒情歌谣、民间哭调、民间童话与传说等体裁的巧妙运用，更进一步体现了诗人高超的艺术技巧。

第一节 民间抒情歌谣

民间抒情歌谣主要是表达人们内心情感的一种非仪式性民间文学体裁。“它并非伴随着某种仪式而产生，也不是为了反映某个著名事件，而是借以表达歌者的内心感受，这种歌谣随时随地都可以歌唱——可以休息的时候唱，也可以工作的时候唱，可以一个人单独唱，也可以若干人一起唱，纤夫拉纤时可以唱，战士行军时也可以唱。”① “民间抒情歌谣的主要功能是表达人们的思

① Лопатин Н. М. Вступление. // Лопатин Н. М., Прокунин В. П. Русские народные лирические песни. М.: Государственное музыкальное издательство, 1956, стр. 43.

想、感情和情绪……”①

抒情歌谣与民间文学叙事作品的区别首先表现在内容方面：壮士歌和历史歌描述的是勇士或者历史人物的形象，而抒情歌谣的男女歌手歌唱的是自己——自己的爱情、命运、家庭生活等。在形式方面，抒情歌谣的曲调比叙事歌谣（尤其是壮士歌）数量更为丰富，音乐色调也更为多彩。由于比叙事歌更常演唱，抒情歌的歌词多为流动的、变化的、不固定的，因此往往同一首歌谣经常存在异文。

无论是主题思想，还是艺术手法，抒情歌谣都为作家创作提供了一定的借鉴意义。拉季舍夫、茹科夫斯基、普希金、柯尔卓夫等著名诗人，都从中汲取了各种自己所需的养料。另一方面，很多优秀作家的抒情诗也变成了民间歌曲，不仅在民众中广为流传，而且也影响了人民的思想意识和文学趣味。作为人民歌手的涅克拉索夫，对民间抒情歌谣的借鉴、融合，依据民歌精神的独特性，都极为明显地体现在其诗歌创作之中。我们在本节中主要以长诗《谁在俄罗斯能过好日子》为语料，分析诗人对民间歌谣的艺术加工方法及其民歌风格的个性创作。

《歌谣》（«Песни»）一章的材料几乎完全建立在家庭抒情歌谣的基础之上。结束了“女儿未嫁时”自由快乐的单身生活，玛特辽娜不得不跟随丈夫来到了“无亲无故的遥远的外乡”。当年轻的妻子刚刚出现在夫家亲戚面前，大家就对她进行了一番极富成见的恶评：

А роденька-то
Как наброситься!

---

① Лазутин С. Г. Русские народные песни. М.: Просвещение, 1965, стр. 11.

Деверек ее —
Расточихою,
А золовушка —
Щеголихою,
Свекор батюшка —
Тот медведицей,
А свекровушка —
Людоедицей
Кто неряхою,
Кто непряхою. (стр. 985)

夫家的亲戚
围着品评:
大姑子说她
打扮妖气,
大伯子说她
败家精,
公公说她
象头母熊,
婆婆说她
吃人精,
这个说她
邋里邋遢,
那个说她
不干净……（Ⅳ, p. 182—183）

民间文学中至少存在十种类似夫家亲戚恶意评论新媳妇的抒情歌谣文本，楚科夫斯基认为，时刻认真关注当代民间文艺学的

涅克拉索夫应该知晓所有的十种异文。[①] 我们在此引入其中两个文本片段，通过对比原文本与涅克拉索夫诗行的异同，尝试分析诗人对民间抒情歌谣的艺术加工方法，印证其高超的艺术技巧。

雷布尼科夫收集的《歌谣》集中的相关文本如下：

А как свекор говорит: «людоедицу ведут»,
А свекруха говорит: «к нам медведицу ведут»,
А деверья говорит: «к нам неряху ведут»,
А зловки говорят: «к нам непряху ведут». [②]

公公说："带回来一个吃人精，"
婆婆说："带回来一头大母熊，"
大伯子说；"带回来一个邋遢鬼，"
大姑子说："带回来一个大懒虫。"（笔者试译）

谢恩 1870 年出版的《俄罗斯民间歌谣》中的相关文本如下：

От венчаньица везут
К свекру-батюшке на двор;
Как свекор говорит:
Медведицу везут;
Свекровушка говорит:
Щеголиху везут;
Деверечек говорит:
Расточиху везут;
Золовушка говорит:

---

① Чуковкий К. И. Мастерство Некрасова. М.: Гослитиздат, 1962, стр. 484.

② Рыбников П. Н. Песни, собранные П. Н. Рыбниковым: в 3 т. Изд. 2. Т. 3. М.: Сотрудник школы, 1909, стр. 165.

Щекотуху везут…①

从礼堂来到

夫家的院落;

公公一见便说:

带回来一头大母熊;

婆婆说:

带回来一个虚荣鬼,

大伯子说:

带回来一个败家子;

大姑子说:

带回来一个女妖精……(笔者试译)

通过对比我们可以发现,涅克拉索夫所创作的诗行与以上诗行有很大的相似性。即使他没有全部掌握民间歌谣的十种异文,知晓其中的一部分也是显而易见的。在这十种异文中,达里搜集的民间歌谣材料被他亲自刊登在《现代人》(«Современник»)杂志上,亚库什金是《现代人》亲密的合作者,诗人从小生活的雅罗斯拉夫尔省也流传着类似的歌谣。涅克拉索夫在自己的长诗中借鉴这段歌谣材料时,对它们进行了细致的艺术加工,融合了诸多个性创作。

首先,从文体风格方面,诗人对原诗行进行了最大程度的压缩,从而使其更加凝练。在民间歌谣的十种版本中,夫家每个亲属在品评年轻的妻子时,无一例外都在重复"говорит"("говорят")和"ведут"("везут")两个动词。这种烦琐的重

① Шейн П. В. Русские народные песни. М.: Университетская типография, 1870, стр. 333.

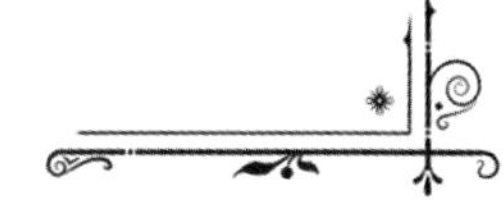

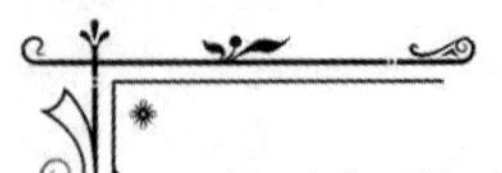

复不仅影响了诗行的精练性，而且使本该重点突出的“медведица”、“людоедица”、“непряха”、“неткаха”等评价性名词落于诗行的非中心位置，其韵脚被诗行末尾的动词“ведут”大大减弱，勉强才能够感觉得到。涅克拉索夫在自己的诗歌中删除了“говорит”和“ведут”这两个不必要的动词，不仅使诗行更加简洁紧凑，更富表现力，而且把重点词汇“медведица”、“людоедица”、“непряха”、“неткаха”的内部隐含韵变为尾部终结韵，使其思想更加鲜明，发音更加响亮，音响效果更加突出。

其次，从词汇选择方面，诗人特意避免了那些未被收入俄语通用词典的较少使用的方言词（如谢恩使用的“щекотуха”和瓦连佐夫使用的“надоедница”）。为了使自己的作品能够被每一个俄罗斯人理解，他努力避免使用地方语言和外来语言。在描写农民生活的诗篇中，诗人赋予其笔下人物的语言类似民间方言的口头形式，即使在一些特殊的场合需要运用地区方言时，他也只运用那些在人民中间广泛传播的方言词，而这些方言词语几乎成为某些地区或省份的共同语言，也就是说，它们本质上已经丧失了方言的特征。

再次，从诗行顺序方面，民间文学的十种异文存在一个共同的缺陷：婆家人在挑剔年轻的媳妇时，责备的力度呈现一种逐步弱化的下降趋势。公公婆婆指责儿媳是“母熊”、“吃人精”之后，大姑子大伯子却指责其“打扮妖气”、和“败家精”。这种结构并不符合民间文学叙事或抒情时，情感力量不断加强的传统结构模式。涅克拉索夫对此做了修正——“大姑子说她打扮妖气，大伯子说她败家精，公公说她像头母熊，婆婆说她吃人精”。除了民间歌谣文本中大家熟知的指责之外，诗人还超越了这一模式，加入了匿名人的斥责：“这个说她邋里邋遢，那个说她不干净……”次序的变更使各诗行之间更富逻辑性和连贯性，匿名人的斥责更加突出了女主人公婚后生活的艰苦与沉重。

通过上述分析我们可以看出，涅克拉索夫并非机械地使用抒情歌谣文本，他在加工所引用的歌谣材料时，在符合民间文学精神的基础之上融入了诸多个性创作，从而使其完全变为涅克拉索夫式的诗学风格。经过诗人艺术加工的文本与民间诗歌如此契合，以致楚科夫斯基认为“长诗的这一片段完全可以作为民间歌谣的第十一种异文”[①]。

需要指出的是，诗人在运用这段民间歌谣文本时，为了遵循自己的现实主义创作原则，特意删除了原文意味深长的结尾。歌谣原文的结尾处描写了被侮辱的妻子对新家庭的愤怒抗议。新媳妇在听到大家对她的辱骂之后，还之以更猛烈的诅咒：

Медведиха, батюшка,
Во темных во лесах;
Щеголиха, матушка,
Что попова попадья.[②]

公公在黑暗的森林里，
恰似一头大母熊；
婆婆像神父的妻子一样，
确是一个虚荣鬼。（笔者试译）

作为革命民主派诗人，女主人公的勇敢反抗不可能不引起涅克拉索夫的注意和喜爱，然而，在当时父权制家庭生活的传统条件下，初入新家庭的年轻妻子不可能进行这种反抗，尤其是“嘱

① Чуковкий К. И. Мастерство Некрасова. М.: Гослитиздат, 1962, стр. 488.

② Шейн П. В. Русские народные песни. М.: Университетская типография, 1870, стр. 334.

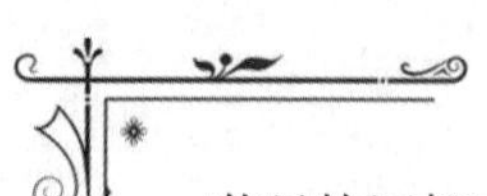

咐玛特辽娜万事忍耐别出声”的菲利普更不可能纵容妻子的这种抗议。显然，诗人认为歌谣中的文本与现实生活是不相符的。主张文学体现“清醒的和深刻的现实性”，寻求文学刻画“人民的典型”的涅克拉索夫不可能允许这种与自己的创作原则和美学原则相违背的现象存在，所以他毅然决然地舍弃了这段体现人民抗议元素的民间文本，这也恰恰体现了诗人现实主义的创作方法。

《歌谣》一章除了以上歌谣之外，还有三首在民间歌谣集中也能找到原型：(1)《带到法官堂前腿就发软》(《У суда стоять ломит ноженьки》)；(2)《年纪轻轻的小媳妇困了，倦了》(《Спится мне младенькой, дремлется》)；(3)《可恨的丈夫站了起来》(《Мой постылый муж подымается》)。第一首和第三首歌谣同雷布尼科夫集中的民间歌谣相似，第二首同谢恩集中的相似。引入第一首歌谣时，诗人对其进行了大量的压缩，第二首和第三首同原文几乎相同，不过诗人删除了它们相对缓和的结尾。涅克拉索夫对家庭抒情歌谣的使用主要为了突出俄罗斯妇女，尤其是农村妇女的悲惨处境和痛苦生活。

除了《农妇》一章，我们在长诗的《全村宴》中也可以发现一系列“歌谣”：《快乐歌》(«Веселая»)、《劳役歌》(«Барщиная»)、《饿歌》(«Голодная»)、《盐之歌》(«Соленая»)、《兵之歌》(«Солдатская»)、《俄罗斯》(«Русь»)等。这些歌谣并非源自民间文学材料，在民间文学中甚至很难发现与之相类似的文本。涅克拉索夫在此运用的完全是另外一种艺术手法，他依据民歌精神自己创作了与长诗思想内容相一致的若干“民歌体”歌谣。诗人赋予以上歌谣以鲜明的社会特征，我们在此把它们称作“宣传性歌谣”(пропагандистские песни)。

《快乐歌》和《劳役歌》主要描写的是改革前的农奴制生活。《快乐歌》实际是一个讽刺性的标题，真正讲述的是人民不快乐的命运：老爷的强取豪夺、法官的重利盘剥、农奴的悲惨命运、新兵的痛苦服役，这四个并行的生活片段素描般勾勒出俄罗斯人民被剥削、被压迫的无权地位。由于农奴制时期的大部分庄稼汉并不具备强烈的反抗意识，因而“大老粗不唱这支歌”，他们“只是一边听一边跺脚跟，一边听一边吹口哨”。“虽然《快乐歌》并非产生于民众之中，然而由于其内容接近于人民并且为他们所珍视，仍然能够激发起人们新的感情与情绪。”① 就其艺术风格而言，《快乐歌》每一诗节的最后两个诗行都以讽刺性诗句“俄罗斯的老百姓生活顶刮刮！”（Славно жить народу На Руси святой!）结尾，此处明显借鉴了民间歌谣“重复”的艺术手法。

《劳役歌》是大老粗们自己的歌，曲调缓慢而又悲凉。在论及俄罗斯抒情歌谣的特点时，赫尔岑曾经指出：“俄罗斯人民的歌曲以其深沉的忧郁见长……”② 大老粗们悲苦的《劳役歌》也具有民间抒情歌谣典型的“忧郁性”。就其韵律而言，《劳役歌》运用了民间抒情歌谣最常见的自由体格律，动词押韵（如《劳役歌》中的“щеголять”和“не знать”、“стукнется”和“аукнется”）也是民间抒情歌谣的特点之一。此外，诗人还借鉴了民歌极为常见的指小表爱形式（如长诗歌谣中的“калинушка”和“спинушка”等）。

《饿歌》和《盐之歌》主要描绘了农民赤贫与饥饿的处境，其中也运用了民间文学的指小表爱形式和动词押韵等艺术手法。《兵之歌》揭露了亚历山大二世专政时期政府对保卫祖国的士兵们的残忍态度，可谓当时出版的民间歌谣集中士兵歌的“反题”。

---

① Груздев А. И. О песне Некрасова «Веселая». Русская литература. 1962, № 4, стр. 166.

② 刘锡诚：俄国作家论民间文学，北京：中国民间文艺出版社，1986年，第155页。

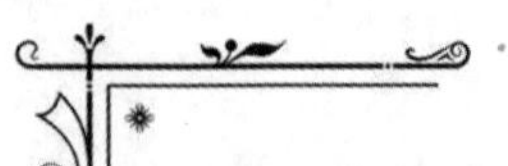

在当时的士兵民间文学中，存在的多是一些歌颂性质的歌谣，如“官方民族性”的代表萨哈罗夫刊登在《俄罗斯士兵歌谣》(«Русская солдатская песня»)专栏中的士兵歌就是为君主所唱的颂歌：

Сизой орел-то наш православный царь!
…
Нам исполнить волю царскую,
Нашей мудрой государыни. ①

我们东正教的帝王之父犹如瓦灰色的雄鹰！
……
我们践行贤明的至高无上的
君主的意愿。(笔者试译)

文学作品中也不乏类似的颂歌，苏马罗科夫就写有一首歌颂帕宁公爵的歌谣：

О ты крепкий, крепкий Бендер-град!
О разумный, храбный Панин-граф!
…
Царь турецкой и не думает,
Чтобы Бендер было взяти льзя. ②

啊，坚如冰雹的本德尔城！
啊，睿智勇敢的帕宁公爵！

---

① Сахарав И. П. Песни русского народа. Ч. 4. СПб: Тип, 1839, стр. 198, 216.

② Сумароков А. П. Полное собрание сочинений. Т. 8. М.: В Университетской Типографии у Новикова, 1787, стр. 204.

……

土耳其君主难以置信，

本德尔城竟被攻陷。（笔者试译）

这些官方的庄严的歌谣，远不能体现出士兵们的真实生活，兵营繁重的操练、残酷的体罚是令人震惊的。正如罗扎诺夫（И. Н. Розанов）曾经指出的那样："真正的士兵歌一般不会进入歌谣之列，它们几乎从来都是匿名的……瓦西里·马卡罗夫，一个普通的士兵，由于撰写了诗篇《士兵的生活》而被处以戒鞭之刑。"① 涅克拉索夫所创作的《兵之歌》，在诗人在世时也一直未能通过书刊检查机构的审查。

为了更贴近民众生活，体现劳动人民对"富人"的仇恨态度，诗人在自己的《兵之歌》中特意加入了"三个玛特辽娜、彼得和卢卡"的民间形象以及"闻烟草"的民间生活情节。当年老的士兵——塞瓦斯托波尔战争的英雄到富人家去讨饭时，富人们凶狠地用铁叉和木棍把他赶出大门。与富人们的冷酷残忍形成鲜明对比，作为贫困农民阶层代表的"三个玛特辽娜、彼得和卢卡"，却对老兵表现出人道主义的热切关怀：

Только трех Матрен

Да Луку с Петром

Помяну добром.

У Луки с Петром

Табачку нюхнем

А у трех Матрен

Провиант найдем.

① Розанов И. Н. Песни русских поэтов. Л.: типография " Печатныйдвор", 1936, стр. 35.

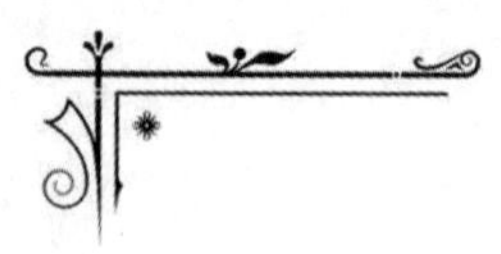

У первой Матрены
Груздочки ядрены,
Матрена вторая
Несет каравая,
У третьей водицы попью из ковша:
Вода ключевая, а мера — душа! (стр. 1063)

唯有三个玛特辽娜,
还有彼得和卢卡,
我记着他们的好。
彼得和卢卡
给我闻烟草,
三个玛特辽娜
给我供粮草:
第一个玛特辽娜
给我大蘑菇,
第二个玛特辽娜
给我圆面包,
第三个玛特辽娜舀水给我喝,
清凉的泉水呀,尽情喝个饱!(Ⅳ, p. 413)

真正的兵士歌谣在涅克拉索夫去世之后才得以面世。1882 年巴尔索夫收集的《北方哭调》(«Причитания Северного края»)第二卷得以出版,其中兵士歌占据了整整 300 页的内容。在没有书面材料的情况下,诗人能够创作出与民间诗歌内容、形式如此一致的《兵之歌》,这本身就印证了其精湛的艺术技巧。

《全村宴》以格利沙的革命歌曲《俄罗斯》结束。诗人在这首歌谣中“不仅表达了个人对祖国的感受,而且表达了革命民主派对俄罗斯、俄罗斯人民、人民的强大力量、人民的历史命运的整体观点"①。格利沙的其他歌谣具有明显的书面文学特征，《俄罗斯》却与之不同，不仅歌词文本相对简单很多，其内容和风格与民间抒情歌谣也有很多契合之处。

首先，《俄罗斯》的内容充满了民间文学的乐观主义精神。虽然民间歌谣具有"忧郁性"（家庭抒情歌谣）和"英勇性"（"强盗"歌、英雄歌谣等）的双重特征，然而总体来说，恰如高尔基指出的那样，"民间文学是与悲观主义完全绝缘的"②。涅克拉索夫透过俄罗斯抒情歌谣的哀伤曲调听到了勇敢、乐观的情绪，这种情绪证明了人民的灵魂具有不可摧毁的强大力量："奴役压不服自由的心，——人民的心就是真金！"诗人坚信俄国人民不会被苦难压服，他们一定能够为自己博得一个美好的未来："亿万大军正在奋起，无敌的力量终将得胜！"

其次，《俄罗斯》的诗行运用了民间抒情歌谣最常见的形容词和动词押韵形式（如"убогая"与"могучая"、"обильная"与"бессильная"、"уживается"与"вызывается"、"непрошены"与"напошены"等）、扬抑抑格词尾、比喻（Золото，золото Сердце народное！）、对照（Ты и убогая，Ты и обильная，Ты и могучая，Ты и бессильная）等艺术手法。

总体而言，歌谣的主题、思想和形式是农民熟悉并且容易理解和接受的。涅克拉索夫不仅借助民间抒情歌谣真实再现了人民的沉重生活，而且旨在用人民喜闻乐见的艺术形式唤醒他们的自

---

① Тарасов А. Ф. Истоки великой поэмы. Поэма Н. А. Некрасова «Кому на Руси жить хорошо». Яр.: Ярословское книжнон издательство, 1962, стр. 225.

② Горький М. Собрание сочинений. Т. 27. М.: Гослитиздат, 1953, стр. 305.

我意识和反抗意识，“引导俄罗斯人民走出黑暗与苦难，号召他们为了美好自由的生活而斗争”①。

第二节　民间哭调

民间哭调属于家庭仪式歌谣（семейные обрядовые песни）范畴，主要由殡葬哭调（похоронные причитания）、结婚哭调（свадебные причитания）和入伍哭调（рекрутские причитания）构成。家庭生活仪式和诗歌的最古老的形式为殡葬仪式和殡葬歌，后来产生了结婚仪式和结婚歌，再后来才产生了入伍仪式和入伍歌。殡葬哭调、结婚哭调和入伍哭调只是题材不同，其风格特征和创作过程基本相同。②

同其他家庭生活仪式相同，民间哭调与人民（尤其是农民）的日常生活现象紧密相连，真实而鲜明地反映了农民的生活、习惯和心理，表现了他们的痛苦、抱怨和愤怒。唱哭调通常是职业“哀哭妇”（плакальщица）的事情（有时当事人自己也会唱），为了表演得完美、真实而动人，她们除了必须熟悉被哭诉人，还必须掌握哭调的技巧，掌握其传统惯用语及结构模式，必须创造出在特定场合对她们所要求的那种哭调，并且用即兴创作来补充自己的记忆。因此，哭调不仅具有真实的历史意义，而且具有高度的诗学价值。

伊丽娜·安德烈耶夫娜·费多索娃（Ирина Андреевна Федосова）是俄罗斯北方奥洛涅茨省著名的“哀哭妇”，被高尔

① Елеонский С. Ф. Литература и народное творчество. М.: Учпедгиз, 1956, стр. 219.

② Соколов Ю. М. Русский фольклор. Изд. 3. М.: Московский университет, 2007, стр. 181－182.

基盛赞为“是个富有创作才能的人物，是个真正的女诗人”[1]。伊丽娜从十四岁就开始唱哭调，她的记忆中完美地保存了三万多诗行。1867年春天，彼得罗扎沃茨克中学教员巴尔索夫第一个发现了她，并从她那里记录了这些诗篇。1872年，在俄罗斯文学爱好协会（Общество любителей российской словесности）的协助下，巴尔索夫搜集的《北方哭调》的第一部分，即《殡葬哭调》得以出版。书籍一经出版，便引起强烈的社会反响。《北方哭调》不仅饱含了最丰富的农民日常生活真实材料，而且时常迸发出农民对其贫苦、无权地位的控诉、对压迫者的憎恨和抗议。这些反映当代农民现实生活的珍贵材料不能不引起人民诗人涅克拉索夫的喜爱与重视，他认真学习、研究了这些最新资料并把它们运用到自己正在创作的史诗《谁在俄罗斯能过好日子》中。本节我们主要以长诗第二部《农妇》为语料，分析诗人对殡葬哭调、结婚哭调、入伍哭调的艺术加工和使用。

一、殡葬哭调

殡葬哭调，又称哭葬歌，是死者亲属（或者“哭灵人”以死者亲属的名义）哀哭死者的哀歌。大部分殡葬哭调都诉说着因为死者的离去留下孤儿寡母无依无靠的悲惨命运。比如涅克拉索夫在长诗《严寒，通红的鼻子》中就真实再现了家庭劳动主力普罗克死后亲属们的哭辞：

Старуха помрет со кручины,
Не жить и отцу твоему,
Береза в лесу без вершины —

① 皮克萨诺夫：高尔基与民间文学，林陵等译，北京：中国民间文艺出版社，1980年，第81页。

Хозяйка без мужа в дому. （стр. 707）

老母必定因为悲伤死去，

你的老父也活不了，

家庭的主妇没有丈夫——

就象林中的白桦没有树梢。（Ⅲ，p. 143）

涅克拉索夫不仅从民间哭调中借鉴了个别的哭辞，而且还根据这些歌谣的隐含意义创造了一套完整的情节结构。《小皎玛》（«Демушка»）一章的内容就是诗人明显受伊丽娜哭调的影响所做。《北方哭调》有一段法医验证死者的描写：

Приедут как судьи неправосудныи，

Будут патрошить надежную головушку，

По частям резать，по мелким кусочикам；

Как распорют ему грудь да эту белую，

Как повынут то сердечушко ретливое.①

不公正的法官到来了，

剖开了死者坚实的头颅，

把它切成一小块一小块，

剖开了死者雪白的胸膛，

挖出了他火热的心脏。（笔者试译）

楚科夫斯基曾明确指出："涅克拉索夫在伊丽娜·费多索娃哭调的基础上，在《小皎玛》一章创作了法医当着母亲的面解剖

① Барсов Е. В. Причитания Северного края（Ч. 1－3）. Собр. Е. В. Барсовым. Ч. 1. М.：Унив. тип.，1872，стр. 249.

孩子尸体这一骇人听闻的情节。”[1] 巴尔索夫曾在《北方哭调》的前言中指出，当权者对死者的法医审讯（судкбно-медицинское следствие）给农民带来了诸多灾难。在老百姓看来，如果不是抱着贪财的目的，不是为了从被吓破胆的农民家庭榨取贿赂，这一桩血淋淋的验尸事件根本没有必要进行。在伊丽娜的哭调中，“为了坚实的头颅不被剁碎，为了雪白的胸膛不被剖开，为了火热的心脏不被挖出”，人们建议死者的妻子卖掉心爱的牲畜，挑选最好的布匹，准备成一个“小金库”秘密送给那些验尸的法官和医生。由此看来，是否能够不通过验尸而埋葬死者对于农村当权者而言便成为一门无耻的交易，能够享有这项权利的只能是那些稍微富裕的人，穷人们只能徒劳无益地祈求“长官”高抬贵手，使自己的亲人“能够不受折磨地平安回归润泽的大地母亲的怀抱”[2]。

涅克拉索夫认真学习了农村法医鉴定死者的相关知识，并根据伊丽娜哭调的这一情节创造了《小皎玛》的完整结构。

麦收时节，玛特辽娜带着小皎玛，凶恶的婆婆一见就怒气冲冲，破口将她大声骂：

Оставь его у дедушки,
Не много с ним нажнешь!（стр. 1001）

瞧你拖儿带女的，
是割麦还是装相？
快给爷爷抱！（Ⅳ，p. 216）

被骂得心慌的玛特辽娜不得不把孩子留给了萨威里老爷爷。

① Чуковкий К. И. Мастерство Некрасова. М.：Гослитиздат，1962，стр. 457.

② Барсов Е. В. Причитания Северного края（Ч. 1－3）. Собр. Е. В. Барсовым. Ч. 1. М.：Унив. тип.，1872，стр. 250.

由于年事已高晒太阳睡着的老爷爷没有照看好小皎玛，可怜的孩子不幸被猪群咬死了。[①] 悲痛欲绝的母亲紧接着又迎来了新的祸事：

Чу! конь стучит копытами,
Чу, сбруя золоченая
Звенит... еще беда!
Ребята испугалися,
По избам разбежалися,
У окон заметалися
Старухи, старики. (стр. 1002)

一阵马蹄疾，
一串铃声急，——
新的祸事又临门！
吓慌了的小孩们
赶紧逃回家里，
老头儿跟老婆子们
慌忙把窗闭。(Ⅳ, p. 218)

在伊丽娜·费多索娃的殡葬哭调中，最著名的一段为《哀村长的哭调》(«Плаче о старосте»)。《哀村长的哭调》是“哭灵人”以村长遗孀的名义哀哭自己丈夫的哭辞，控诉了“调停吏”的侮辱和折磨而使人民保护者——村长不幸辞世，表达了人民对以反动官僚为代表的沙皇制度的强烈抗议。《哀村长的哭调》中也非常生动地描绘了官员代表来村里执行某种“公事”时老百姓

---

① 孩子被猪群咬死在当时的农村是一个十分普通的现象，涅克拉索夫在1860年的诗歌《乡村新闻》中也曾提及这一现象。

的慌张局面。

Как по этой почтовой ямской дороженьке
Застучало вдруг копыто лошадиное,
Зазвонили тут подковы золоченые,
Зазвенчала тут сбруя да коня доброго,
Засияло тут седелышко черкасское,
С копыт пыль стоит во чистом поле:
Точно черный быдто ворон приналетыват,
Мировой этот посредник так наезживал;
Деревенские ребята испугалися,
По своим домам оны да разбежалися;
Он напал да на любимую сдержавушку,
Быдто зверь точно на упадь во темном лесу. ①

沿着邮政驿站的道路
突然响起一串马蹄声，
镀金的马掌铛铛踏地，
骏马的马具叮叮作响，
切尔卡斯的马鞍映入眼帘，
马蹄溅着飞尘停在空旷的田野：
就像飞过了一群黢黑的乌鸦，
这是慈悲的仲裁者来到了；
吓慌了的孩子们，
赶紧逃回自己的家；

① Барсов Е. В. Причитания Северного края (Ч. 1 – 3). Собр. Е. В. Барсовым. Ч. 1. М. : Унив. тип. , 1872, стр. 286.

他像森林里的野兽一般

奔向死者的爱妻。(笔者试译)

诗人仿效伊丽娜哭调中的文本，设置了当权者突袭农村这一情节。然而通过对比我们可以发现，诗人对这些材料进行了最大程度的压缩，并且加入了一些日常生活的详细情节，如“老头儿跟老婆子们，慌忙把窗闭”这一细节使其描述更贴近农民的现实生活。

伊丽娜在哭调中指出，长官们只有在“钱财花完、靴子穿破、肚子饿瘪”，企图找外快的时候才会突袭某个乡村。涅克拉索夫在长诗中也引用了这一细节，从而揭露出当权者贪婪的丑恶嘴脸。

紧接着，诗人便叙述了当权者对女主人公的整个审讯过程：警察局长荒谬无耻的问题、法医不顾悲苦母亲的苦苦哀求对孩子尸体的剖心挖肺……玛特辽娜对当权者的愤怒咒骂把“法医鉴定”情节推向高潮：

Падите мои слезоньки
Не на землю, не на воду,
Не на господень храм!
Падите прямо на сердце
Злодею моему!

Ты дай же, боже господи!
Чтоб тлен пришел на платьице,
Безумье на головушку
Злодея моего!

Жену ему неумную

Пошли, детей — юродивых!

Прими, услыши, господи,

Молитвы, слезы матери,

Злодея накажи! ... (стр. 1004)

我的眼泪呀,

不洒在地上,

不洒在海洋,

不洒在上帝的庙堂!

我的眼泪呀,

要象滚水浇在仇人心上!

上帝我求求你:

叫他们衣服烂成灰,

叫他们头脑变疯狂,

叫他们娶妻娶傻子,

叫他们生子生白痴!

上帝你看看我的眼泪,

上帝你答应我的祷告,

惩罚这批恶狼! …… (Ⅳ, p. 221—222)

《哀村长的哭调》也以"哭灵人"对"调停吏"的指责和诅咒结束:

Вы падите-тко, горюци мои слезушки,

Вы не на воду падите-тко, не на землю,

Не на божью вы церковь, на строеньице,

Вы падите-тко, горюци мои слезушки,

Вы на этого злодия супостатого,
Да вы прямо ко ретливому сердечушку!
Да ты дай же, боже господи,
Чтобы тлен пришел на цветно его платьице,
Как безумьице во буйну бы головушку!
Еще дай, да боже господи,
Ему в дом жену неумную
Плодить детей неразумныих![1]

我的热泪啊，你们掉下来吧，
你们不要滴在水上，不要掉在地上，
不要滴在教堂，不要掉在小房，
我的热泪啊，你们掉下来吧，
你们要直接砸在这个恶人的身上，
直接浇到他炽热的心脏！
上帝我求求你，
叫他们鲜艳的衣服烂成灰，
叫他们聪明的头脑变疯狂，
上帝我求求你，
叫他们娶妻娶傻子，
叫他们生子生白痴！（笔者试译）

在涅克拉索夫的长诗注释中，标有“取自民间哭调，几乎一字未改”（Взято почти буквально из народного причитанья）的字样。诗人此处的材料明显取自伊丽娜的《哀村长的哭调》。然

① Барсов Е. В. Причитания Северного края（Ч. 1－3）. Собр. Е. В. Барсовым. Ч. 1. М.: Унив. тип., 1872, стр. 287－288.

而，作者并非机械地照搬文本，如果我们仔细分析，很明显就会发现，他借鉴这些民间文学材料时融入了多么细致的个性创作。

首先，涅克拉索夫删除了五处传统民间诗歌的惯用修饰语。他用完全没有修饰语的名词“слезоньки”（眼泪）、“сердце”（心脏）、“злодей”（恶棍）、“платьице”（衣服）、“головушка”（头脑）代替了原文中的“горючие слезушки”、“ретливое сердечушко”、“злодий супостатый”、“цветно платьице”、“буйна головушка”。这一艺术加工使约定俗成的口头文学文体风格变成了鲜活而富有情感表现力的诗歌风格。

其次，伊丽娜·费多索娃的哭调就结构而言具有某种不规则性和非定形性，而涅克拉索夫的文本分为三个平行的诗节，并且每个诗节都有形式相似的诗行，比如各诗节结尾的“Злодею моему”、“Злодея моего”、“Злодея накажи”。严谨的结构也在很大程度上提高了诗歌文本的情感表现力。

除了殡葬哭调以外，诗人还引用了很多民间文学结婚哭调和入伍哭调的材料。

二、结婚哭调

结婚哭调，又称哭嫁歌。所谓哭嫁，是指女性在出嫁的时候唱哀歌以哭别亲人的一种习俗。哭嫁歌的内容十分丰富，一般是姑娘哭诉自己婚后的悲惨命运、父母的养育之恩、兄弟姐妹的情谊等，有时也以亲人们的口吻进行哭诉。在大多数的哭嫁歌中，姑娘的出嫁是作为悲剧事件出现的，反映了妇女在宗法制农民生活中的无权地位。新娘哭诉着“时而恳求父母，时而恳求兄弟姐妹，时而恳求朋友保护她这个‘可怜人’，‘不要把她嫁给凶恶的外人’，让她自由地游玩‘即使一个寒冷的冬天，一个明朗的春

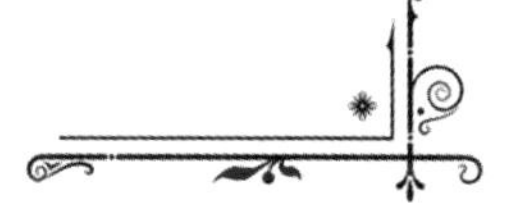

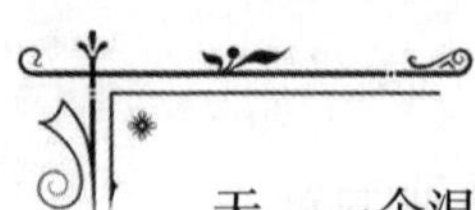

天，一个温暖的夏天’也好。”①

在结婚哭调中，外乡的生活充满痛苦和忧愁。这一点在《女儿未嫁时》也有所体现。当玛特辽娜的母亲得知向女儿提亲的是一个“外乡人”（чужанин）时，不由得大哭道：

Чужая-то сторонушка
Не сахаром посыпана,
Не медом полита!
Там холодно, там голодно,
Там холеную доченьку
Обвеют ветры буйные,
Обграют черны вороны,
Облают псы косматые
И люди засмеют! ...（стр. 981）

外乡地方啊，
没有撒白糖，
没有涂蜜糖，
到那儿要挨冻受饿！
到那儿，娇闺女呀，
狂风要把你吹，
乌鸦要朝你叫，
长毛狗要对你吠，
人们要将你笑！……（Ⅳ, p. 174—175）

① Соколов Ю. М. Русский фольклор. Изд. 3. М.: Московский университет, 2007, стр. 181–182.

这些诗行明显建立在雷布尼科夫发表的普多日[①]结婚哭调文本的基础之上。我们在此引入原文，进行一番对比。雷布尼科夫的原文如下：

Как чужда дальна ознобна сторонушка,
Не садами она испосажена,
Не медами она наполивана,
Не сахаром, злодейка, пересыпана:
Испасажена люта ознобна сторонушка
Лютой неволей великою,
Наполивана чужая ознобна сторонушка
Горькими слезами горючими,
Пересыпана она кручинушкой великою. [②]

遥远冰冷的外乡地方啊，
没有栽花园，
没有浇蜂蜜，
没有撒白糖。
冰冷的外乡地方
充满痛苦的奴役，
冰冷的外乡地方
流满痛苦的眼泪，
笼罩着巨大的忧愁。(笔者试译)

---

① 普多日（Пудож），俄罗斯城市之一，位于卡累利阿共和国（Республика Карелия）境内，是普多日区的行政中心。1991 年获得俄国历史城市之称。

② Рыбников П. Н. Песни, собранные П. Н. Рыбниковым: в 3 т. Изд. 2. Т. 3. М.: Сотрудник школы, 1909, стр. 86.

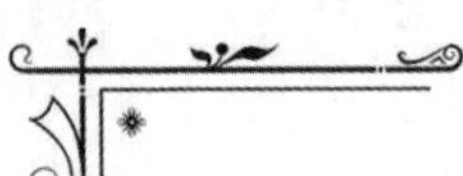

在雷布尼科夫的文本中，形容“外乡地方”的固定修饰语为“ознобна”。不同的语言学家对这一词语的理解不同：巴尔索夫认为，“ознобна”与日常通用俄语中的“постылая”为同义词，意为“令人厌恶的、不被人喜欢的”；而雷布尼科夫认为：“Ознобный — который знобит. Эпитет чужой стороны.”① 涅克拉索夫借鉴此段民间文学材料时，特意避免了这个地区方言词语。同样，他也删除了诸如“испосажена”、“наполивана”之类的与其文学风格不相匹配的词汇形式，从而在保留诗句民间文学色彩的基础之上，使自己的诗歌语言具有人民大众的通用语特点。

《女儿未嫁时》的材料几乎完全建立在由雷布尼科夫搜集的结婚哭调的基础上。我们再来对比一下长诗这一章节的结尾和雷布尼科夫集中的原文本。涅克拉索夫的诗行如下：

Велел родимый батюшка.
Благословила матушка,
Поставили родители
К дубовому столу,
С краями чары налили：
«Бери поднос, гостей-чужак
С поклоном обноси!»
Впервой я поклонилася —
Вздрогнули ноги резвые；
Второй я поклонилася —
Поблекла бело личико；

① Чуковкий К. И. Мастерство Некрасова. М.：Гослитиздат，1962，стр. 480.

Я в третий поклонилася,
И волюшка скатилася
С девичьей головы…（стр. 984）

我爹给了我叮嘱，
我娘给了我祝福，
双亲领我到橡木桌边，
大杯斟满酒：
“端着这托盘，
对外乡客人们鞠躬，
给外乡客人们敬酒！”
第一次我鞠躬，——
两腿发了抖；
第二次我鞠躬，——
脸色发了白；
第三次我鞠躬，——
从姑娘头上啊
落下了自由带……（Ⅳ，p. 180）

雷布尼科夫搜集的原文如下：

Повелел мой сударь-батюшка,
Да благословила моя матушка …
… Поставили родители
К дубову столу во стольницы,
Я у дубого стола да постояла, —
Во рунах были подносы золоченые.
На подносах были чарочки хрустальные,
Во чарочках хмельное зелено вино

Злодеям чужим чужанинам,
Этым гостям незнакомыим.
И покорила свою младую головушку:
Первый раз я поклонился, —
Моя волюшка с головушки укатилася,
Другой раз я поклонилася, —
Поблекло мое бело личико,
Третий раз я поклонилася, —
Подражали мот резвые ноженьки,
Свое род-племя красна девушка посрамила …①

父亲大人给了我叮嘱,
母亲大人给了我祝福,
双亲领着我
来到了中间的橡木桌旁,
我站在橡木桌旁,——
桌毡上放着金灿灿的托盘。
托盘上放着水晶酒杯,
酒杯里为这些不认识的
凶恶的外乡人
盛满了醉人的红酒。
我垂下自己这小小的头颅:
第一次我鞠躬,——
头上落下了自由带;

① Рыбников П. Н. Песни, собранные П. Н. Рыбниковым: в 3 т. Изд. 2. Т. 3. М.: Сотрудник школы, 1909, стр. 27.

第二次我鞠躬，——
脸色变苍白；
第三次我鞠躬，——
两腿发了抖，
好姑娘使自己的家族蒙了羞。(笔者试译)

通过对比这两段文本我们可以发现，二者具有明显的相似性。然而涅克拉索夫并非只是机械地借用这些结婚哭调的材料，他对原文本的诗行进行了大量的压缩，把原来的十八诗行压缩为十四诗行，并且在保证每一诗行与原文内容相符的情况下，对其长度进行缩减。上述民间哭调的主要特点是节奏较慢，韵律庄重而平缓。诗人为了突出妇女婚姻的沉重与艰辛，把长句改为节奏感强烈的简短诗行，从而使其更加具备激情洋溢的紧张气氛。

此外，诗人还对原文本的顺序进行了调整。在雷布尼科夫整理的结婚哭调中，“第一次我鞠躬，——头上落下了自由带；第二次我鞠躬，——脸色变苍白；第三次我鞠躬，——双腿发了抖”。涅克拉索夫调换了第一次鞠躬和第三次鞠躬时主人公的表现，姑娘两腿发抖、脸色变白之后，最终自由带从她的头上滚落下来。在民间风俗中，“自由带”的掉落象征姑娘失去自由生活的开始，涅克拉索夫特意把这一情节作为女主人公玛特辽娜结束自己少女生活的叙述，进而暗示了她结婚后的苦难生活和悲惨命运。从结构的布局来看，这种安排不仅更加合乎叙事逻辑，而且具有承上启下的重要作用。

三、入伍哭调

入伍哭调，是指应征入伍的新兵跟亲朋好友告别时的哭辞。入伍哭调的形式同新娘跟亲友辞别哭诉的形式相同，新兵哀哭着依次向父母、兄弟姐妹、其他亲属以及朋友邻居告别。就内容和

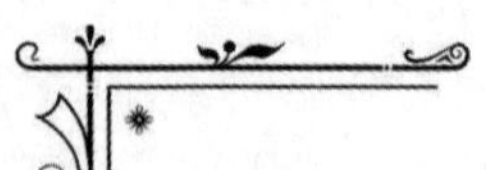

情绪而言，入伍哭调一方面与殡葬哭调相近，另一方面与兵士歌相近。这种哭辞中的优秀作品，真实而准确地反映了当时国家残酷的兵役制度以及由此而产生的震撼人心的民众痛苦画面。

入伍哭调通常包括两个主题：新兵入伍后其家庭的日常生活和新兵的兵营生活。这两个主题在涅克拉索夫的诗歌中都有所体现。《凶年》（«Трудный год»）真实描绘了菲利普被抽壮丁之后，家中妻子儿女的悲苦状况：

… Голодные
Стоят сиротки-деточки
Передо мной … Неласково
Глядит на них семья.
Они в дому шумливые,
На улице драчливые,
Обжоры за столом …
И стали их пощипывать,
В головку поколачивать….
Молчи, солдатка-мать！（стр. 1019）

没爹的孩子们，
挨饿的孩子们，
站在我眼前……
家里人对他们冷眼看，
嫌他们在家爱吵闹，
在街上好打架，
在桌边多吃了饭……
这个敲他们脑袋，
那个揪他们耳朵……

孩子的妈呀，当兵的妻，

连吭气也不敢！（Ⅳ，p. 252—253）

在巴尔索夫搜集的《北方哭调》中，以上材料被置于殡葬哭调的内容。涅克拉索夫改变了民间文本的使用功能，用于此处旨在突出士兵妻子儿女的悲惨处境。此外，诗人还描绘了新兵的残酷“操练”，长官对士兵的残酷刑法：

… Филиппа вывели

На середину площади：

«Эй! перемена первая! »

Шалашников кричит.

Упал Филипп：«Помилуйте! »

«А ты попробуй!

Слюбится!

Ха-ха! ха-ха! ха-ха! ха-ха!

Укрепа богатырская,

Не розги у меня! …»（стр. 1021）

……只见菲利普

被带到操场中央。

“动刑！头道鞭！”

杀拉什尼可夫在叫。

菲利普倒在地上：“饶了我……”

“你尝尝滋味看，

保管叫你喜欢！

哈哈！哈哈！哈哈！

这是打了结的粗鞭子，

可不是细藤条！……”（Ⅳ，p. 256—257）

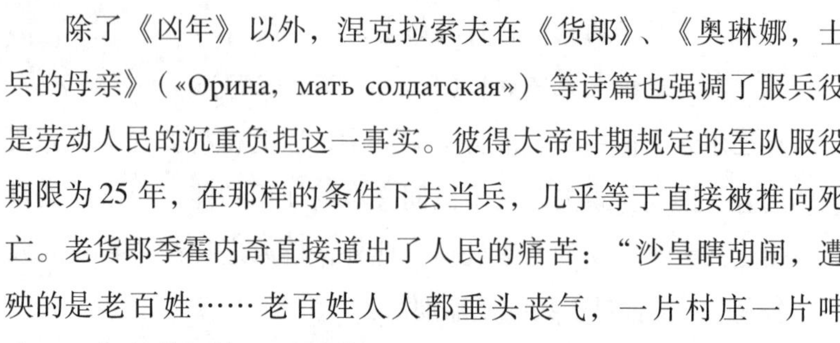

除了《凶年》以外，涅克拉索夫在《货郎》、《奥琳娜，士兵的母亲》（«Орина，мать солдатская»）等诗篇也强调了服兵役是劳动人民的沉重负担这一事实。彼得大帝时期规定的军队服役期限为 25 年，在那样的条件下去当兵，几乎等于直接被推向死亡。老货郎季霍内奇直接道出了人民的痛苦："沙皇瞎胡闹，遭殃的是老百姓……老百姓人人都垂头丧气，一片村庄一片呻吟……象送葬把壮丁送到城里面。"（Ⅲ，p. 101—102）

《奥琳娜，士兵的母亲》是涅克拉索夫根据一个士兵母亲的亲口讲述而作，诗人创作这首诗歌时，正值俄国进行军事改革，改革的第一步是把 25 年的兵役期限缩短为 15 年，诗人于此表明了自己的政治立场，特意强调即使现役时间的一半（8 年），也足以使一个"生得魁梧个儿高，一副结结实实好体格"的棒小伙儿受尽折磨而死。[①]

民间哭调，无论是殡葬哭调，还是结婚哭调和入伍哭调，都具有一种可怕的、撕裂人心的、悲痛的力量。它们真实而深刻地反映了俄罗斯农民被奴役被剥削的无权地位和贫苦生活，表现了他们逐渐觉醒的自我意识、对压迫者的仇恨和抗议。列宁曾经指出，民间哭调"是反映民众生活史和感情史最珍贵的材料"[②]。高尔基也把民间哭调称为"真正的善和真正的恶的真实的历史"[③]。涅克拉索夫深刻了解民间哭调的历史意义和艺术价值，他不仅从中借鉴了很多材料服务于"涅克拉索夫式的思想任务"，而且还

---

① Чистов К. В. Н. А. Некрасов и нар. творчество.（Задачи изучения）// Некрасовский сборник. Т. 1. М.-Л.：АН СССР，1951，стр. 108.

② Соколов Ю. М. Русский фольклор，Изд. 3. М.：Московский университет，2007，стр. 203.

③ 皮克萨诺夫：高尔基与民间文学，林陵等译，北京：中国民间文艺出版社，1980 年，第 80 页。

根据“涅克拉索夫式的风格特征”对它们进行了艺术加工和再创作，从而真正地做到了“诗的风格要适应主题”。

第三节　民间童话与传说

广义而言，民间童话是指“那种具有虚构内容、散文形式的口头艺术作品”。狭义地说，“只有幻想性的逸事”才被称为童话。[①] 童话主要借助幻想的手段，把人间的生活和斗争，通过“超人间”的形式表现出来。

幻想是童话的生命，没有幻想，便没有童话。遵循现实主义创作原则的涅克拉索夫，较少在作品中使用童话体裁。“童话情节复杂的波折并不能引起涅克拉索夫的兴趣。运用民间童话这一体裁时，他仅仅采用与农民生活实质相关，反映古代人民信仰的某个母题或者某些主要形象。”[②] 诗人使用民间童话体裁时，旨在借助其艺术手段和艺术形象服务于自己的创作目的——更鲜明、更完整地揭示作品的思想内容。

涅克拉索夫运用民间童话的伟大技巧可以在长诗《严寒，通红的鼻子》中窥见一斑。忽略掉童话的其他内容，他在作品中借用了人们虚构的森林之神“严寒大王”的形象，并且通过艺术加工，使其服务于自己的创作任务。“民间观念中的‘严寒大王’

① 开也夫：俄罗斯人民口头创作，连树声译，（内部读物）中国民间文艺研究会研究部，1964，第149页。

② Колосова Т. С. Традиции народной сказки в поэме Некрасова «Мороз, красный нос». // Некрасовский сборник. Т. 2. М.-Л.: АН СССР, 1956, стр. 200.

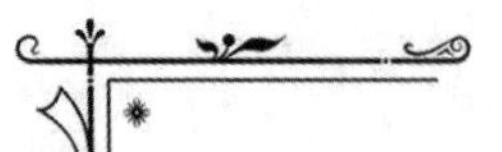

通常被看作强大自然力的化身，是天气和森林的主宰者。”① 同民间童话中的这一形象相同，诗人也把“严寒大王”刻画成一个“巡视自己领地、察看林中秩序、支配各种自然力”的强大“统治者”。

Не ветер бушует над бором,
Не с гор побежали ручьи,
Мороз-воевода дозором
Обходит владенья свои.

Глядит — хорошо ли метели
Лесные тропы занесли,
И нет ли где трещины, щели,
И нет ли где голой земли?
…

Метели, снега и туманы
Покорны морозу всегда,
Пойду на моря-окияны —
Построю дворцы изо льда.

Задумаю — реки большие
Надолго упрячу под гнет,
Построю мосты ледяные,
Каких не построит народ. （стр. 722 – 723）

---

① Колосова Т. С. Традиции народной сказки в поэме Некрасова «Мороз, красный нос». // Некрасовский сборник. Т. 2. М.-Л.: АН СССР, 1956, стр. 201.

不是狂风在松林上空咆哮，
不是溪涧从山上向下奔腾，
那是严寒大王
在他自己的领地巡行。

他看看森林里所有的路径，
暴风雪是不是遮盖得严严实实，
路面是不是还有裂缝、空隙，
是不是还有露出的光地？
……

“雪暴、飞雪和浓雾，
总是服从我——严寒，
我要到那汪洋大海——
建造一座座冰的宫殿。”

“如果我愿意——我便让长川大河
长久地在坚冰下隐藏，
我要建造一座座的
人们不能建造的冰的桥梁。”（Ⅲ，p. 173—175）

在任何一部民间童话中，“严寒老人”的形象都未曾像涅克拉索夫长诗中所描绘的这般详细、具体。“以阿法纳西耶夫集中的‘严寒老人’为基础，诗人用民间广泛存在的不同童话版本中

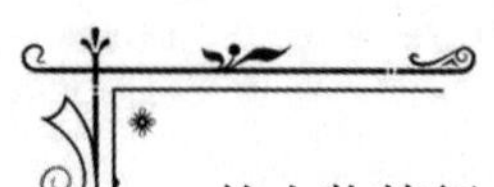

的人物特征丰富了这一形象。”① 不仅如此，他还对童话中的普通特征进行补充，使故事主人公讲述了对人类的态度：

Люблю я в глубоких могилах
Покойников в иней рядить,
И кровь вымораживать в жилах,
И мозг в голове леденить.

На горе недоброму вору,
На страх седоку и коню,
Люблю я в вечернюю пору
Затеять в лесу трескотню.

Бабенки, пеняя на леших,
Домой удирают скорей.
А пьяных, и конных, и пеших
Дурачить еще веселей. (стр. 723)

我爱将深深坟墓中的死者
薄薄地敷上一层冰霜，
使血管里的鲜血凝结，
把头壳里的脑髓冻僵。

为使不怀好意的盗贼感到苦痛，
为使骑者和马儿大吃一惊，

① Колосова Т. С. Традиции народной сказки в поэме Некрасова «Мороз, красный нос». // Некрасовский сборник. Т. 2. М.-Л.: АН СССР, 1956, стр. 201.

我爱在夜晚的时候，
在森林发出噼啪的响声。

女人们抱怨着林妖，
匆匆地往家里逃跑。
对于醉鬼、骑马和步行的，
我更要大开他们的玩笑。（Ⅲ，p. 175—176）

显然，与童话中不同，诗人笔下的“严寒大王”已不是一个“保护无辜者的善良的魔法师”，而是一个为了消遣嘲弄人类的“凶狠的统治者”。勃留索夫曾经指出：“没有任何一个人能够像涅克拉索夫那样如此独特地运用俄罗斯童话世界中的形象。”① 在当时的社会背景下，诗人笔下“严寒大王”的象征意义是不言而喻的。这一童话形象并未与长诗整体的现实主义基调相矛盾。涅克拉索夫特意选取了这一与农民的耕种生活紧密相关的童话形象，反映了民众意识中真实存在的关于自然力量的幻想，是当时人民富有诗意的思维能力的真实体现。

涅克拉索夫直接从阿法纳西耶夫收集的民间故事中借用了女主人公同严寒老人相遇的情节，同时依据现实主义的艺术手法，改写了童话美好的结局。在阿法纳西耶夫集的第 95 号童话故事里，小女孩孤零零地坐在松树下，冻得直发抖。她想哭，却没有力量：牙齿冷得直打哆嗦。她突然听到“严寒老人”在不远处的枞树上发出“噼噼啪啪”的声音。不知不觉间，“严寒老人”来到了小女孩倚靠的那棵松树上，他从高高的树顶向她问道：“你觉得温暖吗，小姑娘？”（Тепло ли те, девица?）“温暖呀，亲爱

① Поэты и писатели о Н. А. Некрасове. http：//nekrasovka. ru/nekrasov-i-sovremennost/.

的严寒老公公！”（Тепло，тепло，батюшка-Морозушко！）小女孩温顺地回答。“严寒老人”稍微降低了一些，又问道：“你觉得温暖吗？小姑娘？你觉得温暖吗？小美人儿？”（Тепло ли те，девица？Тепло ли те，красная？）“温暖呀，严寒老公公，温暖呀，亲爱的！”（Тепло，Морозушко；тепло，батюшка！）“严寒老人”最后降临到她面前，再次问道：“你觉得温暖吗？小姑娘？你觉得温暖吗？小美人儿？你觉得温暖吗？小宝贝儿？”（Тепло ли те，девица？Тепло ли те，красная？Тепло ли те，лапушка？）小女孩已被冻僵，用几乎听不到的声音回答道：“温暖呀，亲爱的严寒老人！”（Ой тепло，голубчик Морозушко！）“严寒老公公”开始怜悯起小女孩，用貂皮大衣和棉被把她裹严，使她从寒冷中暖和过来。①

诗人在长诗中再现了这一场景发生的整个外部环境：冬天的森林，苍松下被冻僵的农妇，强大的“严寒大王”，与女主人公的三次对话等。涅克拉索夫借鉴了民间童话最富情感的文体风格，像童话中一样，长诗中“严寒大王”向女主人公发问时一次比一次温柔、亲昵。然而，与童话不同的是，尽管达丽亚如童话中的女孩一样，温顺地回答了“严寒大王”的问题，最后得到的却不是奖赏和礼物，而是被冻死的悲惨结局。为了突出当时残酷的社会环境，涅克拉索夫果断地破坏了民间童话美好的幻想，把读者拉回冰冷的现实之中。诗人借用人民熟悉的童话元素旨在唤醒广大人民群众的自我意识：温顺、驯服、唯命是从的消极忍耐并不能使人民摆脱痛苦的生活，只能导致死亡的悲惨结局。

涅克拉索夫对童话体裁的再创作还表现在“严寒大王”的出

---

① См.：Народные русские сказки А. Н. Афанасьева：В 3 т. Т. 1. № 95. М.：Гослитиздат，1957，стр. 140－143.

场时间和出场情境中：达丽亚被无尽的忧愁和繁重的劳动折磨得疲惫不堪、筋疲力尽，她痴痴呆呆地站在苍松下，没有思想、没有眼泪、没有呻吟、进入了梦境。诗人正是这一时刻引入了“严寒大王”的形象，这种细致的艺术构思既遵循了现实主义的创作原则，又有机结合了民间文学浪漫主义的幻想，体现了诗人高超精湛的技艺。

涅克拉索夫在自己的创作（尤其是在长诗《谁在俄罗斯能过好日子》）中也广泛运用了民间传说，如《农民的罪孽》、《女人的传说》、《两个大罪人的故事》等。需要指出的是，在运用民间童话和传说体裁时，诗人最大程度地简化了故事情节，并把通常的散文体童话和传说创作成为诗体化形式。

《两个大罪人的故事》属于涅克拉索夫政治态度最尖锐的作品：其中发出了坚决宣传革命功绩之声响。诗人在世时《全村宴》一章一直未能获许出版，直到1881年，即“民意党人”活动最热烈的时期，它才第一次付诸印刷。疯狂迷恋革命恐怖手段的民意党人在《两个大罪人的故事》中甚至看到了杀死帝王的号召。[①] 深入研究此传说，研究它的思想意义和艺术技巧以及它与民间创作的密切关系，对于进一步揭示涅克拉索夫创作的思想性和艺术性都具有十分重要的意义。

《两个大罪人的故事》的情节源于阿法纳西耶夫收集的《俄罗斯民间传说》（«Народные русские легенды»）中的《罪孽与忏悔》（«Грех и покаяние»）以及民间广泛流传的此传说的其他版本，并且结合了普希金的“强盗”系列故事与丘赫尔别凯“库

① Гин М. М. Спор о великом грешнике. // Русский фольклор. Т. 7. М.-Л.: АН СССР, 1962, стр. 84.

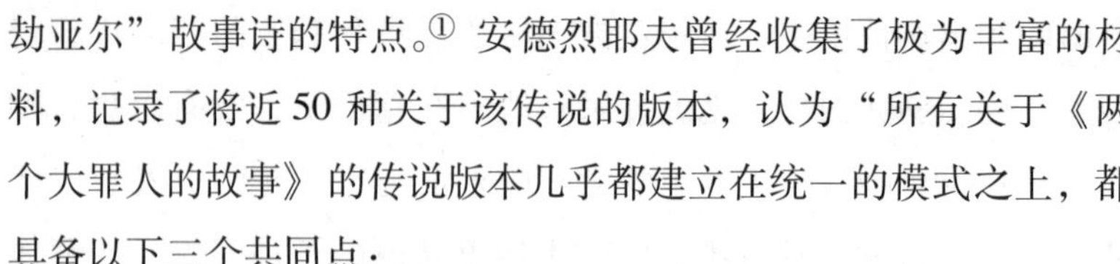

劫亚尔”故事诗的特点。[①] 安德烈耶夫曾经收集了极为丰富的材料，记录了将近50种关于该传说的版本，认为“所有关于《两个大罪人的故事》的传说版本几乎都建立在统一的模式之上，都具备以下三个共同点：

（1）某个大罪人意识到了自己的罪恶；

（2）为了赎罪，他被指定完成某种难以实现的惩罚；

（3）他杀死了另外一个罪孽更加深重的大罪人，赎还了自己的罪恶，完成了上帝对他的惩罚。”[②]

然而，此结构模式的最后一条并非适合所有类型的传说结局。在阿法纳西耶夫收集的民间传说中，两个版本《罪孽与忏悔》的结尾并不相同。为了研究的方便，我们把阿法纳西耶夫收集的两种版本分别称为A版本和B版本。在A版本的传说中，大罪人的赎罪方式为：用自己的嘴从位于半俄里外的湖泊汲水，浇灌圣徒埋在土里的被烧焦的树枝，使之发芽、成长、开花，最后结出整整100个苹果。最后他需要摇晃树木，使100个苹果从树上掉落到地面，这时上帝就会饶恕他的所有罪孽。经过37年的劳作，大罪人终于完成了上帝的惩罚任务，当100个苹果全部落到地面的那一刻，他自己也累极而终。A版本的传说大罪人通过劳动和死亡的方式赎还了自己的罪恶，最终回归到上帝的怀抱。

---

① См.: Андреев Н. П. Легенда о двух великих грешниках. // Известия Ленинградского государственного педогагического института им. А. И. Герцена. Вып. 1. Л.: Наука, 1928, стр. 185–198; Гин М. М. Спор о великом грешнике. // Русский фольклор. Т. 7. М.-Л.: АН СССР, 1962, стр. 84–97; Нольман М. Л. Легенда и жизни в Некрасовском сказе «О двух великих грешниках», Русская литература. 1971, № 2, стр. 134–140.

② Андреев Н. П. Легенда о двух великих грешниках. // Известия Ленинградского государственного педогагического института им. А. И. Герцена. Вып. 1. Л.: Наука, 1928, стр. 188.

在 B 版本的传说中，大罪人的赎罪方式为：用斧头砍断一棵粗壮的白桦树，把其分为三段。圣徒把这三段分别烧焦，埋在土里，吩咐大罪人用水浇灌，使其发芽。经过大罪人长年的浇灌，只有两段被烧焦的白桦树干发了芽，剩下的一块无论如何都不成功。这时圣徒又指引他继续修行，只要他把一群黑色的绵羊变为白色，那么他的罪孽就会赎清。大罪人彻夜祈祷，然而黑色绵羊始终不能变为白色。有一次他在路上碰到一个骑马唱歌的快乐之人，当问及后者为何如此欢乐时，后者回答自己是一个强盗，当杀的人越多时，就越快乐。大罪人按捺不住心头怒火，终于抡起棍子打死了这个强盗。当他回到家，发现那群黑绵羊全部变成了白色。

显然，安德烈耶夫的模式只适合 B 版本的民间传说。A 种类型的传说结局在列夫·托尔斯泰的故事《教子》（«Крестник»）中有所表现，为了宣扬自己的“道德自我完善”、“不以暴力抗恶”等主题思想，列夫·托尔斯泰选择了与其创作主旨相一致的版本。而人民诗人涅克拉索夫，为了宣传革命民主主义的观点，自然选择了与托翁相反的 B 类传说版本。

诗人面临的思想任务也决定了他融合民间传说体裁的艺术手法。这首先表现在最大限度地简化情节方面。他不仅删除了民间传说过多的宗教成分，而且删除了所有脱离主题思想的烦琐情节。主人公走向犯罪道路的原因在传说中往往被描绘得极为复杂，比如在阿法纳西耶夫收集的 B 类传说中，大罪人原本是一个贫苦寡妇的儿子，因为赤贫所致，母亲只能让他去放牧。一次在林中放牧时，他无意间看到一个巫师在挖坑埋钱，埋好之后念了一个咒语：“只有和自己的亲生母亲、同胞姊妹以及教母犯乱伦之罪的人才能获得这些钱财。”牧人回去之后把所见之事如实告诉了母亲，极度渴望金钱的寡妇次日清晨乔装打扮，来到儿子放

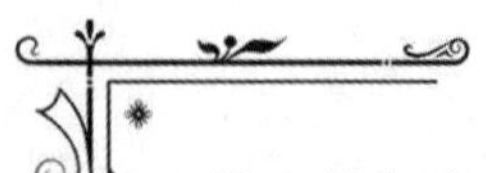

牧之处与之发生了乱伦关系。第三天她又使自己的女儿与儿子发生了乱伦关系。至此牧人便成为一个身负乱伦之罪的大罪人。民间传说中的这些描写不仅使其情节相对复杂化，而且乱伦者作为主人公极易引起人们的反感，母亲的贪欲也从某种程度上减轻了主人公的罪过。这些都不符合诗人的创作主旨，因此他在长诗中对这些情节做了大量的删除。

其次，在主人公本身的选择方面，诗人选择了民间传说最常见的强盗，并把其称为库劫亚尔。民间各种关于《罪孽与忏悔》的传说版本，没有一种与库劫亚尔这个名字有所关联。[①] 而关于库劫亚尔的其他传说却存在很多。在这些传说中，一般都会提到他的财宝、美女情妇和随从亲信，涅克拉索夫从关于库劫亚尔的传说中不仅借鉴了主人公的姓名，而且还借鉴了某些情节元素。可以说，诗人的《两个大罪人的故事》有机融合了两种民间传说的人物和故事情节。那么，他为什么需要“库劫亚尔”这个名字，为什么要把忏悔的大罪人与库劫亚尔的传说结合在一起呢？“涅克拉索夫把库劫亚尔引入长诗，旨在强调大罪人形象的伟大和不同寻常。”[②] 在民众的意识中，库劫亚尔是勇敢、自由、反抗暴力与压迫的象征。甚至在一些民间传说中，他被描绘成“穷人的辩护者”，诗人选择他作为传说主人公的意义是不言自明的。

再次，在大罪人的赎罪方式方面，诗人创造了“砍倒橡树”这一情节。在不同版本的民间文学中，对大罪人的惩罚方式各不相同：有的需要用嘴汲水浇灌埋在地下的被烧焦的木块，有的需要把一群黑色的绵羊变为白色……这些惩罚方式具有一个共同特

---

① Гин М. М. Спор о великом грешнике. // Русский фольклор. Т. 7. М.-Л.: АН СССР, 1962, стр. 91.

② Гин М. М. От факта к образу и сюжету (О поэзии Н. А. Некрасова). М.: Советский писатель, 1971, стр. 233.

点——“不可完成性”。涅克拉索夫所创造的“砍倒橡树”这种惩罚方式在任何一种民间传说中都未曾出现过。这种方式与民众幻想的惩罚方式具有本质的不同：完成它的确困难，然而却可以实现，并不需要超自然力的干预。诗人用惩罚的“难以完成性”代替了其“不可完成性”，这种替代是为其创作思想服务的。“‘千年大树’象征了地主阶级的权力，‘可怕的橡树’象征了专制制度的压迫……它开始是一棵难以砍伐的参天大树，说明了隐士罪孽的深重，之后却自己轰然倒塌①，象征了受压迫人民复仇的神圣意义。”②

涅克拉索夫的整个传说建立在一种平静的史诗叙事基调的基础之上：“约翰用轻轻的声音，不慌不忙地讲起了《两个大罪人的故事》，一边讲一边画十字。”“修士”的传说用近乎《圣经》般平静的叙事方式是非常合适的。为了达到这种效果，诗人运用了民间文学典型的“重复”的艺术手法：

Было двеннадцать разбойников,
Был Кудеяр-атаман,
Много разбойники пролили
Крови честных христиан,

Много богатства награбили.
…

“**Будет** работа великая,
Будет награда за труд…”

① 大罪人杀死地主麻木不仁斯基。

② Нольман М. Л. Легенда и жизни в Некрасовском сказе «О двух великих грешниках». // Русская литература. 1971, № 2, стр. 138.

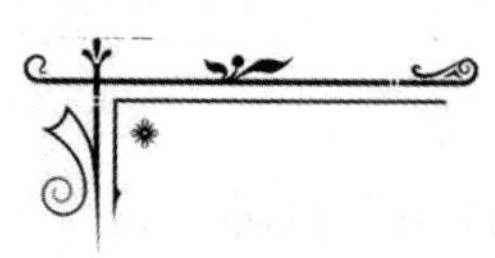

Режет булатным ножом,

Режет упругое дерево,

…

Режет и слышит слова…（стр. 1051－1052）

话说从前有十二大盗，
库劫亚尔是头目。
他们杀害了不知多少
没有罪的基督徒。

抢来的财宝不计其数，
……

“这件工作万分艰苦，
但是有苦才有甜。”
……

马上动手把树砍。

他一面砍坚韧的木头，
……

忽然听得有人叫……（Ⅳ，p. 386—389）

不难发现，这些重复延缓了叙事，使我们的注意力停留在更加重要的中心情节方面，如强盗团伙的特点和行为、惩罚方式以及实现它的困难、库劫亚尔与地主麻木不仁斯基的相遇及结尾等。诗人只是大体描绘了库劫亚尔悔过之后到实施惩罚之前的漫游生活一个轮廓，并未具体指出这一阶段的生活细节，也未使用任何重复的修辞手段。

涅克拉索夫传说的结构也非常严谨，首尾呼应。故事以“让我们一同赞美上帝”开始，以“让我们一同向上帝祷告”结束。此处的重复具有特殊意义：表面上给人一种诗人创作的是“修道士传说”的印象。[①] 传说中出现的某些细节，如库劫亚尔的祈祷、巡礼、隐居、修行等，也给读者造成此种印象。然而随着叙事的展开，传说反抗性的革命内容便一步步展示出来。《两个大罪人的故事》实际并非号召驯服和饶恕，而是对压迫者的坚决斗争与严厉惩治。

除了我们在文中所分析的民间文学体裁以外，涅克拉索夫在自己的诗歌中还有机融合了壮士歌、婚礼仪式曲、民间谚语、俗语、谜语等诸多体裁元素。比如俄罗斯壮士萨威里去世前提及的“три петли”（三个绳套）就源于民间壮士歌《索洛曼大公和瓦西里·阿库列维奇》（«Царь Соломан и Василий Окульевич»）。诗人重新思考了“三个绳套”的用途，借萨威里之口指出了俄罗斯妇女的不幸命运。

А бабам на Руси
Три петли: шелку белого,
Вторая — шелку красного,
А третья — шелку черного,
Любую выбирай! …

① Гин М. М. Спор о великом грешнике. // Русский фольклор. Т. 7. М.-Л.: АН СССР, 1962, стр. 96.

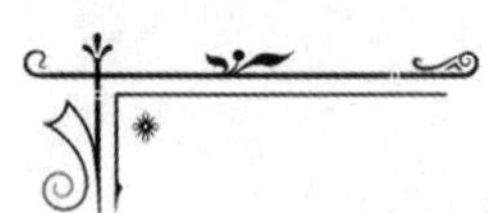

В любую полезай…

(стр. 1012)

妇人面前三个绳套:

第一条是白绫,

第二条是红绫,

第三条是黑绫,

任你选一条

把脖子往里套!……(Ⅳ, p. 239)

涅克拉索夫在使用婚礼仪式曲时,修正了与现实不相符的文本。雷布尼科夫的《婚礼曲》(«Свадебные песни»)中有些歌谣歌唱的是当时奥洛涅茨省最贫困地区农民的婚礼,然而如果仔细聆听作者所使用的歌词,就会发现,他所描写的并不像是被压迫被奴役的穷苦农民,反而像是镶满钻石和黄金的某个富商或大官。农民的"телега"(四轮马车)和"сань"(雪橇)被称为"карет"(四轮轿式马车);农民的"изба"(小木屋)要么被称为"горница"(上房)、"светлица"(明亮而整洁的正厅),要么被称为"терем"(楼房)、"хоромный строеньиц"(富丽堂皇的房子)、"палата грановитая"(多棱的豪华住宅)。贫苦农民的所有生活特征在这些婚礼仪式曲中不断被隐藏。甚至贫苦未婚妻最普通的"自由带"也被描述成"воля жемчужком"(用珍珠做的自由带)。诗人在使用婚礼仪式曲时,果断地删掉了这些掩盖农民赤贫生活的华丽词汇。

Выди навстречу проворно —

Пава-невеста, соколик-жених! —

Сыпь на них хлебные зерна,

Хмелем осыпь молодых! …(стр. 718)

快点出来迎接吧——

孔雀似的新娘，小鹰似的新郎！——

将谷粒撒在他们身上吧，

将蛇麻草也撒在年轻人的身上！……

（Ⅲ，p. 165）

为了突出婚礼的真实性，诗人还特意加入“撒谷粒”、“撒蛇麻草”等民间习俗。“撒谷粒”是雅罗斯拉夫尔地区最常见的婚礼习俗之一，“往新人们身上撒谷粒，为的是新婚夫妇能够像谷粒一样紧密缠绕，生活得相爱而和睦”①。

涅克拉索夫在使用那些具有尖锐社会意义的民间谚语、俗语时，几乎不做任何改变。民间谚语、俗语、谜语的广泛运用凸显了其诗歌语言的民间特色，这我们将在下一章做具体分析。

① Титов А. Д. Крестьянская свадьба Даниловского уезда Ярославской губ. // Сб. Ярославский край. Т. 2. Ярославль, 1929, стр. 181.

第五章

涅克拉索夫的诗歌语言与民间文学

文学是语言的艺术，民间文学也主要是用语言作为物质手段来反映客观现实，抒发人们的感情。民间文学语言以劳动人民日常使用的口语为基础，又经过集体智慧的千锤百炼，因而朴实清新、简洁凝练、生动形象，且富有音乐性。俄罗斯文学语言的奠基人普希金十分重视民间语言，他曾多次鼓励青年作家“多听听民间的口语”，认为“要了解俄罗斯语言的特性，还是读一些民间故事吧”。[①] 文学巨匠高尔基同样高度赞誉民间语言，“要进行语言创作，就必须知道我们的丰富的民间文学，尤其是我们的优美诱人、清晰准确的谚语和俗语。‘谚语百年不朽’。我们的语言里充满了格言，它是非常简练紧凑的。”[②]

作为“真正的语言大师”[③]，涅克拉索夫也由衷热爱朴素精确的民间语言。诗人主要继承了普希金开拓的诗歌事业，并且融会了不同风格的俄罗斯民族语言把诗歌语言加以丰富，力图使其为广大的劳动人民群众喜闻乐见。他的诗歌语言朴实流畅，接近日常生活而又进退有度，更加注重与民间文学精神上的相互呼应。我们在本节主要从涅克拉索夫诗歌的口语化风格、歌谣性特征和形象性手法三个方面分析其诗歌语言的民间特色。

第一节　口语化风格

民间文学是一种口头语言艺术，口头性——用口头语言创作和传播是民间文学的一个主要特征。广泛借鉴吸收民间语言的涅

---

① 刘锡诚：俄国作家论民间文学，北京：中国民间文艺出版社，1986年，第13页。

② 刘锡诚：俄国作家论民间文学，北京：中国民间文艺出版社，1986年，第312页。

③ Черных П. Я. Н. А. Некрасов и народная речь. // Сибирские огни. 1937. № 5－6, стр. 140.

克拉索夫，其诗歌语言，尤其是农民诗歌语言质朴通俗，口语化程度较高。诗人描写人民的痛苦生活时不可能脱离民众语言，用“树皮鞋”、“蒲席”等此类高雅诗人少用的词汇来表现人民真实的日常生活，是涅克拉索夫的艺术创新。

第一，涅克拉索夫诗语的口语化特征表现在农民日常生活用语的大量运用上。比如在长诗《谁在俄罗斯能过好日子》的开篇，就有以下由生动活泼的农民口语所撰写的诗行：

Ругательски ругаются,
Немудрено, что вцепятся
Друг другу в волоса …

Гляди-уж и вцепилися!
Роман тузит Пахомушку,
Демьян тузит Луку,
А два братана Губины
Утюжат Права дюжего,
И всяк свое кричит! (стр. 868)

七嘴八舌破口骂。
看这架势，说不定
还会动武揪头发……

可不是，真干上啦！
罗芒给八洪一拳，
杰勉给鲁卡一脚。
顾丙家两兄弟
一同揍大个儿蒲洛夫，——

你也喊来我也嚷，

谁也不听别人的话！（Ⅳ，p. 8—9）

诗人还经常把农民的日常词汇凝聚于一处，用以刻画庄稼汉的贫困：

Савраска увяз в половине сугроба —

Две пары промерзлых лаптей,

Да угол рогожей покрытого гроба.

Торчат из убогих дровней.

Старуха в больших рукавицах

Савраску сошла понукать.（стр. 700）

萨夫拉斯卡深陷在雪堆中——

从残破的雪橇上露出来

两双冻透了的树皮鞋，

一角用蒲席盖着的棺材。

一个戴大手套的老妇

下了车，策着马儿前行。（Ⅲ，p. 130）

需要特别指出的是，涅克拉索夫的诗学思维与民间文学是极为相近的，他经常在自己的诗歌中引入那些只有在民间文学语境中才能正确理解的语汇。比如在俄罗斯民间语言中，单词“победный”具有“горький”、“несчастный”、“скорбящий”之意。在巴尔索夫收集的《北方哭调》中，妻子在痛哭死去的丈夫时，这样哭诉道：

Покидат меня, **победную** головушку…

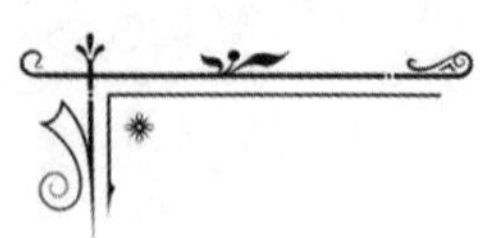

Оставлят меня, горюшу горегорькую.①

他离开了我，留给我满腹悲伤……

他丢下了我，带给我无限痛苦。(笔者试译)

在俄罗斯民间文学中，“победная головушка”与“кручинная головушка”（悲伤的、忧愁的头脑）具有相同的意义。诗人在《醉的夜》(«Пьяная ночь»）一章便运用了“победная головушка”的民间意义：“Победные головушки уснувших мужиков”（庄稼汉们熟睡着，苦命的脑袋低垂着）。当有些词汇在文学语言和民间语言中同时存在时，诗人经常只采用这些词语在民间语言中的词义。如，民间语言中经常用“хозяйка”表示“жена”，用“больно”表示“очень”，用“красный”表示“хороший”、“красивый”、“прекрасный”等，这些在涅克拉索夫的诗歌中都经常出现，如“Дарья, хозяйка больного”，“Больно вы уж тяжелы”，“Я видел красный день”等。

第二，民间文学由于经过集体的反复锤炼和加工，而且又主要依靠口头流传，因而语言形式一般都比较简练活泼。涅克拉索夫的诗歌语言，除了具备民间口头语言的朴素清新、通俗易懂的特点，而且浓缩了具有丰富内容的语言的精炼性。这一特点，通过他对民间谜语、谚语和俗语的喜爱表现与使用得尤为突出。

民间谜语凝聚了农民对周围自然现象和日常生活的深刻观察，祖祖辈辈对事物、人类、自然的洞察通过“谜语”这一简练

---

① Барсов Е. В. Причитанья северного края. в 3 ч. Ч. 1. М.: изданы при содействии Общества любителей российской словесности, 1872－1882, стр. 1.

的形式体现出来。[1] 涅克拉索夫在自己的作品中使用了很多谜语，如“锁”（замок）、“回声”（эхо）、“影子”（тени）等。诗人在运用民间谜语时，一般直接把谜底引入文中，从而去除了谜语的神秘性。在俄罗斯民间文学中有这样一个关于“雪花”的谜语：“飞舞时，不声不响；躺着时，不声不响；末日临头，大声嚷嚷（Летит — молчит, лежит — молчит; когда умрет, тогда ревет）。”这个谜语是由谓语动词组成，若想猜出谜底需要找到主语，才能揭晓谜底。而涅克拉索夫在运用这一民间谜语时却把主语置于谓语之前，把谜底置于谜语之前，因此谜语就变成了雪花的直接特征：

Недаром в зиму долгую
Снег каждый день валил.
Пришла весна — сказался снег!
Он смирен до поры:
Летит — молчит, лежит — молчит,
Когда умрет, тогда ревет.（стр. 875）

这么长的一个冬天，
每天大雪纷纷下，
待到今儿个开了春，
到处是雪水哗哗淌！
雪这玩艺儿老实一辈子：
它不声不响地飞着，
它不言不语地躺着，

① Чуковкий К. И. Мастерство Некрасова. М.: Гослитиздат, 1962, стр. 544.

末日临头，它大声嚷。（Ⅳ，p. 23）

诗人还在长诗中运用了大量的民间谚语和俗语。比如，在达里收集的《俄罗斯民间谚语集》(«Пословицы русского народа») 中有一条这样的俗语："Мы и там (то есть в аду) служить будем на бар: они будут в котле кипеть, а мы станем дрова подкладывать（就是到了地狱里，我们也得替地主干活：他们在锅里煮，我们给他们添柴）!"[①] 借用这条具有讽刺意味的俗语，诗人创作了如下一段对话：

Не в их руках мы, что ль? …
Придет пора последняя:
Заедем все в ухаб[②],
Не выедем никак,
В кромешный ад провалимся,
Так ждет и там крестьянина
Работа на господ!

— Что ж там-то будет, Климнушка?

А будет, что назначено:
Они в котле кипеть,
А мы дрова подкладывать!（стр. 963 – 964）

"难道咱们不是
攥在他们手心里？……

---

① Даль В. И. Пословицы русского народа. М.: Художественная литература. 1989, стр. 789.

② Могила (Прим. Некрасова).

咱们活尽了寿数，
谁都得进坟墓，
进去了就没出路，
只好落地狱。——
就是到了地狱里，
咱们庄稼汉
还是得替地主干活！”

“干什么活哩，克里姆？”

“干命里注定的活：
他们在锅里煮，
我们给他添柴禾！”（Ⅳ，p. 334—335）

诗人在长诗中对原俗语几乎未做修改，只是根据上下文语境去掉了两个表示时态的动词：“будут”和“станем”，从而使诗句变得更加简短，情感表现力更加强烈。在农民为地主做的工作中，“添柴”属于最轻松，因此也本应该是农民最愿意做的。然而，从两个农民的对话中，我们却可以轻易地读出他们内心的不满和怨恨。通过这条俗语我们可以看出，农民对地主的仇恨已经达到了极限。

再如，在达里的《俄罗斯民间谚语集》中还有一条献媚贵族阶级等级优越性的俗语：“贵族似古柏，庄稼汉似榆木（Бары кипарисовые, мужики вязовые）。”柏树是一种罕见的价值连城的树木，根据基督教的传说，耶稣基督被钉在柏树做的十字架上。因此，在基督教的世界观中，柏树是一种最神圣的树木。在贵族的生活圈子里，“榆木疙瘩”（вязовая дубина）是对农民的一种不满和蔑视的称谓。涅克拉索夫在自己的创作中借用这一俗

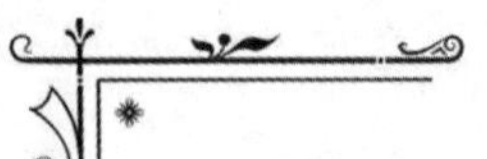

语指责那些阿谀奉承的人。在长诗中，这一俗语通过厚颜无耻、奴颜婢膝的奴仆克里姆·拉文的口中说出，“一切都是老爷您的”，这个天生的滑头用甜蜜的嗓音说道，这种甜蜜的嗓音隐藏了庄稼汉的讥讽：

Живем за вашей милостью,
Как у Христа за пазухой:
Попробуй-ка без барина
Крестьянин так пожить!
…

Куда нам без господ?
Бояре — кипарисовы,
Стоят, не гнут головушки!
Над ними — царь один!
А мужики вязовые —
И гнутся-то, и тянутся,
Скрипят!（стр. 961）

全靠您关照，
我们过日子啊，
好比在基督的怀抱。
要是没有了老爷，
我们庄稼汉
哪能过得这么好！

没有老爷怎么得了？
贵族好比是古柏，

直挺挺站着不低头，

只有沙皇在他们之上；

农奴好比是榆木，

成天价压弯了腰，

骨头吱吱叫！（Ⅳ，p. 329—330）

涅克拉索夫同保守民间文学进行斗争的方法之一，便是通过作品中脱离人民的反面人物之口说出它们。诗人运用这一俗语揭露了农奴天生的软弱性和奴隶性，并且指出了这一俗语产生的庸俗社会环境，贬低了它的价值和意义，借其阐明了自己与之相反的政治主张。

第三，涅克拉索夫诗歌的口语化特征还表现在诗意诗情的表达口吻方面，它采用了一种口语体的表达方式，假想了叙述对象或者倾诉对象的存在，以面对面交流的方式进行抒情叙事。这种情境的设定，一方面缩短了读者与抒情主体之间的距离，另一方面凸显了诗人诗歌语言的口语特色。在诗人早期的诗歌中，就有这种诗歌语言口语化风格的体现：

Украшают **тебя** добродетели,

До которых другим далеко,

И — беру небеса во свидетели —

Уважаю **тебя** глубоко…（стр. 206）

种种的美德装饰着你，

这绝非别人所能具备，

我可以指天作证，

我深深地尊敬你……（Ⅰ，p. 119）

此处我们可以发现一个典型细节：诗人对自己的抒情对象使用的是第二人称代词“ты”的形式。相对于冷冰冰的第三人称代

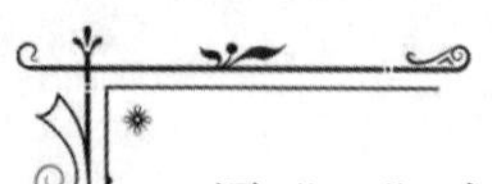

词“он”或“она”而言，第二人称代词“ты”具有更为强烈的情感表现力。在很多情况下，涅克拉索夫只要一提及某个人物，总是忍不住尽快地用直接言语与之会话，与之进行生动的交谈。[①] 第二人称代词“ты”经常迅速替代“он”或“она”，出现在诗人的作品之中，赋予其独特的个性。比如在诗篇《葬礼》（«Похороны»）中，诗人首先叙述了一个外乡猎手在异地开枪自杀的事件，提及抒情主体时，最开始的指代形式为第三人称（Осмотрел **его** лекарь скорехонько）。然而在第九个四行诗节之后，诗人便开始直接用“ты”转向抒情主人公：

Что **тебя** доконало, сердешного?
Ты за что свою душу сгубил?（стр. 373）

可怜的人呀，是什么要了你的命？
为什么你要自戕轻生？（Ⅱ，р. 47）

这种直接言语手段塑造出一种“作者积极参与到所发事件之中”的氛围，表达出“我”对“你”的关怀和同情。如果没有这种口语体的直接表达方式，那么便很难听出诗人内心的激动澎湃，也会使整部诗篇的曲调显得冷漠无情。

涅克拉索夫经常用第二人称代词“ты”指称那些他深切同情的、被生活摧残的，甚至溘然长逝的主人公：

Ты ему сердце свое отдала…
Сколько ночей ты потом не спала!
Сколько **ты** плакала! …

Здесь **ты** свила себе гнездышко скромное…

① Чуковкий К. И. Мастерство Некрасова. М.: Гослитиздат, 1962, стр. 573.

Ну, а теперь **ты** созданье бездомное...

Я задремал.

Ты ушла молчаливо,

Принарядившись, как будто к венцу...

Всю **ты** жизнь прожила нелюбимая,

Всю **ты** жизнь прожила для других ...

这种第二人称叙事方式创造出这样一种印象，似乎作者一次又一次地与自己的主人公进行交谈，亲身经历他们的生活，时而当面指责他们，时而鼓励他们、安慰他们。诗人对于他们而言，从来都不是一个毫不相关的局外人，而是他们其中之一，是其生活的参与者。因此，每当诗人论及某个人物时，便会变成这个人物的直接交谈者，似乎他的那种或温柔或愤怒的感情恰恰产生于他叙述某个事件的那一时刻。从这个意义而言，第二人称代词"ты"改变了时间范畴，它所体现出的并非那种过去的早已消逝的情感，而是现在正在体验的某种感情。诗人所描写的一切仿佛此刻正在他眼前发生，因此过去时也变成了现在进行时。

涅克拉索夫也经常运用第二人称代词"ты"称呼祖国、故乡的河流、房屋、大自然等：

Родина-мать! по равнинами **твоим**

Я не езжал еще с чувством таким!

О Волга!... колыбель моя!

Любил ли кто **тебя**, как я?

Сгорело **ты**, гнездо моих отцов!

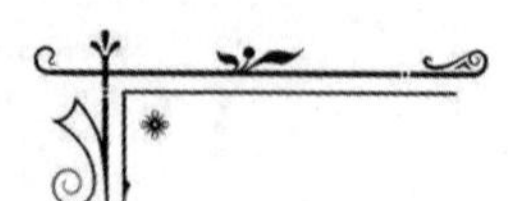

Мать-природа!

Иду к **тебе** снова …

这种把第三人称变为第二人称的叙事方式，是诗人深受民间口头创作影响的重要结果。[①] 口头性和即时性是民间文学的重要特征，民间歌手和故事讲述人在即兴演出时，经常用代词“ты”或“вы”称呼他们眼前的人或事物：

Спасибо **тебе**, родимый батюшка

За теплую парну баенку …

Чтобы жить **тебе** — не каяться,

Мне-ка жить бы, да не плакаться …

Ты, поле мое, поле чистое …

Вы подите-тко, горючи мои слезушки …

涅克拉索夫诗歌语言口语化风格的民间元素是极其多样的。除了以上我们分析的几点之外，其诗语指小表爱词汇的使用、常用名词的单数形式代替复数形式从而使该名词获得类似集合名词的意义、诗句多为语法结构简单清晰的短句、为了突出抒情主人公的口语特色经常运用疑问句和感叹句等，这些都有力说明了诗人的诗歌语言具有民间语言口语化的典型特征。

第二节　歌谣性特征

楚科夫斯基曾经指出：“涅克拉索夫与大多数诗人的不同之

---

① Чуковкий К. И. Мастерство Некрасова. М.: Гослитиздат, 1962, стр. 576.

处在于，他不仅是一位诗人，而且是一个歌手，他不仅‘写’诗，而且‘唱’诗，其诗歌不仅服从于诗学定律，而且受歌谣准则的约束。”① 由此可见，歌谣性（песенность）是涅克拉索夫诗歌语言最显著的特征之一。长诗《货郎》乍一看貌似“农民日常生活小说”（рассказ из крестьянского быта），“有情节的农村小说”（сюжетная деревенская повесть），然而如果想出声朗诵却很困难，我们阅读时自然而然就想歌唱。“旋律性”和“音乐性”是《货郎》的基础，这种旋律如此自然，以至读者一开始朗诵便会不自觉地变为歌唱：

Ой，**полна-а**，**полна-а коро-о-о-обушка**，
Есть и ситцы и парча，
Пожале-ей，моя **зазно-о-обушка**，
Молоде-ецкого плеча！（стр. 680）

哎，小货箱儿满上满，
又有花布，又有锦缎。
我的小情人呀，你可怜可怜，
可怜我小伙儿这双肩。（Ⅲ，p. 95）

并非这些诗句“也可以歌唱”（можно было и петь），而是“非唱不可”（нельзя не петь），因为它们具备歌谣的自然属性：拖长音诗行（протяжные строки）、扬抑格（хорей）、扬抑抑格词尾（дактилическое окончание）等。因此，《货郎》成为民间歌谣并流传至今并不是没有缘由的。

我们在前文曾经提到，涅克拉索夫喜欢在诗歌中运用大量的

① Чуковский К. И. Некрасов，как художник. Пг.：Эпоха，1922，стр. 40.

指小表爱词语。指小表爱是俄语口语中经常遇到的一种爱称，一般而言，由指小后缀构成的词汇可以使人们“自由、充分地表达自己各种‘表爱’的细微情感”①。然而，也有“相当广泛的表爱后缀词语并无明显表爱的感情色彩”②。尽管民间创作和涅克拉索夫诗歌中有些指小后缀词语有时也具备“表爱”的功能，但在大多数情况下，它们的主观评价意义很大程度上已经消失。③ 很多词汇不仅没有“表爱”功能，也没有“指小”之意。比如，民间女诗人费多索娃在其哭调中，把“кручина”称为“кручинушка”，把“обида”称为“обидушка”，用“великое”修饰指小词汇“желаньице”；涅克拉索夫在把“нужда”叫作“нуждушка”，把“смерть”称作“смертушка”，把“Черное море”称为“Черно морюшка”等都源于此。那么，既然这些构词后缀的“指小性”和“表爱性”并不存在明显的逻辑基础，我们究竟应该如何理解它们的功能呢？

此类后缀的功能主要是由民间诗句的特定体系要求的，即由民间诗行末尾传统的扬抑抑格词尾决定。在大多数情况下，民间诗歌作品的韵律要求诗行的终结词语至少具有三个音节，并且重音应该落在行尾倒数第三个音节之上，如“ма́тушка”、“ба́тюшка”、“пла́шечка”等。扬抑抑格词尾是俄罗斯民间诗歌最基本的固有形式，几乎所有的壮士歌、民间哭调，大量的民间歌谣，即成千上万的民间诗句都是由这种行末韵脚所构成。

Утонул да тут родитель милой **ба́тюшко**,

① 徐东辉：俄语带指小表爱后缀词语的使用及其文化内涵，俄语学习，2004 年第 1 期，第 61 页。

② 徐东辉：俄语带指小表爱后缀词语的使用及其文化内涵，俄语学习，2004 年第 1 期，第 64 页。

③ Чуковкий К. И. Мастерство Некрасова. М.: Гослитиздат, 1962, стр. 586.

Света братца тут смахнуло буйным **ве́трышком**

Середи да синя-славного **Оне́гушка**,

Тут же бросило спорядного **сусе́душка.** ①

仔细观察通过涅克拉索夫诗歌所反映出来的民间诗句形式，其诗歌语言的词法结构首先所遵循依赖的便是俄罗斯民间诗歌的韵律体系和重音体系。涅克拉索夫全部诗句的75%左右具有民间诗歌传统的扬抑抑格词尾，几乎所有大型长诗，如《谁在俄罗斯能过好日子》、《弗拉斯》、《货郎》、《奥琳娜，士兵的母亲》、《在乡村里》等都大量运用了这种行末的三重韵脚形式。②

— Как звать тебя，**стари́нушка**?

«А что? Запишешь в **кни́жечку?**»（стр. 902）

"老汉，你叫什么名?"

"记小本儿吗?"（Ⅳ，p. 77）

Вот и мы! Здорово，старая!

Что насупилась ты，**ку́мушка**!

Не о смерти ли задумалась?

Брось! Пустая это **ду́мушка**!（стр. 408）

---

① Барсов Е. В. Причитанья северного края. в 3 ч. Ч. 1. М.: изданы при содействии Общества любителей российской словесности，1872－1882，стр. 262.

② Чуковский К. И. Некрасов，как художник. Пг.: Эпоха，1922，стр. 18.

我们又来了！老太太，你好！
教母，干吗那样愁眉苦脸的！
莫不是想起死来了？
别这样，这是自寻烦恼！（Ⅱ，p. 110）

在民间作诗法体系中，为了达到行末三重韵脚的效果，除了通过构词后缀构成相应词语的表爱形式之外，重音置换、名词变格、反身动词短尾“-сь”变为“-ся”、由“-чи”做词尾的民间副动词形式、添加非重读语气词“-ко”“-тко”“-то”等也是构成扬抑抑格词尾的主要艺术手段。这些手法在涅克拉索夫的诗歌中都有所表现，我们在此列举两例：

Крестьяне **настоялися**,
Крестьяне **надрожалися.**（стр. 1005）

农奴们站了大半天，
一个个吓得直哆嗦。（Ⅳ，p. 225）

Ты живи себе **гуляючи**,
За работницей женой,
По базарам **разъезжаючи**,
Веселися, песни пой!（стр. 690）

你有一个能干的妻，
你尽可以到处去游玩儿，
这儿上上庙，那儿赶赶集，
尽情地唱歌吧，尽情地欢娱！（Ⅲ，p. 112）

扬抑抑格词尾赋予民间歌谣、壮士歌、民间哭调等独特的延伸性和舒缓性，这种行末尾韵形式不仅突出了民间诗歌作品的抒情色彩，而且富有强烈的表现力和节奏感。这也是涅克拉索夫钟爱扬抑抑格韵脚的原因所在。

涅克拉索夫诗歌语言的歌谣性特征还表现在平行结构（параллелизм）和重复（повтор）的广泛运用。关于平行结构的界定，语言学界向来争论不休。季莫非耶夫（Л. И. Тимофеев）、格沃兹杰夫（А. Н. Гвоздев）、米哈利斯卡娅（А. К. Михальская）等学者倾向于把平行结构的研究定位在句子层面上，而利奇（Leech）、洛特曼（Ю. М. Лотман）等则倾向于把 параллелизм 广义地理解为“用以取得文体效果的语言成分的安排和反复”[①]，这样不仅涵盖了句子、词组、词语，甚至还包括了语音层面。我们在此主要从句子层面分析涅克拉索夫诗句的平行结构，而词语和语音层面主要借助重复的艺术手法进行赏析。

平行结构常见于文学语言，尤其是诗歌语言中，不仅能够表达作者强烈的思想和感情，还能赋予言语以形式美和节奏感。诗句的平行对称是俄罗斯民间诗歌的固有模式。民间艺人运用平行结构最主要的功能是增强言语的语势，给听众以深刻的印象。用于抒情时，不仅可以把感情和气势表现得淋漓尽致、强烈深沉，还能够使语句语义畅达、层次清楚、一气呵成。这十分利于激发听众强烈的感情。比如，在费多索娃的《哀村长的哭调》中，有以下诗行：

Мироеды мировы эты посредники,
Разорители крестьянам православным,
В темном лесе быдто звери-то съедучии,
В чистом поле быдто змеи-то клевучии,

① 转引自李美华：演讲语篇中的句法辞格，北京：国防大学出版社，2009 年，第 73 页。

Как наедут ведь холодныи-голодныи,
Оны рады мужичонка во котле варить,
Оны рады ведь живова во землю вкопать,
Оны так-то ведь над има изъезжаются,
До подошвы оны всех да разоряют. ①

世界上的这些调停吏恶棍,
把正教农民推向破产的火坑,
就像幽暗森林中的野兽,
就像明旷田野上的毒蛇,
吞噬着饥寒交迫的柔弱生灵,
他们兴致勃勃地把农民蒸煮,
他们兴致勃勃地把活人掩埋,
他们对农民极尽盘剥,
直到榨尽人们最后一滴鲜血。(笔者试译)

民间女诗人把调停吏恶棍比喻成“幽暗森林中的野兽，明旷田野上的毒蛇”，两行比喻句的平行对称不仅形象鲜明地刻画出官吏们丑恶狠毒的嘴脸，而且明显传递出民众对他们的强烈憎恨。另外，平行诗句“兴致勃勃地把农民蒸煮，兴致勃勃地把活人掩埋”栩栩如生地反映了当权者代表们的滔天恶行。他们不仅对农民的苦难熟视无睹，而且还对其极尽压榨盘剥，直至农民彻底破产。这一段民间哭调通过两处平行结构的运用，进一步突出了压迫者盘剥人民的本质特征，表达了人民对统治阶级的强烈憎恨和指责。

---

① Барсов Е. В. Причитанья северного края. в 3 ч. Ч. 1. М.: изданы при содействии Общества любителей российской словесности , 1872 – 1882, стр. 285.

在涅克拉索夫的诗歌中，这种平行结构的例子比比皆是。其著名的《穷流浪汉之歌》运用的就是典型的诗节平行对称。

Я лугами иду — ветер свищет в лугах:
Холодно, странничек, холодно,
Холодно, родименькой, холодно!

Я лесами иду — звери воют в лесах:
Голодно, странничек, голодно,
Голодно, родименькой, голодно!

Я хлебами иду — что вы тощи, хлеба?
С холоду, странничек, с холоду,
С холоду, родименькой, с холоду!

Я стадами иду: что скотника слаба?
С голоду, странничек, с голоду,
С голоду, родименькой, с голоду!

Я в деревню: мужик! Ты тепло ли живешь?
Холодно, странничек, холодно,
Холодно, родименькой, холодно!

Я в другую: мужик! Хорошо ли ешь, пьешь?
Голодно, странничек, голодно,
Голодно, родименькой, голодно!
(стр. 695－696)

我走上草原——风在草原上呼啸：
冷啊，流浪汉，冷啊，
冷啊，亲爱的，冷啊！

我走进森林——野兽在森林里嚎叫：
饿呀，流浪汉，饿呀，
饿呀，亲爱的，饿呀！

我走过庄稼——庄稼呀，你怎么这样萎缩？
因为冷啊，流浪汉，因为冷啊，
因为冷啊，亲爱的，因为冷啊！

我走入畜群：牲口怎么这样瘦弱？
因为饿呀，流浪汉，因为饿呀
因为饿呀，亲爱的，因为饿呀！

我走进一个村儿：庄稼汉，你是不是穿得暖？
冷啊，流浪汉，冷啊，
冷啊，亲爱的，冷啊！

我走进第二个村：庄稼汉，你能不能吃饱饭？
饿呀，流浪汉，饿呀，
饿呀，亲爱的，饿呀！（Ⅲ，p. 122—123）

在《穷流浪汉之歌》十个相似的诗节中，每两个诗节处于严整的平行对称，五对平行的诗节建立在意义相似的基础之上，每一诗节通过多次重复“холодно”和“голодно”两个词汇，突出了庄稼汉饱受寒冷和饥饿之苦的悲惨生活，并且整体塑造出一个贫穷的俄罗斯形象。涅克拉索夫通过《穷流浪汉之歌》说明农奴制改革只不过是一场“换汤不换药”的骗局，在新的资本主义剥削方式下，农民的命运甚至比过去更悲惨。平行结构在此强化了俄罗斯人民的整体感受。

再如，在长诗《谁在俄罗斯能过好日子》中，玛特辽娜为亡儿小皎玛祷告时思念爹娘的诗行属于诗句完全平行结构的鲜明例证：

Молилась за покойника,
Тужила по родителям:
Забыли дочь свою!
Собак моих боитеся?
Семьи моей стыдитеся?
— Ах, нет, родная, нет!
Собак твоих не боязно,
Семьи твоей не совестно.
А ехать сорок верст
Свои беды рассказывать,
Твои беды выспрашивать —
Жаль бурушку гонять! (стр. 1010)

我一面为亡儿祷告，
一面想念爹和娘：
你们把女儿忘了！
是怕我婆家狗咬？
还是为我婆家害臊？
“闺女呀，我们没有忘！
不是怕你婆家狗咬，

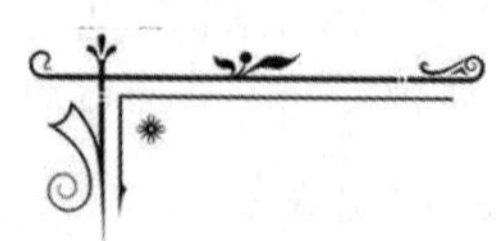

不是为你婆家害臊，——

只是老远地跑来呀，

除了讲自己的难处，

就是问你的苦处，

白跑这四十俄里路。（Ⅳ，p. 234）

此处严格遵循了民间歌谣的传统范式：言语被划分为完全相等的部分，诗句与诗句之间从韵律、句法、语义、音效各层面都处于平行结构。这种问答式的平行对称强调突出了答句的内容：父母之所以长久未探望女儿的原因是因为大老远赶来，见面之后不是询问女儿的苦处，就是讲述自己的难处，使女儿平添伤感与眼泪。诗人在此重点表达的是当时俄国人民的生活到处都充满痛苦与忧愁。

涅克拉索夫的诗歌语言不仅在诗节与诗节、诗行与诗行之间存在平行结构，在诗行内部的半行诗之间也存在句法和形态上的平行对称。比如，长诗《谁在俄罗斯能过好日子》中每一页几乎都有民间歌谣式诗句的平行划分：

По совести，‖ по разуму …（стр. 876）

凭良心，讲道理……（Ⅳ，p. 26）

Качаются，‖ мотаются …（стр. 895）

晃晃悠悠，悠悠晃晃……（Ⅳ，p. 64）

Легко ему，‖ светло ему …（стр. 1008）

那儿是一片光明……（Ⅳ，p. 231）

Добра была, ‖ умна была,

Красивая, ‖ здоровая ... (стр. 1028)

夫人真是好心肠，

聪明、漂亮又健康……（Ⅳ, p. 271）

以上诗行两部分的平行对称还强调突出了诗歌的内部韵，每一诗句的第二部分是第一部分的意义变体和节律句法变体。只有歌谣才能创造出类似的变奏形式，只有歌谣才追求第二诗行（半行诗）为第一诗行（半行诗）的余波和回声，这种诗词分布的歌谣式平行对称是涅克拉索夫诗句民间文学化的最高体现。

平行结构的形式特点是语句的连贯排列，即重在语句的连贯性，经常使用一些起强调作用的重复性词语。通过对应词的部分重复可以加强语势，增强语言的感染力。同平行结构一样，重复也是民间口头歌谣常见的艺术手法，比如在民间壮士歌中就经常出现词语、词组、句子，甚至段落的多次重复。歌唱中反复出现相同的习语和片段，非但不会影响听众的听觉质量，相反，起强调作用的重复反而能够加深听众的印象，使其更容易记住相关情节和诗句。

涅克拉索夫在自己的很多诗篇中也巧妙地运用了“重复”这种艺术手法。比如，词语的重复：“Ой, **полна**, **полна** коробушка”、“**Долго**, **долго** все селение”、“Ты **прости**, **прости**, полянушка”、“Да **леса**, **леса** дремчие”、“Ой, **легка**, **легка** коробкшка”、“**Пейте**, **пейте**, православные”、“Ой! **ночка**, **ночка** пьяная”、“**Грянут**, **грянут** гласы трубные”等；词组的重复：“Мало слов, а горя реченька, **Горя реченька** бездонная”、“Аммирал-вдовец **по морям ходил**, **По морям ходил**, корабли водил”、“И гнется, да **не ломится**, **Не ломится**, не валится”、“Не вей гнезда **под берегом**, **Под**

берегом крутым" 等；句子的重复："Под венцом стоять— **Голова болит, Голова болит**"、"**Ты и убогая, Ты и обильная, … Матушка-Русь ‖ Ты и убогая, Ты и обильная, … Матушка-Русь**" 等；段落的重复，如《谁在俄罗斯能过好日子》中的七个真理漫游者每次遇到新的人物，都重复叙述他们从哪里来，为什么而争论，重复地描述那件使他们"不见妻女、背井离乡"的"心事"。

在表达效果方面，同一词语、词组、句子、段落有意识的多次重复不仅能够突出强调作者或者主人公的某种感情，而且能够使诗行衔接紧凑，使诗歌语言具有节奏美和回环反复之美。正如米哈利斯卡娅曾经指出的那样，重复能够"营造言语的节奏，使言语因此具有某种意义上的'音乐性'"①。在接受程度方面，读者或听众受到同一刺激物的反复刺激，其注意力得以强化，印象得以加深，思想和感情也易于产生共鸣。

除了同语重复之外，诗人还运用了同义重复，比如："**Мужику-вахлаку**"、"Кому жить **любо-весело**"、"Ой, **плотнички-работнички**"、"Пропали **фрукты-ягоды**, Пропали **гуси-лебеди**"、"И **кипит-поспевает** работа, И **болит-надрывается** грудь" 等。同义重复能够加强语义的表达，增强感情张力。

另外，诗人也经常通过一些音的重复，使音产生一定的节奏感，达到加强诗歌语言感染力的目的。"涅克拉索夫喜欢采用同一个元音贯穿诗句，他最经常运用的音为'у'。"② 比如在诗篇《铁路》中，有以下诗行：

---

① 转引自李美华：演讲语篇中的句法辞格，北京：国防大学出版社，2009 年，第 69 页。

② Чуковский К. И. Некрасов, как художник. Пг.: Эпоха, 1922, стр. 45.

Всюду родимую Русь узнаю,

Быстро лечу я по рельсам чугунным,

Думаю думу свою. (стр. 414)

我要到处去了解亲爱的罗斯……

我沿着铁轨飞快地奔驰，

我正在想着我自己的心思……（Ⅱ，p. 125）

以上诗句的语音和节律精湛地传递出火车轻盈飞驰的形象。仿佛列车未接触铁轨，未发出轰隆之响，而是寂静欢快地唱着歌。第二诗行的两个“-чу”恰到好处，第二个“-чу”比第一个“-чу”的发音要轻，因为重音并未落于此处，它准确地再现了火车移动时周而复始的单调旋律。

再如，《大门前的沉思》中的诗句“Волга，Волга，весной многоводной”，在这一诗行中辅音“в”和元音“о”大量重复，并且每一个重音“о”之前必然有辅音“в”，构成音组“-во”。借助于“-во”的重复一河奔泻的春水栩栩如生地映入读者眼帘，我们似乎可以听到河水流淌的哗哗声。诗人高超的艺术技巧还表现在两个简短的词语之后，使用了一个最长的四音节全元音“о”单词“многоводной”，这一词语本身就具有“水多”之意。此外，单词“многоводной”还结合了诗行前面两个单词的不同音组，即同时结合了“Волга”的“-во”和“весной”的“-ной”，成为同一诗行之前两个词语的“合体”。

除了我们重点分析的扬抑抑格词尾、平行结构和重复之外，涅克拉索夫诗歌语言的歌谣性特征还表现在停顿、整齐的句子分段形式、民间歌谣文本的借鉴加工等各个方面。“歌谣性”使诗人的诗歌语言具有一种富有节奏的音乐旋律美，赋予其既可吟诵，又可歌唱的风格特色。

车尔尼雪夫斯基在论述人民与艺术的关系时，曾经说过："……不能唱的诗，未必能称其为诗。"① 在这方面，涅克拉索夫的革新精神特别显著：他的很多诗篇都成为民众歌曲，在民间广为流传。俄罗斯作曲家，如柴可夫斯基（П. И. Чайковский）、里姆斯基－科尔萨科夫（Н. А. Римский-Корсаков）、穆索尔斯基（М. П. Мусоргский）、拉赫玛尼诺夫（С. В. Рахманинов）等都曾为诗人的诗歌谱曲。诗人的诗歌往往从民歌发展而来，因此最能真实地表达人民的思想感情和性格特征，反过来它又变成了民歌流传于民众之中。深受民间诗歌影响的涅克拉索夫反过来又对民间诗歌产生了广泛而深远的影响。

作为一个歌手，诗人的特点是继承了十二月党人雷列耶夫和别斯图热夫所开创的诗风，他力求使自己的诗歌充满鼓舞性和战斗性，号召人民为实现自己的幸福生活而奋起斗争。

第三节　形象性手法

优秀的诗人在表达情感时，往往寄情于物或状物抒怀，用一些具体可感的形象去牵动读者的情绪，引发读者的思考，使其或受到深深的感叹，或得到深沉的思想教益和美感熏陶。诗人只有把内心的情感思想付诸具体、生动、形象的语言，才能让"我们亲身经历了他所描绘的事物的实在的可触觉的情景"②，才能激发读者丰富的想象和联想，强烈打动读者的心弦。我们在本节主要通过比喻、比拟和修饰语等修辞格探讨涅克拉索夫诗歌语言的形

---

① Чернышевский Н. Г. Полное собрание сочинений（в 15 т.）. Т. 2. М.：Гослитиздат. 1949，стр. 555.

② 转引自薛非外国名家谈诗，杭州：浙江人民出版社，1986 年，第 112 页。

象性特征。

比喻就是“当我们描写或叙述一个事物或现象时，选择另一个具有相同或相似特点的事物或现象来比较，让听者或读者通过联想，加深对被描写事物或现象的认识”[①]。比喻通常以语言的形象性和多样性为特点，要求设喻新颖、奇巧、形象鲜明，以增强诗歌艺术的感染力。涅克拉索夫在自己的诗篇里，运用了大量的比喻。其创作之巅“《谁在俄罗斯能过好日子》中共有140个比喻”[②]。

首先，比喻在长诗的人物形象塑造方面发挥了极其重要的作用。比如，诗人在描绘玛特辽娜的肖像特征时，这样写道：

Корова холмогорская，
Не баба! Доброумнее
И глаже — бабы нет.（стр. 970）

这女人结实得象母牛，
又明理，又好心，
哪个女人也比不过她。（Ⅳ，p. 151）

此处作者把农妇玛特辽娜比作丘陵上的母牛（корова холмогорская）。在民间思维中，母牛一般被认为是一种勤劳、强健的牲畜。涅克拉索夫借此比喻说明其笔下的农妇是一个体格强健、勤劳聪明的女人。比喻辞格的运用使诗歌语言丰富多彩，通俗易懂，使人物形象鲜明生动。

---

① 王福祥：现代俄语辞格学概论，北京：外语教学与研究出版社，2002年，第100页。

② Беседина Т. А. Прием художественного сравнения в поэме Некрасова «Кому на Руси жить хорошо». // Некрасовский сборник. Т. 3. М.-Л.：АН СССР，1960，стр. 120.

再如，涅克拉索夫在塑造老农亚金的形象时连续运用了六个比喻。

Грудь впалая；как вдавленный
Живот；у глаз，у рта
Излучины，как трещины
На высохшей земле；
И сам на землю-матушку
Похож он：шея бурая，
Как пласт，сохой отрезанный，
Кирпичное лицо，
Рука — кора древесная，
А волосы — песок.（стр. 903）

胸口凹，肚皮瘪，
眼角和嘴边的皱纹
象干旱的土地裂了缝。
其实这老农本人
就很象大地妈妈：
棕黑色的脖子
象犁铧切开的泥土层，
脸膛象砖头，
双手象树皮，
头发象黄沙。（Ⅳ，p. 79—80）

诗人把亚金老人本身比作“大地母亲”：其眼角和嘴边的皱纹像“干旱的土地裂了缝”，棕黑色的脖子像“犁铧切开的泥土层”，脸膛像“砖头”，双手像“树皮”，头发像“黄沙”。这些比喻不仅捕捉到老农最主要的外表特征，产生了强烈的视觉效

果，而且揭示了农民与土地、与耕作活动不可分割的紧密联系，极富艺术感染力。

其次，诗人借助比喻更加真实生动地反映了农民与大自然的密切关系，描写了他们的日常生活。自然界事物和人的生活、劳动密切关联是长诗比喻运用的一大特点。比如：

… облака дождливые,
Как дойные коровушки,
Идут по небесам …（стр. 885）

雨云像一群群奶牛，
在天上游游荡荡。（Ⅳ，p. 43）

农民所看到的自然景物总是和农村生活、农民劳动紧密地联系在一起的。在他们的眼里，多雨的云彩像奶牛一般在天空行走。这个比喻形象生动，把雨云描绘得活灵活现，十分逼真，十分贴切。

再如，"Горох, что девку красную, Кто ni пройдет — щипнет!" 这个比喻是诗人由民间谚语"Горох в поле, что девка в доме: кто ни пройдет — всяк щипнет"加工而来。把豌豆比作漂亮的农家少女，不仅传递出农民对农作物丰收果实的喜爱，而且风趣独特，把读者带进妙趣横生的农村日常生活中。

民间诗歌常用的反喻在涅克拉索夫的诗歌中也大量存在。反喻"就是从事物的相异点设喻：先以否定方式说出喻体，然后再以肯定的方式叙述本体，突出喻体与本体的差异与对立，从而使读者更加深刻认识事物的特性"①。比如在长诗《严寒，通红的鼻

① 王福祥：现代俄语辞格学概论，北京：外语教学与研究出版社，2002年，第127页。

子》中，诗人在突出亲人们为死去的普罗克恸哭哀号时，突出年轻的寡妇在空旷的大森林独自砍柴内心的苦痛时，都运用了反喻辞格。

Не ветер гудит по ковыли,
Не свадебный поезд гремит —
Родные по Прокле завыли,
По Прокле семья голосит …（стр. 706）

不是大风在茅草上呼啸，
不是婚礼的行列在喧闹——
那是亲人们为普罗克恸哭，
那是一家人为普罗克哀号……（Ⅲ，p. 142）

Не псарь по дубровушке трубит,
Гогочет，сорвиголова，—
Наплакавшись，колет и рубит
Дрова молодая вдова.（стр. 713）

不是驯犬者在密林里吹号角，
不是淘气鬼在哈哈狂笑，
而是那年轻的寡妇
痛哭了一场，正在砍伐树木。（Ⅲ，p. 156）

诗人通过从反面设喻，以反托正，从被否定的喻体事物的反面去领会本体事物的特征，进一步强调突出了农夫亲人们失去儿子、丈夫、父亲的无限悲痛。

比拟和修饰语在涅克拉索夫的诗歌中也多有体现。比拟“就是把物当作人或把人当作物来描写的一种修辞方式”①。比拟一般分为拟人和拟物两种。拟人是为了把事物或现象描写得更加生动活泼，把思想感情表露得更加深切感人，而把事物当作人来描写，把属于人的特征加到事物或自然现象的身上，从而抒发对事物或现象的内心感受，激发读者的丰富联想，增强作品的感染力。

涅克拉索夫的诗歌中，既有动植物的拟人化、无生物的拟人化，也有自然现象的拟人化。比如，在《谁在俄罗斯能过好日子》的开篇，诗人就运用了很多动植物和无生物的拟人辞格。

Проснулось эхо гулкое,
Пошло **гулять-погуливать**,
Пошло **кричать-покрикивать**
Как будто **подзадоривать**
Упрямых мужиков.
…
А тут еще у пеночки
С испугу птенчик крохотный
Из гнездышка упал;
Щепечет, **плачет** пеночка.
Где птенчик? — не **найдет**!
Потом кукушка старая
Проснулась и надумала
Кому-ко куковать … (стр. 868)

① 王福祥：现代俄语辞格学概论，北京：外语教学与研究出版社，2002年，第158页。

沉睡的回声被吵醒了，
出来东边游，西边转，
出来南边喊，北边嚷，
好象在挑唆这帮倔汉子，
好象在逗他们耍。
……
还有只柳莺的小崽子
吓得从窝里掉了下来，
母柳莺唧唧啾啾地哭，
寻找小鸟，却找不到！
后来有只老布谷鸟
被吵醒了，忽然想起
要招呼人家去布谷。（Ⅳ，p. 9—10）

上述加粗词语都是人具有的特征，诗人通过农民的眼睛观察世间万物，赋予回声、柳莺、布谷鸟等以“游逛、” “呐喊”、“恐惧”、“哭泣”等人物属性，不仅使诗歌语言表达更加生动，而且还反映出遗留在俄罗斯民族之中的多神教痕迹。

再如，“Сурово метелица **выла** И снегом **кидала** в окно，**Невесело** солнце всходило：В то утро **свидетелем** было Печальной картины оно”、“И лес бузучастно **внимал**”、“Поле сохи **запросило**，Травушки **просят** косы”、 “Ветер **шумит**，наметает сугробы”、 “Мороз-воевода дозором，**Обходит** владенья свои”等诗句都是自然现象的拟人化。在诗人的笔下，“暴风雪”、“太阳”、“森林”、“风”、“严寒”等自然现象都被“人格化”。诗人赋予它们人的特征和行为，从而变无形为有形，变无动作为有具体动作，变无情感为有情感。

为了更好地塑造人物、表达感情，诗人有时也把人“物性化”。比如在描写俄罗斯壮士萨威里的外貌时，把其比拟为“一头巨熊”，由此而突出了萨威里高大勇猛、毛发浓密的肖像特征。再如，玛特辽娜的母亲得知提亲者为“外乡人时”的哭诉“Как рыбка в море синее Юркнешь ты! как соловушка Из гнездышка порхнешь!”（你像条小鱼儿一掉尾游进了大海！你像只小夜莺一起翅飞出了窝!）；亲人们安葬普罗克时的哭诉“Голубчик ты наш сизокрылой!”（你啊，我们的蓝翅膀小鸽儿呦!）都借助拟物辞格强化了亲人们对儿女的热爱和失去他们的悲痛之情。

修饰语“是一种以形象的修饰词语对事物或行为的某一特征、特点进行描摹的修辞方式”①。运用修饰语，可以使事物的特征更加鲜明，使情感的表达更加生动。作家文学的修辞手法，基本上源于民间文学。与比喻、比拟等辞格相同，修饰语最初也在民间哭调、壮士歌、民间歌谣等民间诗歌作品中大量使用。比如，在人民的口头诗歌创作中，“**красна** девица”、“**ясные** очи”、“**белая** рученька”、“**буйная** головушка”、“**молодые** молодушки”、“**добрый** конь”、“**чистое** поле”、“**дремучий** лес”、“**горюци** слезушки”、“**синее** море”等均为固定的惯用修饰语。类似的固定修饰语在涅克拉索夫的诗歌中也有所体现。比如在《园丁》中，诗人描写美丽的贵族女儿和美男子园丁的外貌特征时，就对民间文学中的惯用修饰语有所借鉴：“девица-**краса**”、“**белая** рученька”、“**ясны** очи”、“**руса** косынька”、“**буйная** голова”。再如长诗《谁在俄罗斯能过好日子》开篇中的“солнце **красное**”、“тени **черные**”、“зайка **серенький**”、“лисица **хитрая**”、“эхо **гулкое**”、“**сыра** земля-кормилица”等

---

① 王福祥：现代俄语辞格学概论，北京：外语教学与研究出版社，2002 年，第 89 页。

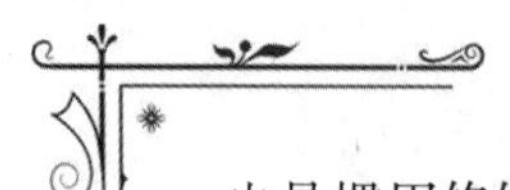

也是惯用修饰语的典型例证。

除了惯用修饰语之外，涅克拉索夫还运用了抒情性修饰语。比如，他在描绘俄罗斯妇女命运的典型代表玛特辽娜这一形象时，赋之以“многокручинная”（多愁多怨的）和“многострадальная”（受苦受难的）两个形容语修饰，表达了在当时那个社会环境下俄罗斯妇女的悲惨命运；他在命名七个真理寻找者的故乡“勒紧裤带省、受苦受难县、一贫如洗乡、补丁村、破烂儿村、赤脚村、挨冻村、焦土村、空肚村、灾荒庄”时，通过隐喻性修饰语暗示了俄国到处充满饥饿与痛苦、人民毫无幸福可言的生活。此外，涅克拉索夫还借助修饰语更加强烈地表达出人民群众对压迫者的憎恨，如亚金老汉的言语“У каждого крестьянина Душа что туча **черная** — **Гневна**, **грозна** — и надо бы **Громам** греметь оттудова, **Кровавым** лить дождям”（每个庄稼汉的心 是黑乎乎一片乌云，多少怒火，多少恨！本应当雷火往下劈，本应当血雨往下淋）就鲜明体现了这一点。

民间文学中的修辞手法是涅克拉索夫诗歌语言形象化的重要手段，诗人通过巧妙地运用比喻、比拟、修饰语等辞格，提高了诗歌语言的形象性、生动性，更好地表达了思想，抒发了感情，增强了诗篇的艺术感染力。

作为人民的诗人，涅克拉索夫力图赋予诗歌最符合人民大众世界观美学标准的语言形式和艺术形式。诗人的诗歌语言具有民间语言所特有的那种朴素、凝练、准确、形象和生动。其诗艺的高超、诗篇的表现力和感染力，同其诗歌语言的口语化特征、歌谣性特征和形象性特征是分不开的。

结 语

现实主义诗歌传统与民间文学优秀特点的有机融合造就了涅克拉索夫非同寻常的诗歌个性。民间文学深邃的思想内容和多样的艺术形式是帮助诗人扩大诗歌主题、完善诗歌形式的重要手段。涅克拉索夫的高雅诗歌与民间文学相结合的诸多成功探索，给后世诗人提供了许多有益的借鉴和启发。

与民众生活的密切联系、深刻的人民性、通俗质朴的诗歌形式、机智幽默的表现手法、生动活泼的民间语言、和谐流畅的民间诗句等，都是涅克拉索夫诗歌融合民间风格的优良传统。勃洛克（А. А. Блок）、杰米扬·别德内依、伊萨科夫斯基、特瓦尔多夫斯基等都创造性地继承并发扬了诗人的这些传统。

勃洛克不仅对涅克拉索夫给予高度评价，更表示其诗歌对自己的创作“产生了很大的影响”①。他灵敏地觉察到了涅克拉索夫诗歌民间风格的独特性，把其作品视为“高雅文学与民间创作有机融合的典型范例”②。民间文学的广泛使用使涅克拉索夫的作品具有独特的人民性，勃洛克极为珍视这种人民性。在他看来，对人民的思考，不仅是一切生命力之源，同时也是艺术创作力之源，人民性是艺术繁荣和创新的根本保证。勃洛克曾经坦言“天才都有人民性”③，他的很多作品（尤其是后期创作）都具有涅克拉索夫式的“人民性”传统。在《寒冷的一天》（«Холодный день»）、《在阁楼上》（«На чердаке»）、《在十月》（«В

① Блок А. А. Собрание сочинений в восими томах. Т. 6. М.: Художественная литература, 1960, стр. 483.

② Орлов В. Н. Александр Блок и Некрасов. // Научный бюллетень ленинградского государственного ордена Ленина университета. Л., 1947, стр. 58.

③ Орлов В. Н. Александр Блок и Некрасов. // Научный бюллетень ленинградского государственного ордена Ленина университета. Л., 1947, стр. 58.

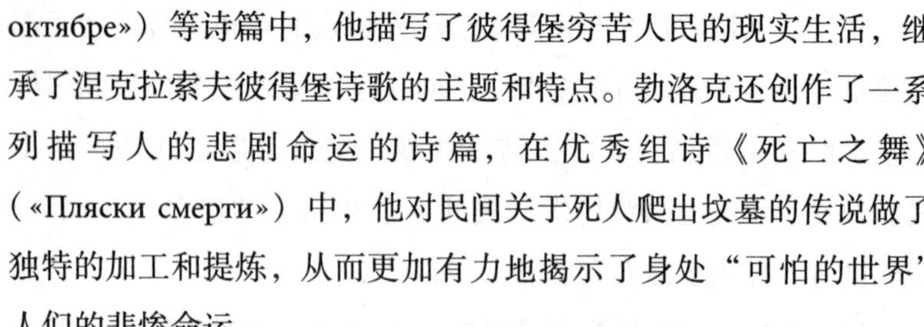

октябре»）等诗篇中，他描写了彼得堡穷苦人民的现实生活，继承了涅克拉索夫彼得堡诗歌的主题和特点。勃洛克还创作了一系列描写人的悲剧命运的诗篇，在优秀组诗《死亡之舞》（«Пляски смерти»）中，他对民间关于死人爬出坟墓的传说做了独特的加工和提炼，从而更加有力地揭示了身处“可怕的世界”人们的悲惨命运。

强烈的爱国主义也把两位诗人紧密地联系在一起。勃洛克曾经指出，涅克拉索夫对祖国的爱是真诚而热烈的，且具有“双重性”（爱—恨）特征。[1] 如涅克拉索夫的诗句“如果谁没有痛苦而愤怒地生活，那他就不爱自己的祖国”（Кто живет без печали и гнева, Тот не любит отчизны своей…）勃洛克也绝妙地体现出对俄罗斯“爱恨交加”的态度，如《报应》«Возмездия»中的“И страсть, и ненависть к отчизне…”,《抑扬格》«Ямбы»中的“Но за любовью зреет гнев…”等。对旧世界的恨，对新世界的爱在长诗《十二个》（«Двенадцать»）中体现得最为明显。除了强烈的对比手法之外，勃洛克在《十二个》中还创造性地继承了涅克拉索夫诗歌创作的民间文学传统，比如，在长诗中加入民间歌谣、浪漫曲、革命歌曲等体裁，广泛使用口语体词汇，经常使用“街头”低品的“俚俗”语词等，他正是用这些民间简朴自然的形式和语言熔铸出一种粗犷壮美的风格，与民间文学的有机融合也凸显了长诗的人民性特征。

另外，在“俄罗斯”形象的塑造方面，勃洛克的诗篇《罗斯》（«Русь»）明显可以看到《穷流浪汉之歌》所刻画的贫穷的俄罗斯形象。与涅克拉索夫相同，勃洛克也借鉴了民间文学常见

---

① Орлов В. Н. Александр Блок и Некрасов. // Научный бюллетень ленинградского государственного ордена Ленина университета. Л. , 1947, стр. 58.

的隐喻手法（风在草原上呼啸——旋风在光秃秃的树枝上呼啸）。涅克拉索夫把祖国称为“俄罗斯——母亲”，勃洛克则把它称为“妻子、新娘或恋人”。在勃洛克的笔下，“俄罗斯”形象与“永恒女性”形象融为一体，他的俄罗斯时而是“苗条的公主”，时而是来自童话的美人儿，她在巫师的魔法下都“不会被葬送”、“不会毙命”。独特的诗意化的俄罗斯形象是勃洛克对涅克拉索夫传统的超越和创新。

杰米扬·别德内依把涅克拉索夫称为自己“创立真正的人民文学的导师”①。他创作的《关于土地，关于自由，关于工人的命运》（«Про землю, про волю, про рабочую долю»）是继涅克拉索夫人民史诗《谁在俄罗斯能过好日子》之后第一部关于农民寻找幸福和真理的长诗。涅克拉索夫传统对诗人的影响在这部长诗中表现得极为明显。第一，两首长诗的主题思想非常相似，都是通过寻找真理的故事展示当代人民生活的现实图景，表达人们对幸福生活的追求。第二，与涅克拉索夫相同，杰米扬·别德内依也经常在长诗中插入一些歌谣、寓言、童话、传说、成语和俗语，创造性地为新的社会内容运用了民间口头文学的传统形式。第三，作者甚至直接沿用了涅克拉索夫长诗的个别人名和乡村称谓，如“勒紧裤带省、受苦受难县、一贫如洗乡、赤脚村、光腚亚金”等。

杰米扬·别德内依还继承了涅克拉索夫诗句音韵铿锵、富有节奏的特点，他是俄罗斯群众性歌曲的创始者。其《雇农之歌》（«Батрацкая»）、《共产主义马赛曲》（«Коммунистическая марсельеза»）、《送行》（«Проводы»）、《塔妮卡－万卡》

① 转引自魏荒弩：《论涅克拉索夫》，北京：北京大学出版社，2000年，第167页。

(«Танька-Ванька»)等唱出了普通民众的心声，成为当时流行的群众歌谣。

伊萨科夫斯基也是涅克拉索夫传统直接而坚定的继承者。诗人曾明确表示："普希金和另一位我最喜爱的诗人涅克拉索夫，使我避免了许多错误和谬见，他们优秀的创作帮助我选择了这条迄今为止仍在走着的道路……苏联诗人首先应该为自己的人民而写作，应在自己的作品中反映人民生活中一切最本质、最重要的内容。只有这样，他的诗才能像普希金和涅克拉索夫那样激动人心，召唤人们向前，并取得新的成就和胜利。"①

伊萨科夫斯基的题材范围虽然广泛多样，但都有一个基本思想把它们联系起来，这就是人民的命运、人民的觉醒和对幸福的追求。② 涅克拉索夫对人民生活和精神世界的深刻了解一直被诗人所推崇。在描写旧俄罗斯"人民的痛苦"（如《过去了的》«Минувшее»)、在塑造俄罗斯妇女的英雄形象（如《给俄罗斯妇女》«Русской женщине»）方面，他创造了很多涅克拉索夫式的诗篇。伊萨科夫斯基还继承并发扬了涅克拉索夫诗歌的抒情风格和民歌风格，其诗歌的突出特点，就是叙事情节与具有鲜明的音乐性和节奏感的抒情语调有机结合。这种具有强烈感染力的抒情性和引人入胜的故事性，使他的大部分诗篇都被作曲家谱成曲，成为广泛传唱的民众歌谣。另外，他的很多抒情诗与民间文学水乳交融。作者在《谈诗的秘密》一文曾坦言："我想把诗的构思，诗句的形象色彩，有机地和民间文学融为一体，成为新的'合

---

① Исаковский М. В. Живая и ясная поэзия. Литературная газета. 1949, № 45, стр. 2.

② 许贤绪：20 世纪俄罗斯诗歌史，上海：上海外语教育出版社，1997 年，第 257 页。

金’。”[①] 抒情诗《再没有更好的花朵》 («Лучше нету того цвету...»)、《有谁知道他》(«И кто его знает...»)、《啊，我的雾》(«Ой, туманы мои...») 等开头均取自俄罗斯民间歌谣，不仅直接营造了抒情氛围，而且诗句韵律优美，令人回味无穷。

伊萨科夫斯基的创作对苏联文学具有突出贡献。他不仅创造性地继承了涅克拉索夫诗歌的人民性、质朴性、抒情性、音乐性等优良传统，而且更是形成了自己的独特风格。他的抒情诗促进了苏联人民歌曲的进一步发展。《喀秋莎》(«Катюша»)、《红莓花儿开》(«Ой, цветет калина»)、《灯光》(«Огонек»)、《告别》(«Прощание») 等脍炙人口的歌谣至今仍被人们传唱。伊萨科夫斯基在人民中所获得的至高荣誉，同时也是他的前辈涅克拉索夫的无上光荣。

特瓦尔多夫斯基卓有成效地发展了涅克拉索夫诗歌的叙事部分。他的《春草国》(«Страна Муравия») 和《瓦西里·焦尔金》(«Василий Теркин»)，无论就其深刻的社会内容，还是长诗的结构，抑或人物性格和故事情节的结构手法而言，都与史诗《谁在俄罗斯能过好日子》非常相似。特别是在诗人与人民心灵的交融上，更加神似至极。《春草国》更是明显继承了涅克拉索夫独特的民间风格。

《春草国》的整个形式是半童话式的，情节结构采用《谁在俄罗斯能过好日子》的模式，描写了中农莫尔古诺克远走他乡寻找“春草国”（在农民的传说中自由富饶、没有集体化的乐土）的故事。特瓦尔多夫斯基以其特有的接近民间文学的语言和诗歌形式，集中概括、有时又幻想夸张地描述现实事件，穿插了许多

① 转引自吴萍：诗与歌——伊萨科夫斯基评传，沈阳：辽宁大学出版社，2010 年，第 270 页。

类似歌谣的抒情和叙事段落，体现了他对充满喻义的民间叙事手法熟练的掌握和运用。《春草国》不仅体现了涅克拉索夫创作的优良传统，而且集中反映了苏维埃文学的“人民性”和社会主义现实主义的创作原则，因此一经发表，便得到舆论界的广泛好评，使特瓦尔多夫斯基称为全国闻名的大诗人。

涅克拉索夫的优良传统对勃留索夫（В. Я. Брюсов）、马雅可夫斯基也产生了显著影响。勃留索夫的《工厂歌》（«Фабричная»）明显具有涅克拉索夫式的民间文学风格，马雅可夫斯基更是大大发展了诗人辛辣的讽刺手法和革命战斗精神。

涅克拉索夫是俄罗斯诗歌的革新者，他广泛吸收民间文学的滋养，把现实主义诗歌传统与人民口头创作的优秀特点相结合，使其诗歌从内容到形式焕然一新。民间诗学的巧妙运用是形成“涅克拉索夫式的风格特征”的重要因素。我们主要运用对比和文本分析的方法，对涅克拉索夫诗歌中的民间文学元素进行了较为细致、全面的分析。笔者通过研究，主要提出以下观点：

一、涅克拉索夫在自己的诗歌中创造性地借鉴了民间文学的劳动主题、道路主题和“寻找幸福”的主题。劳动主题是民间文学的永恒主题，民间文学既有对阶级社会强迫性劳动的批判与抗议，又有对自由劳动的向往与追求。立足于当代社会现实，诗人着重刻画了不自由劳动给不同阶层人民带来的苦难，并且通过“梦境”的形式诗意化地展现了人们对“另一个世界”自由快乐劳动的憧憬。

“道路”主题贯穿于涅拉索夫一生的创作，诗人作品中的“道路”主题主要通过两种类型体现：道路与苦难、道路与选择。涅克拉索夫笔下的“道路”形象不仅象征了多灾多难的俄罗斯人民艰难的生活之路，而且也预示了人们应当选择的人生之路。

“寻找幸福”的故事，是人们千百年来所向往的，涅克拉索夫借鉴了民间童话“寻找幸福与真理”的主题情节，把童话史诗与人民生活的现实图景融为一体。民间童话具有巨大的概括艺术，诗人借助童话形式突出了沙皇统治下全体俄罗斯人民毫无幸福可言的苦难生活，指出了获得幸福的革命斗争道路。

二、涅克拉索夫是第一个把俄罗斯农民作为壮士描写并歌颂的俄国诗人。他接受了壮士歌和雷列耶夫《伊凡·苏萨宁》的传统，塑造了一个高大的革命农民萨威里的形象，并直接冠之以修饰语“神圣罗斯壮士”。萨威里是集古代俄罗斯壮士品质与现代人民复仇者形象于一体的人物，是诗人经过艺术加工的“新英雄”。诗人通过萨威里形象谱写了一首生活在社会底层的普通俄罗斯农民的壮士歌。

涅克拉索夫也是第一个满怀深情把受尽苦难的俄罗斯农村妇女作为正面人物来歌颂的诗人。他按照民间文学的审美标准塑造了一系列女性形象，如卡捷琳娜、达丽亚、玛特辽娜等。她们不仅与民间文学中的未婚妻形象、继女形象和哀哭妇费多索娃具有很多相似之处，而且都具备大智大慧的瓦西里莎的精神面貌。

涅克拉索夫是描写俄罗斯大自然的艺术大师，他笔下的“森林”形象和“严寒”形象与民间文学息息相关。“森林”与民间文学的死亡观念紧密相连，“严寒大王”是对残酷、冷漠的俄罗斯严冬的拟人化描写，同时也是统治阶级、剥削阶级罪恶的化身。诗人所塑造的“会说人话的柳莺”和“自己开饭的桌布”形象充当了类似魔法故事“神奇的赠予者与相助者”的角色和功能。

三、涅克拉索夫的诗歌融合了民间抒情歌谣、民间哭调、民间童话与传说等多种民间文学体裁。诗人在使用这些民间体裁时，按照现实主义创作原则分别从文体风格、诗行顺序、诗句结构等方面进行艺术加工和再创作；他删除了与现实不符的文本，

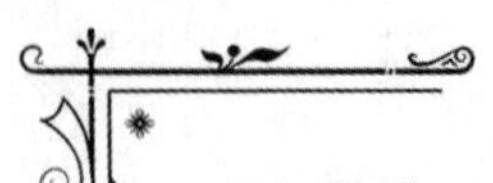

重新安排了民间材料的用途，把散文体体裁改创为诗体化形式；诗人还依据民间文学的韵律和艺术风格，创作了一系列具有民歌特色的诗篇。诗人个性创作与民间体裁的有机融合形成了别具一格的“涅克拉索夫式的诗学风格”。

四、涅克拉索夫拥有独具特色的诗歌语言宝库，具有自成一体的独特韵律和节奏。他的诗歌语言同民间文学一样，具有一定的口语化特征。把“树皮鞋”、“蒲席”等农民日常生活词语引入诗歌创作，是涅克拉索夫独特的艺术创新。诗人还经常运用精练、准确、凝聚着劳动人民幽默和智慧的民间谚语、俗语、谜语。对话式第二人称叙事方式塑造出一种诗人积极参与到所叙述事件中的氛围，这些都是其诗句口语化的典型特征。

歌谣性也是涅克拉索夫诗歌语言的独特之处。诗人的很多诗句都符合民间歌谣的传统范式，他全部诗句的75%左右具有民间诗歌传统的扬抑抑格词尾，平行结构和重复的经常使用也使其诗歌语言具有一种富有节奏的音乐旋律美。

作家文学的修辞手法，基本上源于民间文学。涅克拉索夫通过巧妙地运用比喻、比拟、修饰语等辞格，提高了诗歌语言的形象性和生动性，增强了诗篇的艺术感染力。

涅克拉索夫具有高度的美学鉴赏力，他比任何一位批评家都更深刻地洞悉丘特切夫创作的奥秘，当人们把丘特切夫归于二流诗人时，他第一个指出“普希金、莱蒙托夫、丘特切夫是俄罗斯诗歌的三个高峰、三个源头”①。他真诚地评价费特和迈科夫的作品，认为“任何一个俄国作家也比不上费特先生那样使读者得到那么多诗的享受”，在迈科夫“如此清新、优雅、启迪心发的诗

---

① 转引自梅烈日科夫斯基：俄罗斯诗歌的两个奥秘，杨怀玉译，国外文学，1997年第3期，第53页。

歌面前，一切称赞都显得逊色”。[①] 诗人这种对美的强烈感知也体现在他对民间诗学的借鉴和艺术加工之中。作为人民诗人，涅克拉索夫赋予其诗歌最符合人民大众世界观和美学观的艺术形式，他的作品是具有高度思想性和艺术性的有机统一体。从民间文学角度研究诗人的“思想体系”和“艺术特征”，是笔者为中国学界的“涅克拉索夫学”所提供的一个新思路。

① 转引自拉夫列茨基：涅克拉索夫的美学思想，温成德译，函授教育，1996 年第 1 期，第 92 页。

参考文献

[1] Аксаков К. С. Богатыри времен великого князя Владимира. Полное собрание сочинений. Т. 1 [М]. М.: Университетская типография, 1889.

[2] Андреев Н. П. Легенда о двух великих грешниках [С]. // Известия Ленинградского государственного педогагического института им. А. И. Герцена. Вып. 1. Л.: Наука, 1928.

[3] Андреев Н. П. Фольклор в поэзии Некрасова [J]. Литературная Учеба. 1936 (7).

[4] Андреева. Н. П. Былины: Русский героический эпос [М]. Л.: Советский писатель, 1938.

[5] Аникин В. П. Поэма Н. А. Некрасова «Кому на Руси жить хорошо» [М]. М.: Художественная литература, 1973.

[6] Афанасьев А. Н. Народные русские сказки: в 3 т. [М]. М.: Гослитиздат, 1957.

[7] Барсов Е. В. Причитания Северного края (Ч. 1 – 3) [М]. М.: Унив. тип., 1872.

[8] Белинский В. Г. Собрание сочинений. в 9 томах [М]. М.: Художественная литература, 1976.

[9] Беседина Т. А. Эпопея народной жизни: «Кому на Руси жить хорошо» Н. А. Некрасова [М]. М.: Буланин, 2001.

[10] Блок А. А. Собрание сочинений в восими томах. Т. 6 [М]. М.: Художественная литература, 1960.

[11] Введенский Б. А. и др. Большая советская энциклопедия. Т. 29 [М]. М.: Государственное научное издательство, 1954.

[12] Гин М. М. Спор о великом грешнике. Русский фольклор.

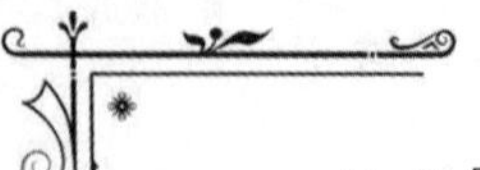

Т. 7 [М]. М.-Л.: АН СССР, 1962.

[13] Гин М. М. От факта к образу и сюжету (О поэзии Н. А. Некрасова) [М]. М.: Советский писатель, 1971.

[14] Горький М. Избранные литературно-критические статьи [М]. М.: Государственное издательство художественной литературы, 1937.

[15] Горький М. Собр. соч. (в 30 т.). Т. 30 [М]. М.: Государственное издательство художественной литературы, 1956.

[16] Гофман М. Л. Некрасов и народная песня. Некрасов [М]. Пг.: Госиздат, 1921.

[17] Даль В. И. Воспоминания о Пушкине [М]. // Вацуров В. Э. и др., А. С. Пушкин в воспоминаниях современников (в двух томах). Т. 2. М.: Художественная литература. 1985.

[18] Даль В. И. Пословицы русского народа [М]. М.: Художественная литература. 1989.

[19] Достоевский Ф. М. Смерть Некрасова [М]. //О том, что сказано было на его могиле. Дневник писателя. М.: Институт русской цивилизации, 2010.

[20] Еланская В. О. О народно-песенных истоках творчества Некрасова [J]. Октябрь. 1927 (12).

[21] Елеонский С. Ф. Литература и народное творчество [М]. М.: Учпедгиз, 1956.

[22] Илюшин А. А. Поэзия Некрасова [М]. М.: Московский университет, 2003.

[23] Исаковский М. В. О поэтах, о стихах, о песнях [М].

М. : Современник, 1968.

[24] Касторский С. В. Некрасов и Фет [С]. // Ученые записки Ленинградского гос. педагогического института им. Герцена. Т. 2. Вып. 1. Л. : типография “Печатня”, 1936.

[25] Келтуяла В. А. Курсъ истории русской литературы. Ч. 1. Кн. 1 [М]. СПб. , 1913.

[26] Колесницкая И. М. Некрасов и Кольцов (Вопросы художественного метода) [С]. //Уч. Зап. ЛГУ, Серия филол. Наук. Вып. 30. Л. : Ленинградский университет, 1957.

[27] Колесницкая И. М. Природа в крестьянских поэмах Н. А. Нерасова и в народном творчестве [М]. // Русский фольклор. Т. 3. М. -Л. : АН СССР, 1958.

[28] Кольцов А. В. Полное собрание стихотворений [М]. Л. : Советский писатель, 1958.

[29] Крутиуов Г. А. История песни о Кудеяре: к поминанию 130-летия успения Н. А. Некрасова [М]. СПб. : Музыка. 2007.

[30] Кубиков И. Н. Комментарии к поэме Некрасова «Кому на Руси жить хорошо» [М]. М. : Мир, 1933.

[31] Лазутин С. Г. Русские народные песни [М]. М. : Просвещение, 1965.

[32] Литературное наследство. Т. 43 – 44, 49 – 50, 53 – 54 [М]. М. : АН СССР, 1941 – 1949.

[33] Лопатин Н. М. Вступление [М]. // Лопатин Н. М. , Прокунин В. П. , Русские народные лирические песни.

М. : Государственное музыкальное издательство, 1956.

[34] Майков Л. Н. О былинах Владимирова цикла [М]. // На степень магистра русской словесности. СПб. , 1863.

[35] Некрасовский сборник (1 – 14) [М]. М. -Л. : АН СССР, 1951 – 2008.

[36] Некрасов Н. А. Полное собрание сочинений и писем (в 12 т.) . Т. 9 [М]. М. : Гос. изд. худож. лит. , 1950.

[37] Некрасов Н. А. Полное собрание стихотворений и поэм в одном томе [М]. М. : Альфа-книга, 2011.

[38] Орлов В. Н. Александр Блок и Некрасов [С]. // Научный бюллетень ленинградского государственного ордена Ленина университета. Л. , 1947.

[39] Плоткин Л. А. А. В. Кольцов — Вступительная статья к Полному собранию стихотворений Кольцова [М]. Л. : Советский писатель, 1958.

[40] Пушкин А. С. Полное собрание сочинений (в десяти томах) . Т. 7 [М]. М. -Л. : АН СССР, 1951.

[41] Розанов И. Н. Песни русских поэтов [М]. Л. : типография "Печатный двор", 1936.

[42] Рыбников П. Н. Песни, собранные П. Н. Рыбниковым: в 3 т. [М]. М. : Сотрудник школы, 1910.

[43] Сакулин П. Н. Некрасов. Некрасов в русской критике [М]. М. : Гислитиздат, 1944.

[44] Сахарав И. П. Песни русского народа. Ч. 4 [М]. СПб: Тип, 1839.

[45] Соколов Ю. М. Русский фольклор [М]. М. : Московский университет, 2007.

[46] Стасов В. В. Избранные статьи о музыке [М]. М.-Л.: Государственное музыкальное Изд-во, 1949.

[47] Сумароков А. П. Полное собрание сочинений. Т. 8 [М]. М.: В университетской типографии у Новикова, 1787.

[48] Тарасов А. Ф. Истоки великой поэмы [М]. // Поэма Н. А. Некрасова «Кому на Руси жить хорошо». Яр.: Яросковское книжнон издательство, 1962.

[49] Титов А. Д. Крестьянская свадьба Даниловского уезда Ярославской губ [С]. // Сб. Ярославский край. Т. 2. Ярославль, 1929.

[50] Тынянов Ю. Н. Стиховые формы Некрасова [М]. // Поэтика. История литературы. Кино. М.: Наука, 1977.

[51] Успенский Г. И. Полн. собр. соч. Т. 6 [М]. М.-Л.: АН СССР, 1953.

[52] Федорова Г. Л. Н. А. Некрасов о народном поэтическом творчестве (50 – 60-ые годы) [С]. //Ученые записки Алма-Атинского гос. педаг. инст. им. Абая. Т. 9. Серия гуманитарных наук. Алма-Ата: Казахское гос. учебно-педаг. изд-во, 1955.

[53] Чернышевский Н. Г. Полное собрание сочинений (в 15 т.). Т. 2 [М]. М.: Гослитиздат. 1949.

[54] Чистов К. В. Некрасов и сказительница Ирина Федосова [С]. // Научный бюллетень Ленигр. гос. унив., Л.: изд-во Ленин. гос. ордена Ленина университета, 1947.

[55] Чуковский К. И. Некрасов, как художник [М]. Пг.: Эпоха, 1922.

[56] Чуковский К. И. Мастерство Некрасова [М]. М.: Гослитиздат, 1962.

[57] Шамориков И. В. Некрасов и фольклор [С]. // Труды Московского института истории, философии и литературы. Т. 3. М., 1939.

[58] Шевырев С. П. История русской словесности. Ч. 1 [М]. М.: тип Бахметева, 1859.

[59] Щедрин Н. (Салтыков М. Е.), Полн. собр. соч. . Т. 5 [М]. М.: Гослитиздат, 1937.

[60] Шейн П. В. Русские народные песни [М]. М.: Университетская типография, 1870.

[61] Шелегов В. Народный язык у Некрасова [J]. Литературная учеба. 1938 (1).

[62] 布罗茨基. 俄国文学史 [M]. 蒋路，等，译. 北京：作家出版社，1957.

[63] 陈建华. 中国俄苏文学研究史论（第三卷）[M]. 重庆：重庆出版社，2007.

[64] 高尔基. 俄国文学史 [M]. 缪灵珠，译. 上海：上海译文出版社，1979 年.

[65] 世界文学名著选评（第四集）[C]. 南昌：江西人民出版社，1982.

[66] 蒋光慈. 俄罗斯文学 [M]. 上海：创造社出版部，1927.

[67] 开也夫. 俄罗斯人民口头创作 [M]. 连树声，译. 中国民间文艺研究会研究部（内部读物），1964.

[68] 拉夫列茨基. 涅克拉索夫的美学思想 [J]. 温成德，译. 函授教育，1996 (1).

[69] 李大钊. 俄罗斯文学与革命 [J]. 人民文学. 1979 (5).

[70] 李惠芳. 民间文学的艺术美［M］. 武汉：武汉大学出版社，1986.

[71] 李美华. 演讲语篇中的句法辞格［M］. 北京：国防大学出版社，2009.

[72] 鲁迅. 鲁迅书信集（下卷）［M］. 北京：人民文学出版社，1976.

[73] 刘锡诚. 俄国作家论民间文学［M］. 北京：中国民间文艺出版社，1986.

[74] 刘延陵. 一个白衣素冠之客——奈克弱索夫和他的诗［J］. 小说月报，1925，16（11）.

[75] 米尔斯基. 俄国文学史［M］. 刘文飞，译. 北京：人民出版社，2013.

[76] 梅烈日科夫斯基. 俄罗斯诗歌的两个奥秘［J］. 杨怀玉，译. 国外文学，1997（3）.

[77] 涅克拉绍夫. 严寒，通红的鼻子［M］. 孟十还，译. 上海：文化生活出版社，1936.

[78] 尼克拉索夫. 在俄罗斯谁能快乐而自由［M］. 高寒，译. 上海：商务印书馆，1939.

[79] 涅克拉索夫. 谁在俄罗斯能过好日子［M］. 飞白，译. 上海：上海译文出版社，1979.

[80] 涅克拉索夫. 涅克拉索夫文集（1—3 卷）［M］. 魏荒弩，译. 上海：上海译文出版社，1992.

[81] 皮克萨诺夫. 高尔基与民间文学［M］. 林陵，等，译. 北京：中国民间文艺出版社，1980.

[82] 普罗普. 故事形态学［M］. 贾放，译. 北京：中华书局，2006.

[83. 普罗普. 神奇故事的历史根源［M］. 贾放，译. 北京：中华

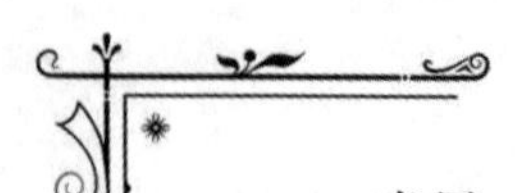

书局，2006.

[84] 普希金. 普希金小说选［M］. 肖珊，刘辽逸，等，译. 贵阳：贵州人民出版社，1981.

[85] 瞿秋白. 俄国文学史［M］，上海：创造社出版部，1922.

[86] 茹科夫斯基. 十二个睡美人［M］. 黄成来，金留春，译. 上海：上海译文出版社，1989.

[87] 宋淑凤. 试析《严寒，通红的鼻子》中的自然形象［J］. 黑龙江生态工程职业学院学报，2008（1）.

[88] A. 托尔斯泰. 俄罗斯民间故事［M］. 任溶溶，译. 北京：时代出版社，1952.

[89] 王福祥. 现代俄语辞格学概论［M］. 北京：外语教学与研究出版社，2002.

[90] 吴萍. 诗与歌——伊萨科夫斯基评传［M］. 沈阳：辽宁大学出版社，2010.

[91] 魏荒弩. 涅克拉索夫与苏联诗歌［J］. 国外文学，1983（1）.

[92] 魏荒弩. 涅克拉索夫与屠格涅夫［J］. 国外文学，1983（4）.

[93] 魏荒弩. 论涅克拉索夫［M］. 北京：北京大学出版社，2000.

[94] 徐东辉. 俄语带指小表爱后缀词语的使用及其文化内涵［J］. 俄语学习，2004（1）.

[95] 许贤绪. 20世纪俄罗斯诗歌史［M］. 上海：上海外语教育出版社，1997.

[96] 薛非. 外国名家谈诗［M］. 杭州：浙江人民出版社，1986.

[97] 郑振铎. 俄国文学史略［M］. 上海：商务印书馆，1933.

[98] 朱宪生. 柯尔卓夫简论［M］. 外国文学研究，1992（4）.

[99] 朱宪生. 俄罗斯抒情诗史［M］. 西安：陕西人民教育出版社，1993.
[100] 邹荻帆.《严寒，通红的鼻子》的启示［C］. 余中先选编. 寻找另一种声音——我读外国文学. 北京：外国文学出版社，2003.
[101] 中国民间文艺研究会. 苏联民间文学论文集［C］. 北京：作家出版社，1958.

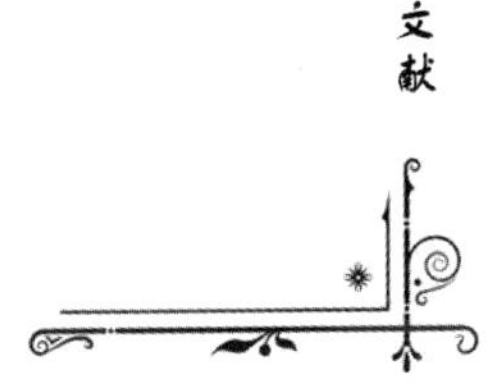

后记

经过无数个日日夜夜的书海遨游，终于完成了《涅克拉索夫的诗歌创作与民间文学》的写作。

中国读者对涅克拉索夫的作品虽不陌生，学界对其诗歌的研究却明显不足，且以往的研究多从社会学角度阐释，“公民诗人”成为其最为显著的标签。然而，诗人的作品是集高度思想性和艺术性于一身的有机统一体，“公民性”并不足以囊括“涅克拉索夫式的风格特征”。从民间文学角度对诗人的作品进行纯文学的阐释和解析，是本书的特色。我们也期待，这一研究能够为国内的“涅克拉索夫学”提供一个新的研究思路，并使广大读者对诗人有一个更客观、更全面的了解。

本书的完成不仅凝聚了笔者多年的心血，而且饱含了师长亲友的关怀和鼓励。在此，我首先要感谢我的导师郑体武教授。本书从选题到最终定稿，处处渗透着郑老师的悉心指导。再次要特别感谢莫斯科大学的伊留申（А. А. Илюшин）教授和莫斯科涅克拉索夫中央通用图书馆的多罗宁娜（И. И. Доронина）教授，他们不仅帮我收集到了第一手研究资料，而且提出了诸多宝贵的修改意见。还要感谢我的家人，父母的无私奉献、先生的鼓励支持、孩子们的乖巧懂事，使得我能够安心教学，安心写作，家人的爱永远是我最大的源源不竭的奋进力量！

最后，特别感谢黑龙江大学出版社的张春珠编辑，每当有所疑问，她总是事无巨细地耐心解答。还要感谢所有为这本书的出版而辛苦的工作人员，谢谢！

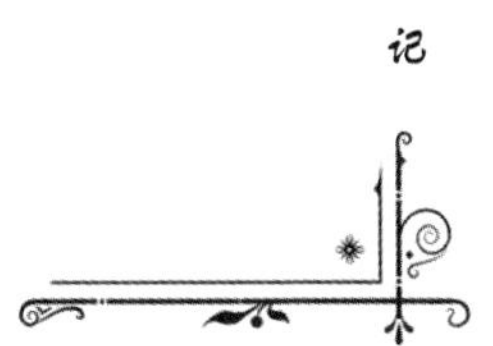